괜찮아, 사랑이야

괜찮아, 사랑이야 2

초판 1쇄 발행 2016년 4월 18일
초판 3쇄 발행 2020년 5월 4일

지은이 노희경

펴낸이 金湞珉
펴낸곳 북로그컴퍼니
주소 서울시 마포구 월드컵북로1길 60, 5층
전화 02-738-0214
팩스 02-738-1030
등록 제2010-000174호

ISBN 979-11-87292-02-9 04810
979-11-87292-00-5 (세트)

노희경 원작 소설

괜찮아, 사랑이야

2

북로그컴퍼니

누가 그러더라.

세상에서 젤 폭력적인 말이 남자답다, 여자답다,

엄마답다, 의사답다, 학생답다… 그런 말들이라고.

그냥 다 처음 살아보는 인생이라 서툰 건데,

그래서 안쓰러운 건데…

그래서 실수해도 되는데….

차례

사랑은 추억이거나 축복

시간이 얼마나 흘렀을까.

머리 위에 떠 있던 둥근 달이 수평선에 닿을 듯 내려앉아, 검푸르던 바다에 은빛 물결을 만들어내기 시작했다. 인생은 알 수 없기에 더욱 흥미롭다고 미셸 푸코가 말했던가. 불안증과 섹스에 대한 두려움으로 한 방에서 자는 것조차 허락하지 않던 해수가 바닷가 모래밭에서 첫 섹스를 하게 되다니…. 실오라기 하나 걸치지 않은 맨몸을 재열에게 보여주고, 또 그의 몸을 느끼게 되다니….

나쁘지 않은 첫 섹스였다고, 아니 솔직히 말하면 영화에서 보았던 격정적인 섹스는 아니지만, 서로의 몸과 마음을 나누기에는 부족함이 없는 섹스였다는 생각이 들었다. 후련하고 편안하다는 생각도 들었다. 그러나 해수의 그런 생각과 달리 몸은 여전히 불안 증세에 반응하며 이마와 목덜미를 땀으로 흠뻑 적셔놓았다.

재열이 해수의 이마에 송골송골 맺힌 땀을 닦아주었다. 눈을 꼭 감고 있는 해수의 볼을 타고 눈물이 흘러내렸다. 그 눈물을 닦아주는 재열의 눈에도 살짝 눈물이 고였다. 해수가 흘리는 눈물의 이유를 조금은, 아주 조금은 알 것 같았다.

"뭐야, 왜 울어?"

후련하고 편한 마음에 눈을 뜬 해수는 재열의 눈물을 보고 순간 당황스러웠지만, 재열이 그랬던 것처럼 정성스레 그의 볼을 쓰다듬고 눈물을 닦아주었다.

"네가 우니까. 전에 말했잖아, 내가 의외로 수동적이라고."

재열이 둘러대는 것을 알았지만 해수는 더 이상 묻지 않았다. 오히려 가볍게 이야기하는 재열이 고마웠다.

해수는 귀중품을 금고에 넣듯, 재열의 모든 것을 눈과 마음에 담고 싶었다. 눈, 코, 입, 목 그리고 어깨와 손을 꼼꼼히 눈으로 훑던 해수가 갑자기 덮고 있던 담요를 옆으로 밀어내고 벌떡 일어나 앉았다. 재열의 몸 곳곳이 상처투성이였던 것이다. 해수는 재열이 덮고 있던 담요를 젖히고 재열의 배와 다리도 꼼꼼히 살폈다. 형 재범이 포크로 찔러 생긴 어깨의 상처, 낮에 긁힌 상처뿐만 아니라 가슴과 다리에도 셀 수 없이 많은 상처 자국이 있었다.

"왜 이렇게 몸에 상처가 많아?"

"몰라…."

재열은 별일 아니라는 듯 무심하기만 했다.

“다치지 마.”

“어.”

이마를 다정하게 쓸어주는 재열을 바라보며 해수가 물었다.

“너… 나 사랑하니?”

“어.”

해수는 재열의 눈빛이 너무 뜨거워 얼굴을 돌렸다.

“안 믿어. 그리고 난… 아직은 아냐.”

“괜찮아. 결국엔 그렇게 되겠지. 근데, 왜 울었어?”

해수가 재열 가슴에 얼굴을 묻었다. 괜한 어리광이 부리고 싶었다. 그의 말이 너무 따뜻하게 느껴졌기 때문이리라. 잠깐 멈췄던 눈물이 다시 고이기 시작했다.

“어떤 생각이 났지.”

“어떤 생각?”

“나중에… 내가 진짜진짜 널 사랑하게 되면 그때 말해줄게. 내가 오늘 어떤 생각이 났는지. 그리고… 내가 얼마나 이기적이고 나쁜 앤지도 그때 말해줄게. 그때 가서도 네가 날 사랑한다고 하면 그때 믿을게, 네가 사랑한다고 한 말. 근데 난… 오늘은 아냐.”

사랑도 믿지 않고, 자기를 사랑하지도 않는다는 해수가 재열은 밉지 않았다. 말은 그렇게 해도 해수의 눈엔 사랑이 가득했다. 재열은 말보다 더 진실하고 믿을 수 있는 건 눈빛이라고 생각했다. 그리고 해수에게 시간이 필요하다면 기꺼이 기다려주리라 다짐했다. 이 순간 재열은 해수의 모든 게 사랑스러웠다.

"그래도, 난 사랑해."

재열이 따듯한 눈으로 해수를 바라보며 이마에 살포시 입을 맞추었다.

"난 아직은 아니니까, 세상의 숱한 남자들처럼… 하룻밤 잤다고 날…."

"널 다 가졌다고 생각하지 않을게."

"딱 내 스타일. 네가 좋아. 그리고… 졸려."

"자."

"조금만… 아주 조금만 잘게."

해수의 팔이 재열의 허리를 감싸 안았다. 재열은 해수를 품에 안고 담요를 끌어당겨 어깨를 덮어주었다.

한참을 그렇게 누워 편안한 눈빛으로 바다를 바라보던 재열은 엎드려 노트북을 켰다. 그러나 글이 잘 풀리지 않았다. 썼다 지우고 썼다 지우기를 반복하다, 어느 순간 잠이 들었는지 강우가 보였다. 강우는 기분 좋게 자전거를 타고 집으로 가고 있었다. 노래를 흥얼거리며 도로를 달리고 있을 때 폭주족 차량 두 대가 경적을 요란하게 울리며 달려왔다. 바로 다음 순간, 자전거는 산산조각이 나고 강우의 몸은 하늘 높이 솟아올랐다.

재열은 '헉!' 하고 놀라며 벌떡 일어나 앉았다. 얼굴은 물론 온몸이 땀으로 흠뻑 젖어 있었다. 꿈인지 생시인지 구분조차 할 수 없을 정도로 놀라 벌벌 떨고 있는데, 갑자기 눈앞에 칼을 든 재범이 나타나 재열의 배에 칼을 찔러 넣었다. 배를 움켜쥔 재열의 손을 따라 피가 낭자하게 흘렀다. 재열은 너무 고통스러워 비명도 지르지 못한 채 그저 붉은 눈으로 애원하듯 재범을 바라볼 뿐이었다. 재범은 표정 하나 흐트러트리지 않고 담담하게 속삭였다.

"네가 죽으면 엄마가 많이 슬프겠다, 그치?"

온몸을 훑어내는 듯한 통증에 숨을 내뱉지도 못하고 있던 재열은 재범이 꺼낸 엄마 이야기에 과거의 한 장면이 떠올랐다.

의붓아버지가 죽던 날, 거울에 비친 엄마의 모습. 신문지와 라이터를 들고 있던 엄마.

순간 재열은 자신을 강렬히 쏘아보고 있는 재범을 피해 고개를 돌렸다. 다행히 해수는 곤히 자고 있었다. 내 여자에게만큼은 괴로운 모습도, 형의 사나운 모습도 보이기 싫었다.

재열은 재범이 어서 가주기를 바라며 다시 고개를 돌렸다. 안 되면 애원이라도 할 요량이었다. 그러나 재범은 사라지고 없었다.

재열이 고통을 참으려 이를 악물고 담요를 부여잡자 그 바람에 해수가 깨어났다. 재열의 모습에 깜짝 놀란 해수가 재열의 얼굴을 두 손으로 부여잡았다.

"왜 그래?"

재열은 어쩔 줄 몰라하며 피가 낭자한 배를 부여잡았다.

"배… 배에서… 피가 나."

"악몽 꿨어? 응?"

악몽? 꿈이었나? 생시였는데…. 재열은 정신이 없었다. 움켜진 배를 다시 보니 천천히 피가 사라지기 시작했다. 순간 놀란 마음이 진정되면서, 가만히 고개를 끄덕였다.

"강우가… 사고가 났어. … 형이 날 찔렀고…."

해수는 재열이 안쓰러웠다. 의붓아버지와 형에게 받은 어린 시절의 상처가 얼마나 크고 고통스러웠을까. 그를 위해 해줄 수 있는 게 많지 않다는 것이 속상했다.

해수가 재열을 끌어안았다.

"내가 미안해. 정말 미안해. 화장실 아니면 못 자는 걸 깜빡했어. 미안해. 잘못했어. 잘못했어."

재열이 조금 진정된 듯하자, 해수는 안고 있는 팔을 풀고 재열의 얼굴을 두 손으로 감쌌다.

"호흡해. 후… 길게."

"후… 후… 후…."

"들숨은 더 짧게, 날숨은 아주 길게."

호흡하던 재열은 걱정스런 표정의 해수를 꼭 껴안았다.

"괜찮아. 자주 그랬어. 호텔로 들어가자."

"아냐, 아냐. 편해질 때까지 좀만 더 있자."

"나도 그러고 싶은데, 사람들이 와."

"아냐, 안 와."

"와. 두 사람."

"진짜?"

"어."

재열의 대답과 동시에 멀리서 사람의 대화 소리가 들렸다. 속옷 차림의 해수가 허둥지둥 자신의 옷을 찾았다.

"어머, 어떡해! 어떡해…."

"쉿!"

재열이 검지를 해수의 입술에 살짝 붙였다 뗐다. 그러고는 담요 하나를 해수에게 씌워주고, 다른 담요로 제 아랫도리를 가렸다. 주변에 널려 있던 물건들을 가방에 몽땅 쑤셔 넣은 뒤 재열이 비장한 표정을 지었다.

"일단 뛰어."

해수는 무작정 달리기 시작했다.

생애 첫 경험치고는 너무 스릴 있잖아!

어젯밤 재열을 찾아 바닷가로 나올 때까지만 해도 전혀 예상치 못했던 일들이 연달아 일어나고 있다는 게 신기했다. 어떻게 전날엔 이걸 조금도 생각하지 못했을까? 그렇게 생각하니 너무 우스워서 해수는 도망치는 상황도 잊은 채 박장대소했다.

호텔에 도착한 해수는 이불과 베개를 들고 화장실로 들어가 욕조에 이불을 깔았다.

"뭐해?"

재열이 옷을 갈아입고 화장실로 들어왔다.

"보시다시피 네 잠자리 봐주고 있지."

"매력 없을 건데, 내가 욕조 안에서 구겨져 자는 걸 보면."

해수는 욕조 안의 이불을 꾹꾹 눌러 숨을 죽이고, 바닥에 내려놓았던 얇은 이불을 집어 들었다. 그리고 턱 끝으로 욕조를 가리켰다. 재열이 잠시 생각하는 듯하더니, 결국 피곤함을 이기지 못하고 욕조로 들어가 자리를 잡았다.

"모르겠다. 이렇게 자는 내 모습이 싫어서 헤어질 거면, 뭐… 헤어져야지."

해수는 들고 있던 얇은 이불을 재열에게 덮어주고 욕조 가장자리에 걸터앉아 그의 배를 조심스럽게 토닥였다.

"이제 눈 감고."

"방에 가서 너도 더 자. 오후 비행기야."

"난 많이 잤어. 이제 내가 너를 재워줄 차례야. 자."

해수가 재열의 머리를 부드럽게 쓰다듬었다.

"졸리다. 아무래도 난 너랑 헤어지면 안 될 것 같아. 난 네가 너무 편해."

"갑자기 하기 싫다. 잠 깨."

해수는 손가락 끝에 장난기를 가득 모아 재열의 볼을 쿡쿡 찔렀다.

재열은 눈을 꼭 감은 채 키득키득 웃다가, 장난치는 해수의 손을 잡고 이내 잠들어버렸다.

깊이 잠든 재열의 얼굴은 무척 편안해 보였다. 그러나 욕조에서 다리를 펴지도 못하고 웅크려 자는 모습을 직접 보니 마음이 너무 아팠다. 재열의 머리를 조심스레 만져주며 해수는 결심했다. 재열의 강박증을 꼭 치료받게 도와주리라.

해수는 다다미방으로 돌아와 그대로 쓰러져 잠이 들었다. 그렇게 세 시간쯤 단잠을 자고 난 두 사람은 간단하게 세수만 하고, 밤을 지새웠던 바다로 나갔다. 짧은 여행이 아쉽게만 느껴져 서로를 꼭 안고 해변을 걸었다.

"지금 쓰고 있는 소설, 그거 언제쯤 끝나?"

"글쎄… 연말쯤 돼야 끝날걸? 왜?"

"네 강박증 고쳐야 할 거 같아서."

"네가 고쳐주게?"

재열이 기대한다는 듯 다정한 미소를 지었다.

"하고 싶지만, 못해. 우린 사귀고… 그런 관계에선 객관적인 치료를 하기가 힘들거든."

"그 말은, 넌 현재 나한테 냉정과 객관을 잃을 만큼 심하게 빠져 있다는 뜻?"

"으, 개 바람둥이."

해수가 품에서 빠져나가며 눈을 흘겼다. 재열은 다시 해수를 끌어당겨 어깨동무를 했다.

“근데, 넌 왜 부정을 안 해? 내가 널 개 바람둥이라고 부르는 것에 대해서.”

“난 아니지만, 네 생각이 그런가 보다, 뭐 그렇게 생각의 자유를 주는 거야.”

그 말을 비웃듯 해수의 입꼬리가 한쪽으로만 살짝 올라갔다.

“네가 개 바람둥이가 아니라고? 여자 가슴이나 막 훔쳐보고 그랬으면서? 내가 전에 다 봤거든! 토크쇼 할 때 분장사 가슴 보는 거. 그리고 여기 와서도 순간순간 예쁜 여자만 보면 눈이 획획…. 야! 내가 맘이 넓으니까 다 넘어가주는 줄이나 알아.”

재열이 씩 웃었다. 그렇게 쿨한 척하더니, 잊고 있던 첫 만남의 기억까지 들먹이는 해수가 귀여웠다.

“토크쇼 할 때 분장사 가슴은… 그래, 봤어.”

재열이 당당하게 인정하자 해수의 표정이 더 일그러졌다. 재열은 해수의 반응을 하나하나 살피며 말을 이었다.

“앞에 남자가 거울을 마주하고 있는 걸 뻔히 알면서도 가슴을 풀어헤친 이 여자의 심리는 뭘까, 고민했지. 그러다 아, 뭐 그럴 수 있겠다, 자신 있나 보다, 내가 보기에 그 정돈 아닌데, 라고 생각했고. 여기 와서도 예쁜 여잘… 그래, 문득문득 봤어. 그리고 생각했지. 야, 우리 해수가 낫네 하고.”

해수가 어이없어하며 흥, 코웃음을 날렸다. 하지만 썩 불쾌한 표정은 아니었다.

“날 다른 여자랑 비교했다?”

“비교가 나빠? 나중에 속았다고 욕하는 거보다 낫지. 난 네가 부디, 세상의 수많은 남자들과 날 철저하게 비교해주길 바래. 비교하면 할수록 정말 깜짝 놀랄걸. 나라는 인간의 매력에 대해.”

해수는 이렇게 당당하고 유머 감각조차 세련된 재열이 멋있고 좋았다. 이 멋진 남자가 자신을 사랑하고 있다는 사실도 뿌듯했다.

다시 확인하고 싶은 마음에 해수가 물었다.

“너 진짜 나 사랑해?”

“어.”

재열의 대답은 간결했지만, 진심이 묻어 있었다.

“그 말이 너무 빠르다고 생각하진 않아? 우리가 안 지 이제 고작 두 달 남짓인데, 날 사랑한다고 말하는 게.”

“웃겨?”

“너무 빠르고, 가볍지.”

가볍다는 말은 동의할 수 없어 기분이 나빴다. 그러나 재열은 짐짓 편하게 말을 이어나갔다.

“그럼 내가 너한테 가볍단 말을 안 들으려면… 사랑한단 말을 언제 해야 적당한 건데? 좋은 감정으로 키스하고, 안고, 자고도 사랑한단 말을 해선 안 되는 거면… 도대체 언제 해, 그 말은?”

"뭐… 암튼 지금은 너무 빨라."

"좋아. 그럼 지금은 사랑 안 해."

해수의 어깨를 감싼 채 재열이 걸음을 옮겨 걸었다.

"나 기분 더러워."

"왜?"

"네가 나 안 사랑한다고 해서."

재열이 웃음을 터트렸다. 여자들의 변덕이 버겁고 싫다는 남자들도 꽤 있지만, 지금 재열 눈에는 해수가 귀엽게만 보였다. 해수도 자기의 변덕을 알고 있다. 그리고 그 변덕에 빈정거리지 않고 쿨하게 반응하는 재열이 믿음직스러워 그의 허리를 안고 어깨에 머리를 기댔다.

"나 너랑 침대에서 자고 싶어. 강박증 치료하자, 꼭?"

"나중에 치료받을게. 참, 강우가 공항으로 너 보러 나온대."

해수가 고개를 끄덕이며 바다로 고개를 돌렸다. 그러고는 팔을 크게 벌리며 해맑은 미소를 지었다.

"나, 여기 꼭 다시 올 거다."

"언제?"

"내년에 안식년 내고, 혼자. 여기를 기점으로 세계 일주를 시작하는 거지. 설마 사귄답시고, 날더러 가라 마라 어쩌라 그러는 건 아니지?"

"가. 다양한 세상 속에서 다양한 경험을 하고, 다양한 상처를 가진 환자들을 따뜻하게 상담하는 의사…. 멋있어. 같이 갈까, 세계 여행?"

"싫어. 넌 돈을 너무 많이 써."

해수의 진지한 표정에 재열이 깔깔대며 웃다가, 이내 진하게 입을 맞췄다. 해수는 재열을 장난스럽게 밀쳐내고 해변을 달리기 시작했다.

재열과 해수의 오키나와 여행은 주변 사람들 모두의 관심사가 되었다. 동민은 해수의 불안증이 좋아질 것을 알기에 흐뭇했고, 수광은 기어이 해수를 사로잡은 재열이 부러웠다. 언니 윤수는 재열이 멋진 남자이기 때문에 좋기도 하면서 워낙 스캔들이 많은 인기남이라 내심 걱정도 되었다. 점심 식사 후 동민이 카페에 들르자 윤수가 제 걱정을 털어놓았다.

"선생님이 보기에 장재열 씨, 정말 믿을 만해? 해수가 진지하게 사귈 만큼? 저렇게 여행 다니다 둘이 헤어지면, 우리 해수가 상처 받고 손해 보면 어떡해."

"사랑에 손해가 어딨냐? 사랑에 상처가 어딨고!"

윤수는 동민의 말을 이해할 수도 그 말에 동의할 수도 없었다.

"왜 없어요. 있지!"

"사랑은 추억이거나 축복, 둘 중 하나야. 다른 앤 몰라도 자존감 있는 지해수한텐. 동생을 그렇게 몰라?"

"그건 그래."

동민의 말을 들으니 윤수는 내심 안심이 되었다. 그래, 내 동생 지해수가 어떤 사람인데…. 잘 판단할 거야.

"뭐, 나보고 그냥 혼자 집에 가라고?"

해수는 재열의 말에 신경이 날카로워지는 걸 느꼈다.

같이 여행 다녀와서 집에는 혼자 가라니!

재열은 공항 7번 게이트 앞에서 만나기로 한 강우가 보이지도 않고 전화도 받지 않는다며, 눈에 띄게 당황한 모습이었다. 오랫동안 기침을 하고 손가락도 이상하고, 새벽에는 사고가 나는 꿈까지 꾸고 난 후라 재열의 걱정은 점점 더 커져갔다.

하지만 해수는 그런 재열을 이해할 수 없어 골이 난 표정으로 바라보고 있었다. 재열은 음성사서함으로 넘어가는 전화를 끊고 걱정스러운 표정으로 한숨을 쉬었다.

"아무래도 난 얘네 집에 가봐야겠어."

"꿈꾼 것 때문에 그래? 아침에 밝은 목소리로 전화 왔다며?"

"택시는 저쪽에서 타면 되고, 버스 정류장은 이쪽이야. 나, 갔다 올게."

재열은 말을 마치자마자 바로 앞 찻길로 뛰어들어 무단횡단을 시도했다. 해수가 깜짝 놀라 횡단보도로 건너라고 소리를 질렀지만, 재열은 아무 말도 들리지 않는 듯 질주하는 차들 사이를 아슬아슬하게 지나갔다.

그때, 빠른 속도로 달려오던 자동차가 '끽!' 소리를 내며 급브레이크를 밟았다.

"악! 어머머머, 장재열!"

사고가 나는 줄 알고 크게 놀란 해수가 비명을 질렀다. 재열은 운전자에게 손을 들어 사과하고는 해수의 시야 밖으로 사라졌다.

해수는 한 손을 가슴에 올리고 한숨을 내쉬었다. 뜨거웠다, 차가웠다, 잘해줬다, 말았다… 그의 속을 도저히 알 수 없었다. 아무리 강우가 걱정돼도 그렇지, 위험한 행동은 하지 말라니까.

'장재열, 너랑 내가 갈 길이 진짜 험난할 것 같다.'

해수는 화가 나 인상을 찡그리면서도 이내 그와의 즐거웠던 기억에 얼굴 가득 미소가 번졌다.

재열이 공항 청사 맞은편에 있는 주차장을 향해 전속력으로 달렸다. 숨이 턱까지 차올라 헛기침이 나왔다. 재열은 가슴을 두들기며 기침을 하고는 주차해둔 차로 향했다.

"뭐예요?"

순간 익숙한 목소리에 고개를 돌리니, 주차장 구석에 쭈그리고 앉아 있던 강우가 다가오며 손목시계를 톡톡 두들겼다.

"사람을 한 시간이나 기다리게 하고."

"뭐? 얌마, 우리가 언제 여기서…. 공항 7번 게이트 앞이었잖아! 너 때문에 지해수 갔잖아!"

"작가님을 두고 혼자? 왜?"

재열이 강우를 빤히 보며 눈썹을 찡그렸다. 강우의 표정이 밝게 변했다.

"아… 작가님이 보냈구나, 우리 집 가려고. 내 걱정돼서."

"좋냐?"

"좋죠, 그럼. 난 이 세상에 작가님밖에 없는데. 아, 저 드디어 원고 탈고했어요."

강우가 가방에서 노란색 원고 봉투를 꺼내 재열에게 내밀었다. 봉투에는 '청춘의 소나기'라는 글씨가 적혀 있었다.

"뭐야, 이 센치한 제목은?"

"내용은 안 센치하거든요."

여행에서 돌아온 후 해수는 다시 평범한 일상으로 돌아갔다. 하지만 넘기 힘든 산 하나를 넘어서일까, 해수의 마음 한구석에서 미묘한 변화가 시작되는 듯 보였다.

"미안해, 선배."

입원 환자들의 치료 방향에 대한 회의를 마치고 나오는 길, 해수가 영진의 팔짱을 끼며 꺼낸 말이다. 영진은 뜬금없이 왜 이럴까 싶은 표정으로 해수를 바라보았다.

"저번 일… 선배가 동민 선배 얘기할 때, 싸가지 없던 내 행동. 내가 동민 선배 와이프도 알잖아. 그래서… 순간 화가 났어."

며칠 전, 영진은 전 남편 동민에게 아직도 미련이 남아 있다고 해수에게 고백했었다. 그때 해수는 못 들은 걸로 할 테니 알아서 감정 정리하라고 쌀쌀맞게 대꾸했다. 영진은 정작 잊어버린 일을 해수는 내내 신경 쓰고 있었던 모양이다.

"야, 나… 네가 걱정할 정도로…."

"미성숙한 어른 아니지. 내가 너무 잘 알지 그건."

"휴일 내내 내가 왜 이렇게 경박한가, 어디서부터 잘못된 건가, 내 정신 상태를 스스로 점검하다 알았지. 조동민에 대한 내 감정, 사랑이라기보다 미안함이더라고. 조동민은 빨리 아이를 갖길 원했는데, 내가 그러자 그래놓고 피임을 했거든. 출세에 지장을 주니까. 그러다 들켰지. 난 뭐, 모른 척 생깠고. 촉 좋은 조동민이 그걸 모를 리가 없는데, 그 이후로 아무 말도 안 하더라고. 나, 조동민한테 사과해야겠어. 그 일에 대해서. 결혼생활을 망친 주범은 100프로 나더라고. 어제 인정이 가더라. 조동민하고 좋은 친구로 남을 거야."

영진은 편한 척했지만, 말하는 내내 표정은 서글퍼 보였다. 해수는 영진의 손을 꼭 그러쥐었다.

"역시, 멋져. 선배가 나한테 맘을 열었듯, 나도 내 맘을 열어주지. 나, 장재열하고 잤다."

해수가 얼굴을 살짝 붉히며 웃었다.

"놔, 놔 이거! 이게 어디서 자랑질이야?"

영진이 해수의 손을 확 뿌리치며 퉁명스럽게 말했지만 얼굴은 기분 좋게 웃고 있었다.

"불안증은?"

"땀을 한 바가지는 흘렸을걸."

"그거야 닦으면 그뿐이고. 키스할 때마다 끼어드는 엄마 생각은?"

"그게…."

내내 웃고 있던 해수의 얼굴이 저도 모르게 일그러졌다. 웃고 싶었지만 마음처럼 되지 않았다. 결국 쏟아져 나오는 눈물에 얼굴을 두 손으로 가렸다. 울음을 참으려 애쓰는 해수의 모습에 영진의 눈가도 덩달아 붉어졌다.

잠시 울던 해수가 진정이 되었는지 애써 웃음을 찾았다.

"미쳤나 봐… 나."

"우린 늘 순간순간 미치잖니. 괜찮아."

영진이 다정하게 해수를 쓰다듬으며, 손수건을 꺼내 해수 손에 쥐여주었다.

"엄마 얼굴이 떠올랐어. 김 사장하고 웃으면서 입 맞추던 엄마가. 전엔 그렇게 더럽고, 밉고, 싫게만 보이던 엄마 얼굴이… 그날은 예뻐 보이더라."

그랬다. 재열과 포옹을 하고 입을 맞추고 잠자리를 함께 할 때, 해수의 무의식에 자리 잡고 있던, 그래서 해수의 불안증을 만들어내던 엄마의 불륜 장면이 떠올랐었다. 그런데 전에는 엄마의 그 얼굴이 더럽고 불결하고 미웠는데, 그날 해수 머릿속에 선명하게 그려진 엄마의 얼굴은 만개한 한 송이 봄꽃처럼 예뻤다. 한 남자에게 사랑받는 행복한 여인의 아름다운 얼굴, 그 자체였다.

그때 떠오른 엄마의 얼굴을 생각하자 해수는 다시 눈물이 쏟아질 것 같았다.

"전신마비에 지능이 서너 살이 된 남편과, 가난한 집에서 의대를 가겠다는 이기적인 딸. 그런 엄마한테 김 사장님은 유일하게 위로가 되었겠구나 싶은 게… 우리 엄마, 참 외로웠겠다… 싶었어."

사랑받는 느낌을, 위로받는 느낌을 모르고 살았다면 몰라도 재열 때문에 알게 된 이상 엄마를 이해할 수밖에 없었다. 우리 엄마 참 많이 힘들었겠다. 엄마에게 김 사장 아저씨가 없었다면, 엄마가 과연 그 힘든 세월을 버틸 수 있었을까? 그것을 이해 못하는 딸이 얼마나 서운했을까? 외로웠겠다. 너무너무 외로웠겠다, 우리 엄마. 이제야 이해할 수 있게 된 것이 미안해서 눈물이 멈추지 않았다.

"늘 너를 숨 막히게 하던, 엄마는 엄마다워야 한단 큰 편견 하나가 깨졌네. 훌륭한 의사 되시겠어요, 이러다가."

영진이 손을 잡아주며 일부러 농담을 건넸다.

"해수야, 내가 어디서 들은 말인데, 세상에서 제일 폭력적인 말이 남자답다, 여자답다, 엄마답다, 의사답다, 학생답다 뭐 그런 말들이래. 그냥 다 처음 살아보는 인생이라서 서툰 건데, 그래서 안쓰러운 건데… 그래서 실수 좀 해도 되는 건데…."

해수가 눈물을 닦으며 고개를 끄덕였다.

"사실은… 진짜 고백할 게 있는데, 그건 장재열한테 하게."

"장재열, 네 운명인가?"

"아마도?"

"그러다 결혼하겠다."

"웬 결혼? 난 독신이 체질이야."

농담 반 진심을 떠보고 싶은 마음 반, 영진이 던진 말에 해수는 정색을 하더니 걸음을 옮겼다. 해수의 뒷모습이 가볍고 경쾌해 보였다.

"경찰이 무슨 퀵서비스인 줄 아나."

태용과 통화를 마친 경찰관이 구시렁대며 명함지갑을 펼쳐 보고 있었다. 재열이 강우의 의붓아버지와 싸우다 떨어뜨린 명함지갑이었다. 며칠 전에도 태용에게 전화를 걸어 찾아가라고 했지만, 소식이 없었다. 오늘 재차 연락을 하자 태용은 바쁘니 퀵서비스로 보내달라는 요청을 한 것이다. 규정상 안 되는 일이었기에 와서 찾아가라는 말을 남기고 물품보관함에 명함지갑을 넣는데, 옆자리에서 시시티브이를 보고 있던 다른 경찰관이 눈이 동그래져 동료를 불렀다.

"이, 이, 이 경사 이것 좀 봐봐."

"뭔데?"

"내가 엊그제 오리숲에서 폭력 사건이 났다기에, 인근 시시티브이를 확인했거든. 근데 이 사람 봐봐. 저번에 그 작가란 사람 맞지?"

"뭐야, 이 사람 어디 이상한 거 아냐?"

언제부터였을까, 글이 잘 써지지 않았다. 재열은 오랜 시간 같은 문장만 쓰고 지우다 이내 포기하고 강우가 새로 썼다는 소설 '청춘의 소나기'를 꺼내 읽기 시작했다. 재미있게 첫 장을 읽고 있는데 전화벨이 울렸다. 휴대폰 액정 화면에 뜨는 이름만으로도 기분을 좋게 해주는 해수의 전화였다.

"뭐해?"

"글 쓰던 중."

그때 초인종이 울렸다.

"아침에 허둥지둥 나오느라 못 봐서…. 근데 너 왜 나한테 전화 안 해? 우리 사귀는 거 맞아?"

재열이 아래층으로 내려가 인터폰을 확인했다. 최호였다.

"사귀는 거 맞는데, 난 일할 때 전화하는 게 싫어서. 너도 그런가 보다 했는데, 아냐?"

재열은 잠시 망설이다 버튼을 눌러 문을 열어주었다.

"나도 다른 건 다 용서돼도 일할 때, 진료 볼 때, 죽고 사는 문제 아닌 일로 전화하는 인간 절대 용서 못해."

"그런 인간은 용서하지 마. 그리고 나 일하는 중이야. 전화 끊어."

최호가 현관문을 열고 집 안으로 들어서는 중이었다.

"나도 일할 때 전화하는 거 딱 질색이거든, 지해수."

재열이 일부러 해수의 이름을 또박또박 찍어 부르고 전화를 끊었다.

최호가 재열을 가만히 노려보았다. 승자의 여유, 패자의 분노라고나 할까.

무슨 일로 왔냐는 재열의 물음에 최호는 대답 없이 소파로 가 자신의 가방에서 노트북을 꺼냈다. 재열이 다시 한 번 묻자 최호는 몰라도 된다며 재열을 자극했다.

"몰라도 된다는 말은 좀 그러네. 낯선 사람이 내 집을 휘젓고 다니는데, 왜 왔냐고 묻는 게 잘못인가?"

"동민 형님 만나러 왔는데, 진료 중이시라 기다리는 중이라고 말하면 이유가 되나?"

"카페에서 기다려도…."

최호는 더 이상 재열의 말을 듣지 않고 노트북으로 시선을 옮겼다. 재열은 기분이 상했지만 해수를 위해 참는다 생각하며 2층으로 올라갔다.

"자기야, 자기야! 장재열, 나 왔어!"

퇴근하고 돌아온 해수는 2층까지 들릴 만큼 큰 소리를 내며 대문을 열고 들어섰다. 1초라도 빨리 재열을 보고 싶었다. 하지만 거실에 있던 최호와 눈이 마주친 순간 해수는 너무 놀라 그 자리에 굳어버렸다.

"네가 이 집에 웬일이야?"

"동민 형님이랑 일 얘기하러. 너도 덤으로 보고."

"너 우리 집에 드나드는 거 나는 별로다."

해수가 불편한 기색을 고스란히 드러냈다.

"네가 날 불편해하는 건 아는데, 신경 쓰고 싶지 않아."

그때 동민이 나와 최호를 방으로 데리고 갔다.

해수는 숨을 고르며 2층으로 올라갔다. 헤어진 전 남자친구가 거리낌 없이 집에 드나드는 게 속상했다. 재열에게 미안한 마음과 왠지 모를 서운한 감정도 들었다.

해수는 재열의 방문을 쾅쾅 두드리고는 들어가 침대에 걸터앉았다. 책상에 앉아 글을 쓰던 재열의 표정이 눈에 띄게 굳었지만, 해수는 미처 눈치채지 못했다.

"너는 내 옛날 남자친구가 이 집에 드나드는 거 어떻게 생각해?"

"동민 형님이 일 때문에 부른 거래. 그리고… 나 지금 글 쓰는데."

"그래서? 나… 지금 나가라고?"

재열은 아무런 표정 없이 해수를 바라보기만 했다. 그것이 대답이었다.

'일할 때 방해받는 거 싫다고 했잖아.'

해수가 벌떡 일어나 나가며 일부러 문을 소리 나게 쾅 닫았다.

"장재범 건 취재하려면 프로젝트 엎어."

동민의 표정은 심각했다. 일전에 최호가 지나가는 말처럼, 국장이 장재범을 방송 소재로 쓰고 싶어 한다고 한 적이 있는데 그게 농담이 아닌 사실이라는 것을 알았기 때문이다.

"청소년 수감자가 심리상담 이후 사회에서 변화하는 과정을 담는데, 성인 수감자 케이스가 왜 필요해? 너희들은 시청률밖엔 관심이 없지? 수감자가 스트레스로 머리 하얘진 게 그렇게 재밌냐?"

"그건 국장의 생각이고, 전 소년범을 교화 위주의 수감이 아닌 중형 처벌로 간 사례를 건드리고 싶은 거예요."

"그래? 그럼 내가 다른 사례를 줄게. 어때?"

동민을 설득하려던 최호가 선뜻 답을 하지 못했다.

"너! 장재범이 장재열 형이기 때문에 더 집착하는 거 아냐?"

핵심을 찌르는 동민의 질문에 최호가 일어나 가방을 챙겼다.

"그것도 이유는 되죠."

최호가 나간 뒤 한숨을 내쉬던 동민은 한동안 골똘한 생각에 빠졌다. 그러고는 결심한 듯 수화기를 들었다.

"네, 교도관님 저 조동민입니다. 다름이 아니라, 며칠 후 장재범 아미탈 인터뷰를 좀 하려고 하는데, 교도소 내에서 가능한지…. 아, 전에 해보신 적 있으시구나. 그럼 부탁 좀 드려도 될까요?"

동민이 거실로 나오자 해수가 기다렸다는 듯이 따졌다.

"선배, 최호 이 집에 드나들지 않게 할 수 없어?"

"일 때문에 그러잖아."

"둘이 만날 장소가 여기밖에 없어?"

"다른 덴 돈 들잖아!"

"수광아, 넌 최호가 이 집 드나드는 거에 대해서 어떻게 생각해?"

동민의 구질구질한 변명이 자신에 대한 배려 부족이라 생각한 해수가 마침 방에서 나오던 수광에게 의견을 구했다.

"찬성. 누나가 소녀를 따듯하게 대해주지 않은 것에 대한 대가야."

수광의 뚱한 반응에 해수는 할 말을 잃었다. 홈메이트라는 사람들이 어쩌면 이렇게 하나같이 마음에 안 드는지, 서운함을 넘어 화가 날 지경이었다. 그때 재열이 2층에서 내려왔다.

"지해수, 나랑 얘기 좀 하자."

"글 쓰다 뭔 얘기? 가서 글이나 쓰셔."

비아냥거리며 제 방으로 올라가려던 해수의 팔목을 재열이 꽉 잡았다.

"이런 기분으로 글을 어떻게 써 내가!"

재열은 집 안이 쩌렁쩌렁 울릴 만큼 소리를 쳤다. 소파에 앉아 있던 동민과 수광의 시선이 두 사람을 향했다. 해수는 재열의 손을 차갑게 쳐내고는 그와 마주 보았다.

"아, 기분 때문에 글이 안 써지셔? 그럼 지금 내 기분은 어떨 거 같니?"

"내가 글 쓴다고 설명했잖아."

"'나 글 쓰는데…' 가 설명이야? '나 글 쓰는데 미안하지만 좀 있다 얘기하자, 해수야!' 그 정도 말은 해줘야 설명 아니야? 안 그래? 우리 사이에 단 5초도 배려를 못해?"

뜻밖의 지적에 재열은 아차 싶었다.

"5초라고 생각 못했어."

"난 5초면 돼! 우리 서로에 대해 몰라도 너무 모른다. 어디 이래서 만나겠니?"

미안한 마음도 잠시, 재열은 해수의 마지막 말에 다시 화가 솟구쳤다. 이별을 함부로 말하는 사람은 사랑도 진심으로 하지 않는다고 생각하는 재열이다. 그런데 해수는 싸우거나 기분이 상하면 너무나 쉽게 이별을 이야기해 재열의 심기를 건드렸다.

그때 동민이 두 사람 사이에 끼어들었다.

"야, 둘이 사랑싸움하는 거면 니들끼리 딴 데 가서 싸워!"

"맞아. 여기가 뭐 지들만 사는 집인가."

수광이도 한마디 거들고 나섰다.

"착각하지 마! 나 지금 장재열하고만 싸우는 거 아니야. 여기 있는 세 남자 모두하고 싸우는 거지!"

해수가 세 남자 모두에게 화살을 돌리자, 동민이 보던 신문을 집어 던지며 자리에서 일어났다.

"최호가 지 발 갖고 지가 온다는데 우리가 뭐 할 말이 있어? 그리고 너, 최호 300일이나 만나는 동안 사랑했어? 안 했잖아. 그럼 적어도 그 문제에 대해선 최호한테 사과해야 되는 거 아니냐? 사랑 안 해서 미안하다고!"

해수는 동민의 말에 반격을 할 수 없었다. 틀린 말은 아니기 때문이다.

"맞아. 저번 날 둘이 싸울 때 최호는 수없이 누나를 사랑한다고 말하면서 울고불고하는데, 누난 불안증과 배신감에 대해서만 얘기하고. 솔직히 누나 불안증에 최호를 이용했잖아."

해수는 아무렇지 않게 마음에 비수를 꽂아대는 동민과 수광이 못내 서운했다.

"좋게 헤어져, 좋게. 만나던 애한테 나쁜 년 소리 듣지 말고!"

동민이 쐐기를 박듯 고함치자, 해수가 맞받아쳤다.

"좋게가 뭔데? 선배처럼 착한 남자 소리 듣고 싶어서 영진 선배한테 뜨뜻미지근하게 행동해 질척한 미련 주는 거?"

"뭐, 임마?!"

"야, 다들 날 몰라도 너무들 모른다. 난 나쁜 년 소리 듣는 거 안 무서워. 그만 보잔 말을, 친구하잔 말을 계속 관계 유지하잔 말로 알아듣고 내 옆에서 상처 받는 애한테, 내가 모질게 안 하면 어떻게 해야 되는 건데! 나는 이게 최호에 대한 예의고, 우정이야."

해수가 세 남자에게 서운한 마음을 쏟아놓고는 2층으로 올라갔다.

"저 새끼가 진짜! 야, 네가 영진이랑 내 관곌 뭘 안다고 그런 소릴 해! 자식아!"

"형님, 해수가 나한테 서운해서…."

"넌 뭐야, 자식아! 여자친구 옛 남친이 집에 오면 주먹을 날릴 일이지, 네가 뭐 멋지고 쿨한 놈이라고 괜찮은 척, 잘난 척이야! 자식이, 아으 재수 없어!"

동민은 위로하려는 재열을 밀치고 자기 방으로 휙 들어가버렸다. 거실에 남겨진 재열이 어이없고 답답한 마음에 한숨을 쉬며 주방으로 가 물을 마시는데, 수광이 따라 들어왔다.

"근데 솔직히, 지해수랑 만나는 거 힘들지? 나만 알고 있을게, 말해 봐."

수광이 장난스럽게 웃으며 물었지만, 재열에게는 그 말이 위로와 격려처럼 들렸다.

"그래, 너만 알고 있어. 힘들어."

수광의 낄낄거리는 웃음소리를 뒤로하고 재열이 2층 계단을 올랐다. 복도를 지나 자신의 방으로 들어가려는데, 해수의 목소리가 들렸다.

"받는 대로 준다가 네 신조랬지? 그럼 나도 네 옛날 여친이 집으로 찾아오면, 오늘 너처럼 봐줘야 하는 거니?"

재열은 담담하게 웃으며 해수가 서 있는 쪽으로 다가갔다.

"난 네가 최호한테 괜찮은 여자란 소리를 듣고 싶어 하는 줄 알았어. 그래서 질투도 났지만 참은 거고."

"분명히 말하지만, 난 너랑 만났던 여자를 이 집에서 보는 순간 머리끄덩이를 확 잡을 거야."

해수가 머리채 잡는 시늉을 하며 샐쭉한 표정을 지었다. 재열은 그 모습이 귀여워 재빨리 해수에게 입을 맞췄다. 해수가 재열을 밀치며 눈을 흘겼지만 싫지 않은 기색이었다.

"나 내일 근무야. 여기까지."

달콤한 화해에 기분이 풀린 해수가 방으로 들어가려다 무슨 생각이 떠올랐는지 다시 몸을 돌려 재열을 봤다.

"너 일할 땐 작업 중 팻말 붙이는 거 어떻게 생각해? 오늘처럼 내가 방해 안 하게."

"곧 이사 갈 건데 뭐. 서초동 공사 거의 끝났대."

"뭐, 이사?"

해수는 심장이 쿵 내려앉을 만큼 놀랐는데, 재열의 답은 너무도 무심했다.

"어, 이사."

"어, 이사?"

심지어 해수의 서운한 마음을 전혀 모르는 듯 아무렇지 않게 웃고 있었다.

"그래. 이사. 여기서 계속 살 순 없잖아."

해수가 서운하고 아쉽고 왠지 짜증도 나서 멍하니 서 있는데, 재열이 방에서 노트북 가방을 챙겨 나왔다.

"어디 가?"

"서초동 집에. 밤엔 공사 소리 안 들리니까 가보게. 여기선 일이 안 돼."

"언제 올 건데?"

"글쎄, 가보고 결정하게. 일 잘 되면 며칠 있을 거야."

글이 잘 써지는 곳으로 가겠다니 잡을 수도 없고, 이대로 보내자니 서운하고…. 해수의 마음은 그야말로 진퇴양난이었다.

재열이 나가는 걸 봤는지 수광이 2층으로 올라와 무슨 일이냐고 꼬치꼬치 캐물었다.

"장재열 이사 간대. 이제 됐어?"

"왜? 이제 누나랑 볼일 끝났대?"

수광이 무심코 내뱉은 말에 해수는 살짝 상처를 입었다. 그렇지 않다는 걸 알면서도 때때로 재열이 보여주는 무심한 태도가 해수에게는 서운하고 냉랭하게 느껴졌던 것이다.

너

많이 외로웠겠다

홍대 집에서는 글이 잘 써지지 않아 서초동으로 왔지만, 맘처럼 되지 않았다. 오피스텔 곳곳에 해수와의 추억이 남아 있었다. 기습 키스를 당하고 뺨을 때리던 해수, 술에 취해 바닥에 쓰러져 자던 해수, 아침에 허둥지둥 달려나가 택시를 잡던 해수….

잠을 자려고 눈을 감으면 오키나와 해변에서의 첫 섹스가 떠올라 해수에 대한 그리움은 더더욱 커져갔다. 목소리라도 듣고 싶어 전화를 해볼까 했지만 새벽 3시. 결국 포기하고 노트북을 다시 켜봐도 글은 한 줄도 써지지 않아 괴롭기만 했다.

왜 이렇게 글이 안 써지는 거지? 연애 감정에 빠져서 그런가? 그것도 어느 정도 이유가 되지만, 절대적 이유는 아닌데…. 전업작가의 길에 들어선 이래 최대의 고비라는 생각이 들었다.

'보고 싶고, 짜증나고, 그립고, 화나고, 전화 걸고 싶고, 자존심 상하고….'

서초동으로 간 지 나흘이 지나도록 재열에게서 전화 한 통, 문자 한 통 없자 해수는 조바심이 났다. 재열은 글 쓰는 데 집중해 내 생각 따위 나지도 않는 모양인데, 내 마음은 미친년 널뛰듯이 오르락내리락하고 있으니 이게 뭐람.

이미 12시를 훌쩍 넘긴 깊은 밤이지만, 재열에 대한 그리움으로 도통 잠을 잘 수가 없었다. 해수는 침대에서 일어나 재열 방으로 갔다. 텅 빈 방을 우두커니 바라보다 재열이 쓰던 책상 앞에 한참 앉아 있던 해수가 욕실 쪽으로 향했다. 그러다 욕실 문에 붙어 있는 메모지를 발견했다.

재열이 남긴 메시지를 보자마자 해수의 입에 배시시 미소가 번졌다. 그렇게 차갑게 나갔으면서 이렇게 로맨틱한 메모는 또 언제 남겨놓은 거람?

메모지에는 욕실 문의 비밀번호도 적혀 있었다. '관계자 외 출입금지'였던 재열만의 공간이 해수에게 허락된 것이다.

해수는 이불이 깔린 욕조에 누워, 재열이 남긴 메시지를 소리 내어 읽었다.

'704707. 우리가 탔던 오키나와 왕복 플라이트 넘버. 이제 나 혼자만의 공간은 없어. 언제든 네가 들어올 수 있지. 근데, 대체 나한테 사

랑한단 말은 언제쯤 할 거야, 지해수.'

재범이 교도소 의무실의 간이침대에 누워 있다. 팔에는 수액 링거주사가 꽂혀 있고, 동민이 아미탈 주사약을 수액 링거에 주입하는 중이다. 이제 진실이 밝혀지겠구나, 누명을 벗겠구나 하며 기대에 부풀어 있는 재범과 달리 동민은 굳은 표정이었다. 아미탈 인터뷰를 통해 알게 된 사실은 재판의 증거 자료로 쓸 수 없을 뿐만 아니라 다른 사람에게 알리는 것도 금지되어 있었다. 동민이 그 사실을 이야기하자 재범이 벌떡 일어나 앉았다.

"그게 뭔 소리야? 그러니까 아미탈 인터뷰 후에 내가 범인이 아닌 걸 알아도, 절대 남한테 얘길 못 한다고?"

"아미탈 인터뷰는 심리치료를 위한 거지, 선과 악을 가르는 목적으로 하는 건 의료법에 걸려. 그 말은…."

"그러니까 나중에라도 판검사한테 장재범은 무죄라고 말을 못 한다는 거네."

"그건 의사가 할 몫이 아니거든."

이쯤 되면 재범이 성질을 부리겠다 싶었는데 웬일로 조용히 생각을 하더니, 침대에 다시 누우며 말을 이어나갔다.

"뭐, 괜찮아. 이젠 내가 날 못 믿겠거든. 내가 기억하는 게 진짠지 가짠지. 어차피 이거 맞으면 내가 구라를 치고 싶어도 진실만 말한다며?

약 들어가게 해."

재범이 무척이나 밝히고 싶어 하는 그 진실을 이제는 동민도 꼭 알고 싶었다.

"그래. 그럼 나하고 같이 열부터 거꾸로 세보자. 열, 아홉, 여덟…."

동민이 링거 레버를 돌리자 아미탈 주사약을 품고 있는 수액 방울들이 재범의 팔을 타고 온몸으로 천천히 퍼지기 시작했다. '여덟, 일곱, 여섯, 다섯'까지 센 재범의 눈꺼풀이 스르르 감기기 시작했다. 재범의 진실 여행이 시작된 것이다.

"엄마랑 재열이 둘이는 늘 좋았어… 나만 없으면."

엄마는 재범만 보면 늘 화를 냈지만, 재열이랑 있을 때는 밝았다. 살인 사건이 나기 2년 전쯤이니까 열일곱 살 때였다. 오래간만에 집에 가기 위해 동네 개울가를 지나는데, 엄마랑 재열이가 깔깔 웃으며 물장구를 치고 있었다. 엄마 얼굴에 웃음꽃이 활짝 피어 있었다. 재범은 그게 참 부럽고 속상했다.

"나도… 엄마 자식인데…."

눈가에 살짝 눈물이 비치는가 싶더니, 어느새 재범의 얼굴이 심하게 일그러졌다. 의붓아버지에게 머리채를 잡힌 채 두들겨 맞고 있는 동생 재열이 눈앞에 나타났기 때문이다.

"미친놈 또 맞고 지랄이야. 등신 같은 놈이, 내가 그렇게 맞지 말래도 그냥 맞고만 있어."

친구들과 당구장에서 놀다 배가 고파 집에 왔는데 재열이 또 맞고 있었다. 난장판이 된 방바닥에는 생고구마 껍질이 흩어져 있었다. "새끼가, 내가 먹을 고구마를 처먹고 지랄이야." 의붓아버지는 그렇게 소리치며 재열의 뒤통수를 내리쳤다. 꼼짝없이 당하는 재열을 보니 말로 할 수 없는 분노가 치솟았다. 이차저차 생각할 것도 없이 부엌으로 달려가 곤로 옆에 뒀던 석유통을 들고 나왔다. "잘 만났어, 꼰대. 오늘 너 죽고, 나 죽어! 다 죽어!" 발악하며 의붓아버지를 향해 석유를 들이 부었다. 그때는 정말 그런 마음이었다. 이렇게 지지고 볶고 싸우며 동생이랑 엄마가 맞는 걸 보기만 하느니, 다 같이 죽어버리는 게 나을지도 모른다고 생각했다. 하지만 막상 불을 붙이려니 덜컥 겁이 났다. 그래서 라이터로 불을 켰다 껐다 하며 겁만 주려고 했다. 그렇게 하면 꼰대가 무서워서 도망갈 거라 생각했다.

그러나 의붓아버지는 술이 너무 취해 상황 판단을 제대로 할 수 없었던지 도망은커녕 도리어 재범에게 달려들어 멱살을 잡고 주먹질을 해댔다. 엎치락뒤치락 실랑이를 하다가 젖 먹던 힘까지 쥐어짜 의붓아버지를 밀쳐냈다. 그 바람에 다리가 풀린 의붓아버지가 재열이 있는 쪽으로 넘어졌고, 재열이 손에 들고 있던 과도가 의붓아버지의 배에 꽂혔다. 의붓아버지의 힘에 밀려 함께 넘어진 재열은 벽에 머리를 세게 부딪혀 그대로 기절했다. 재범이 의붓아버지 배에 꽂혀 있는 칼을 빼내는 순간, 일을 마치고 돌아온 엄마가 방문을 열고 들어서다 그 모습을 보았다.

"문 닫아!"

재범은 엄마에게 소리를 지르고 검은 비닐봉지에 칼을 넣었다. 엄마는 벌벌 떨며 다가와 재열을 끌어안았다. 너무 놀라 말도 못하고 울지도 못했다.

"재열이가… 이 인간을 찔렀어, 엄마."

재범이도 무섭기는 마찬가지였다. 하지만 그 순간 자신이라도 정신을 차려야 한다고 생각했다. 일단은 여기를 벗어나야 했다. 재열이를 들쳐 업으며 엄마한테 당부했다. 재열이 대신 내가 범인이 되겠다고. 착한 동생 놈보단 내가 감방에 가는 게 엄마 마음이 편할 거라는 생각이 들었다. 그리고 실수로 벌어진 일이니 감방에 가더라도 기껏 2, 3년이면 나올 거라 생각했다. 그런데 11년형을 받았다. 이십대 청춘을 감방에서 죽일 수는 없었다. 억울했다. 그래서 진실을 말했다. 재열이가 그랬다고.

"근데 그놈이 엄마랑 짜고 날 배신했어. 법정에서 둘 다 나를 범인으로 지목하더라구."

재범은 어눌하지만 담담하고 흔들림 없이 자신의 기억들을, 그리고 그때의 생각들을 말했다. 그리고 마지막 말을 내뱉으며 기어이 참았던 눈물을 터트렸다.

"그 인간은 재열이가 죽였어. 재열이가 죽였어. 재열이가… 죽였어!"

한 시간쯤 지났을까. 재범이 수면 상태에서 깨어나 가느다란 눈물을 흘리며 동민에게 물었다.

"내가 정말 안 죽였지, 그치?"

동민이 재범의 손을 잡아주며 따뜻하게 웃었다.

"그동안, 너 참 많이 외로웠겠다."

동민의 말에 재범은 난생처음 누군가에게 이해받고, 공감을 얻었다는 생각이 들어 울컥했다.

"이제 외롭지 마라, 재범아. 내가 네 맘 다 아니까."

그제야 닫혀 있던 댐이 열린 듯 재범이 붉고 굵은 눈물을 쏟아내며 오열하기 시작했다.

최호가 갑자기 전화를 걸어 만나자고 했다. 재열은 내키지 않았다. 글이 써지지 않아 해수도 안 만나고 있는데 그 귀한 시간을 최호에게 내줄 생각은 전혀 없었다. 전화를 끊으려 하자, 최호가 장재범 취재 건에 대한 이야기라고 운을 뗐다.

재열이 면도도 못한 얼굴로 다급히 홍대로 달려왔다. 카페에는 수광이와 윤수가 있어 동네 편의점 앞 파라솔에 자리를 잡고 앉았다. 볕이 좋은 오후, 앞에 앉아 있는 사람이 최호가 아니라면 기분도 상쾌하고 좋을 그런 날이었다.

"내가 내린 결정이 아냐, 방송국이 내린 결정이지. 알다시피 난 일개 직원이잖아. 하지만…."

"하지만 뭐?"

"난 장재범이 널 계속 범인이라고 우기는 게 아무래도 미심쩍어."

재열이 어이없는 웃음을 짓다 이내 담담한 표정으로 최호 눈앞에 얼굴을 바짝 들이밀었다.

"진짜 미심쩍은 건 형량이지. 정당방위도 구분 못하고, 증거도 없는데 11년 중형을 때린 판검사가 미심쩍어야지. 부탁한다. 내 형의 누명 반드시 벗겨. 만약 그래주면 내가 널 존경해주지. 그리고… 해수 앞에 그만 나타나."

재범 건으로 한 방 먹였다고 자신했던 최호는 재열의 단호한 태도에 기분이 상했다.

"네가 안전한 놈이라고 판단될 때까지 난 해수 곁에 있을 거야. 경고하는데, 해수한테 가까이 접근하지 마."

"벌써, 이미, 가까이 접근했으면 어쩔 건데 네가?"

순간, 최호가 벌떡 일어났다.

"그게 무슨 말이야? 설마… 둘이 잤냐?"

"그럼 단둘이 여행 갔는데 그냥 왔겠냐?"

당연한 걸 묻는 너도 참 답답하다, 하며 재열이 일어나 가려 하자 최호가 달려들어 재열의 얼굴을 주먹으로 냅다 쳤다. 그 바람에 넘어졌던 재열이 입가를 닦으며 천천히 일어났다. 차분한 재열과 달리 씩씩대는 건 최호였다. 재열이 "그만하자." 하고는 어깨를 툭 쳐주고 가는데 최호가 이번에는 발을 걸어 넘어뜨렸다. 편의점 앞에 쌓여 있던 생수병과 함께 바닥으로 나뒹굴자, 재열은 잠시나마 품고 있던 동정과 연민의 마음을 싹 지웠다.

"일어나, 새끼야! 너!"

최호가 재열의 멱살을 잡아 일으키며 주먹을 날렸지만, 재열이 피하면서 최호의 얼굴에 주먹을 냅다 꽂았다. 바닥에 넘어진 최호가 벌떡 일어나 달려들려 할 때 재열이 슬쩍 방향을 틀었다. 그러자 편의점 벽에 머리를 세게 부딪친 최호가 충격으로 정신을 잃고 바닥에 뻗었다.

순식간에 벌어진 일에 놀란 재열은 기절한 최호를 잡아 흔들며 세게 뺨을 쳤다.

"야, 야, 최호, 눈 좀 떠!"

재열이 옷을 갈아입고 카페로 갔을 때, 최호 손에는 수광이 가져다 준 얼음주머니가 들려 있었다.

"병원 안 가도 돼?"

"네 주먹이 그 정도는 아니거든?"

"그럼 나, 가도 되냐? 너랑 마주 보고 앉아 있기 불편한데."

"너 해수 사랑하냐? 진짜, 장난 아니냐?"

재열이 낮게 탄식하며 한숨을 내뱉었다.

"내가 어떤 말을 해도 넌 화날 건데. 사랑이래도, 장난이래도. 왜 그렇게 네 맘 다칠 짓을 해, 넌?"

"해수한테 전해. 쉽게 잊을 자신은 없지만, 다신 싫다는데 나타나고 그런 짓 안 한다고."

"내가 세상에서 제일 싫은 게 남 말 전하는 거야. 네가 해."

최호의 입가에 보일 듯 말 듯 미소가 번졌다. 밉기는 해도 꽤 괜찮은 놈이라는 생각이 들었다.

최호가 부어오른 볼에 얼음주머니를 갖다 대고 커피를 한 모금 마시는데, 재열이 카페 건너편을 보며 반갑게 손을 흔들었다. 해수가 온 건가 하며 최호가 그쪽으로 시선을 옮겼지만, 아무도 없었다. 재열은 아무 일 없었다는 듯 손을 내리고 최호에게 말했다.

"그리고 서둘지 마. 해수 쉽게 잊혀질 만한 여자 아니잖아. 오래갈 거다. 그리고 우리 형 사건 취재 잘 해. 네가 형의 무죄를 증명하면, 나중에 술 한잔하자. 내가 살게."

"네가 사는 술 안 마셔, 인마."

재열은 기분 좋게 웃으며 카페를 나와 강우가 기다리는 곳으로 걸어갔다.

"작가님, 제 소설 읽어봤어요? 어때요?"

"좋아, 아주."

그때, 카페에서 달려나온 최호가 자신도 모르게 재열을 툭 치고 지나갔다. 조금 전, 재범 사건을 맡았던 변호사를 드디어 찾았다는 조연출의 전화를 받아 정신이 없었기 때문이다.

"아, 자식."

"뭐야… 사람을 건드리고."

재열과 강우가 동시에 불만을 터트렸지만, 이미 저만큼 달려나간 최호에겐 들리지 않았다.

재열은 강우의 어깨를 한번 다독여주고 차 문을 열었다.

"가, 이제."

"이렇게 가는 법이 어디 있어요?"

강우가 장난스럽게 재열의 앞을 막아섰다.

"나, 방송하러 가야 돼. 그만 가."

"확실히 말하고 가요. 그냥 작품 좋다가 아니라, 확실히. 만약에 작가님이 내 작품 심사를 본다면 당선? 아님 탈락?"

"뭐라고 말해줄까? 진실을 말해줘?"

재열이 미간을 찌푸리고 심각한 표정을 지었다. 놀리고 싶은 마음에서였지만, 강우는 금세 시무룩한 얼굴이 되었다. 재열이 뜸을 들이다 이내 손을 들어 주먹을 불끈 쥐었다.

"당선!"

"엄마! 와우!"

강우는 눈가가 그렁해져 환호성을 질렀다.

"야, 야, 엄마한텐 아직 말하지 마. 당선된 것도 아닌데, 실망하시면 어떡하냐!"

"작가님이 당선이면, 무조건 당선이죠, 뭐!"

환하게 웃는 강우의 얼굴에 눈부신 햇살이 가득 내려앉고 있었다.

전화를 걸어볼까 말까, 해수가 아까부터 휴대폰을 만지작거리는데 '전화 가능?'이라는 문자 메시지가 떴다. 재열에게 온 것이었다. 단 네 글자에 마음이 설레고 미칠 듯이 반가웠다. 바로 걸어볼까 아니면 조금 애를 태울까 하다, 기다리지 못하고 냅다 전화를 걸었다. 통화 연결음이 들리는 몇 초간 심장이 떨려왔지만, 재열이 전화를 받자 이내 아무렇지 않은 듯 새침하게 인사를 건넸다.

"야, 참 오랜만에도 연락하신다."

"안녕하세요, 닥터 지. 저 장재열입니다. 기억하실지 모르겠네."

5일 만에 연락해놓고 생판 남처럼 사무적으로 말하는 게 어이없어 웃음이 터졌다.

"5일 만에 연락해서 뭐야, 닥터 지는?"

"그러게요. 참, 우리 피디님이 전에 닥터 지랑 제가 했던 토크쇼가 재미있었나 봐요. 그래서 지해수 선생님을 패널로 초대하고 싶다는데. 어떠세요, 의향이?"

"내가 방송 출연해주면 너는 나한테 뭘 해줄 건데? 이사 안 갈래?"

"그건 못하지."

재열이 조금 전과 달리 작은 목소리로 답했다. 방송국 안인 모양이었다. 해수는 입술을 삐죽였다.

"너, 나 사랑은 하니?"

"미치게. 지금 이 순간도 네가 옆에 있으면 좋겠다."

"절대! 내 몸에 손끝도 못 대게 할 거야."

"왜 이렇게 잔인해?"

재열의 낮은 목소리가 전화선을 타고 울렸다. 해수는 부러 애교 섞인 콧소리를 냈다.

"이사 가지 마."

"방송 출연 못한다고 전할게."

재열의 담담한 목소리를 끝으로 통화가 끝났다.

"사는 것도 긴장돼 죽겠는데, 연애까지 사람을 긴장시키고. 정말 되는 게 하나도 없어."

해수는 휴대폰을 주머니에 집어넣으며 투덜댔다. 그토록 기다리던 전화였는데, 목소리를 듣고 나니 오히려 그리운 마음이 더했다.

해수가 병원 복도 벽에 머리를 기댔다.

"보고 싶다."

"벽에 머리 대고 뭐하니?"

어느 결에 다가온 영진이 놀리듯이 물었다. 민망해진 해수는 영진의 얼굴을 보지도 않고 빠르게 복도를 빠져나갔다.

동민은 아미탈 인터뷰 때 재범이 한 말들이 마음에 걸렸다. 전에는 그의 말을 믿지 않았지만, 이제 상황은 달라졌다. 동민이 그간 봐온 재열은 형을 끔찍이 생각했다. 3년 전 사건도 나쁘게 마음먹었다면 재범의 형량을 늘릴 수 있는 상황이었지만 재열은 철저히 재범 편을 들어주었다. 그런 재열이 14년 전에는 왜 재범을 범인으로 지목했을까? 이 문제의 답을 찾아야만 재범의 억울함, 원망, 분노를 해결할 수 있을 것 같았다.

동민은 재열의 이야기를 들어보기 위해 조심스럽게 그의 방을 노크했다. 이삿짐을 싼다며 왔다 갔다 하는 걸 봤는데, 방에서는 아무런 인기척도 없었다. 나중에 다시 올까 머뭇거리던 동민이 조심스럽게 문을 열고 들어가 구석구석을 눈으로 훑기 시작했다.

재열의 성격을 보여주듯 책장에는 책들이 종류별, 주제별로 일목요연하게 정리되어 있었다. 가운데 칸에는 그간 출간된 재열의 책들이 꽂혀 있었다. 동민은 그중 오래되어 보이는 책 한 권을 꺼내 들었다. 〈장재열의 데뷔 이전 습작 모음집, 기억〉이란 제목 때문이었다. 표지에는 '장재열 작가의 15살, 최초의 습작 작품'이란 카피 문구가 인쇄되어 있었다.

'열다섯 살이면 살인 사건이 벌어지기 1년 전인가?'

책 내용이 궁금해진 동민은 책을 펼쳐 담담히 읽어 내려갔다. 대여섯 페이지쯤 읽었을 무렵, "해수니?" 하는 재열의 달뜬 목소리가 들렸다. 방문이 열려 있으니 해수가 온 거라 생각했던 모양이다. 하지만 자기 방에 들어와 있는 사람이 동민인 걸 확인하고도 재열은 그리 놀란 표정이 아니었다.

"갑자기 책이 너무 보고 싶더라고. 주인 없는 방에 들어왔다고 설마 나한테 지랄 떨 건 아니지?"

"지랄이 뭐예요, 지랄이. 근데 무슨 책이에요?"

동민이 읽고 있던 책을 건네주자 재열이 짐짓 쑥스러운 미소를 지었다.

"아, 이건 누구 보여주기 쪽팔린데…. 작가 지망생들 교재용으로 만든 거라."

"아냐, 잘 썼던데? 열다섯 살짜리의 습작이라고 보기엔."

"서툴죠."

"아냐, 진짜 잘 썼어. 근데… 넌 열다섯 살 때 '방어기제'란 말을 어떻게 알았니?"

"티브이 뉴스에서요. 성폭행 사건의 피해자가 가해자에게 복수한 경우였는데, 방어기제에 의한 정당방위로 인정돼 무죄 판결 받는 걸 봤어요. 그 뉴스 보고 진짜 엄청 신기했어요. 법이 내가 생각하는 것보다 따뜻하구나, 공평하구나 생각했죠. 이후에 형 사건으로 생각이 변했지만."

동민은 대답 대신 어색한 미소를 지어 보였다. 그러다 방을 나가려는데, 뭔가 이상해 고개를 돌렸다. 욕실 문에 설치된 디지털 도어록이 눈에 들어온 것이다. 동민은 고개를 갸웃거렸지만, 곧 이삿짐 잘 챙기라는 인사를 남기고 나갔다.

재열이 책을 이삿짐 상자에 챙기기 시작하고 얼마 뒤, 해수가 조용히 문을 열더니 문틀에 기댄 채 가만히 재열을 보았다.

"와… 그리운 지해수다."

재열이 그리운 얼굴로 다가가 입을 맞추려 하자 해수가 밀어냈다. 그동안 연락이 뜸해 삐친 거라 생각한 재열은 다시 해수를 안으려 했지만, 역시나 해수는 재열을 밀어내고 얼굴만 뚫어져라 바라보았다.

며칠 사이 재열의 얼굴은 눈에 띄게 수척해 있었다. 까칠한 피부와 덥수룩한 수염, 그리고 눈 밑의 다크서클까지. 잠도 제대로 못 자고, 제대로 먹지도 못한 것 같았다. 아무리 글이 목숨처럼 중요하다지만 자기 몸을 전혀 돌보지 않는 재열 때문에 해수는 속이 상했다. 그가 안쓰러우면서도 미웠다.

"너 얼굴이 왜 그래?"

해수가 따지듯 묻자 재열은 멋쩍어하며 책들을 챙기기 시작했다.

"일할 땐 늘 그래. 섹시하지 않냐?"

"난 별론데. 왜, 다른 여자들은 섹시하다 그러든?"

재열이 멈칫했다. 왜 매번 '다른 여자들은 그랬니?'라는 말을 꺼내 기분을 상하게 하는 걸까. 재열은 오랜만에 만난 해수의 삐딱한 태도가 실망스러웠다.

그러나 해수는 재열의 기분을 알아채지 못한 채 질문을 이어갔다. 궁금했다. 나를 버리고 가 얼마나 많은 글을 썼는지.

"일은 좀 했어?"

"별로."

재열이 해수를 돌아보지도 않고 상자에 책을 넣으며 짧게 대꾸했다. 그러다 손목을 털고 주먹을 쥐었다 폈다 했다. 두꺼운 책 여러 권을 옮겨서 그런지, 팔과 손에 피가 안 통하는 느낌이었다.

그 모습을 보니 해수는 더욱 속이 상했다. 며칠 내내 키보드만 두들겼으면 손목이 아픈 게 당연하지, 가끔 쉬기도 하고 몸 좀 챙기면서 하면 좀 좋아. 마음은 재열 걱정으로 차고 넘쳤지만, 막상 표현은 그렇지 못했다.

"야, 작가 그거… 힘들어서 어디 해먹겠니?"

걱정하는 해수의 마음을 알 턱이 없는 재열은 비아냥거리는 말투에 짜증이 나 아무런 대꾸도 하지 않았다.

"밥은 먹고 일했어?"

"대충."

"잠은? 하루 몇 시간 잤어?"

"틈틈이."

"어디서?"

"의자."

"너 화장실 아님 악몽에 시달려 잠 못 자잖아. 잠깐이라도 욕조 가서 자지 그랬어."

"글 쓸 땐 안 돼."

"저녁은?"

"생각 없어."

엄마가 아이 챙기듯 해수는 꼬치꼬치 물었고, 재열은 귀찮다는 듯 단문으로 답했다. 결국 해수가 고성을 내지르며 먼저 화를 분출했다.

"밥을 생각으로 먹어? 때 되면 먹지! 야, 나 네 애인 못 해먹겠다. 내려와서 밥 먹어."

재열이 제일 싫어하는 최악의 말을 내뱉고, 해수는 1층으로 내려가 버렸다. 닫힌 방문을 바라보는 재열의 얼굴이 석고상처럼 굳었다.

동민은 진료실로 돌아가 영진에게 전화를 걸었다. 재범과 재열의 문제에 대해 조언을 구하기 위해서였다. 부부의 인연은 끝났지만, 친구이자 동료로서 영진만 한 사람도 없었다.

영진은 마침 근처에 볼일이 있었다며 곧바로 달려와주었다. 동민은 자신이 알고 있는 모든 이야기를 자세하게 들려주었다. 다만, 사연의 주인공이 재열 형제라는 것은 밝히지 않았다. 자초지종을 다 듣고 나서 영진이 진지하게 입을 열었다.

"사고사가 살인이 됐네."

"다반사로 벌어지는 일이지."

"네가 풀어야 할 문젠 정리됐어?"

"첫 번짼, 오해로 인한 형제간의 원한 문제. 동생이 의부를 칼로 찌른 게 아니라, 의부가 넘어지다 칼에 찔린 사고사인데 형은 그걸 살인으로 본다는 거."

"엄마가 위증을 했다는 부분도 풀어야겠네. 엄마가 형을 변호할 수 없었던 건, 형이 칼 들고 있는 걸 봤기 때문이잖아."

"그렇지."

동민은 골똘하게 제 생각에 빠져 고개를 끄덕였다. 영진이 그런 동민을 관찰하며 물었다.

"동생이 위증한 부분에 대한 가설도 세워봤어?"

"하나는, 동생도 형처럼 사고를 살인으로 착각해서 형한테 죄를 덮어씌웠다는 거. 하지만 그 가설은 좀 전에 풀렸어. 동생은 사건 이전인 열다섯 살에 이미 방어기제, 정당방위 그런 말의 뜻을 정확히 알고 있었어. 살인과 사고사를 구분할 충분한 인지 능력이 있었고, 자신의 행동으로 법정에 섰더라도 무죄 판결이 가능하단 걸 알고 있었지."

"두 번째 가설은?"

"형 말대로, 폭력적인 의부와 형을 한꺼번에 처리하기 위한 동생의 계획적인 음모. 근데, 그것도 타당하지 않아."

동민은 귀휴 나온 재범에게 폭행을 당하고도 빵집 앞에서 재범을 마음 아프게 보던 재열을 기억했다.

"동생은 자신이 저지른 일과 위증을 덮기 위해 형을 영원히 감방에서 썩게 할 기회가 있었거든. 하지만 그러지 않았어. 동생은 형에게 큰 애정이 있어. 근데… 왜 형이 찔렀다고 위증을 했을까?"

"뭔가 비밀이 있는 거 같다."

동민이 고개를 끄덕이자 영진이 떠보듯 물었다.

"그래도 위증은 범죄잖아. 그걸 알고 묵인할 순 없는 거 아냐?"

"위증, 범죄, 묵인. 판검사 놀이하니 지금? 의사인 내가 관심 있는 건 단 하나, 그들의 상처야. 자신의 진실이 짓밟힌 채, 14년 가까이 감방에서 산 형을 어떻게 위로할 수 있을까? 그들의 엄마는… 진짜 괜찮나? 그리고 동생. 열여섯 살 어린 남자애가 그런 끔찍한 사건을 겪고도 상처 받지 않고 과연 건강하게 성장했을까? 내가 보기엔 밝고 긍정적으로 보이는데, 그게 엄청난 방어기제가 아니라 스스로 상처를 치유한 거였으면… 정말 좋겠다."

"열여섯 살 애가 스스로 치유? 절대 그럴 순 없을걸. 경험상 반드시… 지금은 아니더라도 어느 순간 장애가 발현될 거야. 숨겨둔 마음의 상처는 언제든 사람을 병들게 하지. 그래서 무서운 거고."

동민 또한 그 말에 동의하기 때문에 마음이 너무 아팠다.

"주변에서 도와 치유될 수 있는 정도였으면 좋겠다. 그 자식 옆엔 참 괜찮은 애가 있거든."

"동생이 누군지 몰라도, 동생한테 애정이 많나 보다?"

동민이 서글프게 웃으며 고개를 끄덕였다.

해수는 저녁상을 차려놓고 재열을 불렀다. 몇 순갈이라도 뜨는 걸 봐야 마음이 놓일 것 같았다. 재열은 입맛이 없었지만, 해수와 다투기 싫어 아무 말 없이 식탁 앞에 앉았다. 수광과 마주 앉은 재열이 밥을 먹기 시작하자 지켜보던 해수가 슬그머니 주방을 빠져나왔다.

밤이 늦었지만 동민의 진료실에 불이 켜져 있는 걸 확인한 해수가 조심스레 노크했다. 재열 때문에 생각이 복잡한 동민은 해수와 한가한 얘기를 나눌 기분이 아니었다.

"난 세상에서 젤 듣기 싫은 게 남 연애하는 얘기다. 연애 상담이면 꺼져."

해수는 소파에 앉아 땅이 꺼질 듯 한숨을 쉬었다.

"선배. 장재열이 강박증이 심한데, 좀 도와주라."

해수 입에서 '강박증'이란 단어가 나오자 동민이 진지한 표정으로 해수와 눈을 맞췄다.

"어렸을 때 사건이 내 생각보다 훨씬 영향을 많이 주는 거 같아. 화장실에서 자는 것도 잠은 자니까 괜찮다 싶은데, 글 쓸 땐 그마저도 못하는 것 같아. 숙면을 못하면 집중력이 떨어지고 그러면 글이 안 되고, 그러면 긴장되고 소화력이 떨어질 거고, 몸이 망가지고 악순환인데…. 그냥 저렇게 두면 나중에 진짜 안 좋을 거 같아서, 글 쓰는 동안 다른 치료는 몰라도 약 처방만이라도 해주고 싶은데 정확한 상태를 모르니까… 검사도 해야 될 것 같아. 선배가 해주라."

"작가라는 직업이 이럴 땐 안 좋다. 그치?"

"장재열한테 글은 전부일 수도 있어. 도와주라, 장재열 좀."

"아주 재열이 놈한테 푹 빠졌구만? 나 좋다고 인턴 때 벼락 키스하다 기절한 게 엊그제 같은데, 이게 다 커서 남자랑 잠을 자고, 사랑을 하고."

강박증으로 고생하는 재열도, 그런 연인을 걱정하는 해수도 안타까웠다. 그러나 한편으론 해수가 진짜 어른이 되어가는 것 같아 장난 섞인 농담을 던졌다.

"그 얘긴 왜 해? 장재열 도와줄 거지?"

"알았어, 인마."

"고마워."

한시름 놨다는 표정으로 해수가 동민을 끌어안았다. 동민도 환한 웃음으로 해수를 안심시켰지만, 해수가 진료실을 나가자 절로 깊은 한숨이 나왔다. 그때 최호에게서 문자가 왔다.

'장재범 사건 맡았던 강한식 변호사 만나기로 했어요. 형님과 같이 만나는 것도 좋겠다 싶은데, 어떠세요?'

그 시각, 태용은 투덜거리며 양수리 경찰서로 들어갔다. 재열의 명함지갑을 보관 중이니 찾아가라는 전화를 벌써 몇 차례 받았지만 바빠서 계속 미루고 있었다. 도무지 짬이 안 나 퀵서비스로 보내달라고 했다가 거절당한 뒤, 재열에게 새로 사는 게 어떻겠느냐 물어보기도 했다. 그런데 중요하니 꼭 찾아달라는 말에 늦은 밤 부랴부랴 달려온 것이다.

태용이 용건을 말하자 경찰관이 커피 한 잔을 건네며 자리에 앉게 했다.

"차 안 줘도 되니까 그냥 지갑만 줘요."

"이것 좀 보셔야 할 것 같은데…."

경찰이 심각한 표정으로 시시티브이를 확인해달라고 하자 태용은 고개를 갸웃거렸다. 재열의 명함지갑이 왜 양수리 경찰서에 보관되어 있는지부터가 이상했지만, 찾았으니 상관없다 싶어 돌아서려던 참이었다. 그런데 경찰이 보여준 화면은 태용을 그 자리에 얼어붙게 만들었다.

양옆으로 논이 펼쳐진 평범한 시골길에서 재열이 혼자 이리저리 비틀거리고 허공에 주먹질을 하고 있었다. 누군가의 멱살을 잡는 것처럼 두 팔을 위로 치켜들었다가 길바닥에 쓰러져 몇 바퀴 구르기도 했다. 그러다 악을 쓰며 일어나 아무도 없는 뒤를 돌아보고 다급하게 소리를 쳤다.

태용의 얼굴에 식은땀 한 줄기가 흘렀다.

"이게… 뭐예요? 내, 내 친구 재열이가 왜 혼자서…. 이게 뭔데요?"

태용의 반응을 지켜보던 경찰이 다른 영상을 재생시켰다.

"이건 저희한테 왔을 때 모습입니다."

피투성이가 된 재열이 강우 아버지 이야기를 하며 가정 폭력 사건이니 철저히 조사해야 한다고 열변을 토하고 있었다.

"저희가 이 신고 받고 장재열 씨가 말한 곳을 가봤는데, 그 집은 빈집이고 한강우라는 애는 없었어요. 그리고 조사해보니까, 주소가 바뀌어서 동네 이름과 번지수가 다르지만… 거긴 예전에 장재열 씨가 살던 불탄 집이었어요. 아무리 생각해도 장재열 씨가 좀 이상한 것 같은데, 병원에 한번 가보시는 게…."

"이상하긴 누가 이상해요! 재열이가 이런 데는 뭔 사연이 있겠지! 당신들, 이거 밖으로 배포하면 내가 고소할 거야! 사생활 침해, 명예훼손으로! 알았어, 몰랐어?"

경찰의 입단속을 하느라 말은 그렇게 했지만 태용이 보기에도 재열의 행동은 이상했다. 무슨 일인지는 몰라도 재열에게 안 좋은 일이 생긴 것 같아 덜컥 겁이 났다.

경찰서를 빠져나오자 참았던 눈물이 왈칵 쏟아졌다. 불안하고 두려운 마음에 발만 동동거리던 태용이 손에 들린 명함지갑을 보았다. 그제야 정신이 났다. 그래, 일단 확인을 해보자!

경찰이 알려준 주소대로 차를 몰고 와보니 그곳은 정말 재열이 살던 옛집이었다. 14년 전 사건 때 불에 탄 집이 그대로 남아 있었다. 마을 입구 전봇대에 설치된 시시티브이, 집 앞 골목에 펼쳐진 논두렁 등 주변 모두가 동영상에서 본 그대로였다. 도대체 어찌 된 일일까.

곰곰이 생각을 해보니 그동안 미처 깨닫지 못했던 이상한 점들이 떠올랐다. 어느 날 갑자기 재열 입에 자주 오르내리던 강우라는 이름, 고등학생인 팬과 작가 사이라고 하기엔 지나치게 친한 사이가 된 강우를 정작 태용은 한 번도 본 적이 없었다. 며칠 전 강우를 병원으로 데려가달라는 부탁을 받고 공원으로 달려갔을 때도 그곳엔 아무도 없었다. 이상한 건 그뿐이 아니었다. 재열이 강우와 같이 있다고 해서 가보면 언제나 재열 혼자 주변을 두리번거리며 강우가 방금 사라졌다고 했었다. 생각이 여기에 미치자 강우의 존재를 확인하는 게 우선이라는 생각이 들었다.

밤이 늦었지만 태용이 재열에게 전화를 걸었다.

"밤늦게 무슨 일이야?"

태용은 크게 숨을 고르고 태연한 척하며 물었다.

"재열아, 너 아는 강우… 걔 어느 학교 다니는데? 그리고 전화번호는 뭔데?"

"양수리 쪽 숭전고등학교. 전화번호는 왜?"

"그냥. 걔 글 쓴다니까… 내가 한번 만나볼라 그러지. 출판사 입장에서."

"잘 생각했다. 내가 네 문자로 강우 집 전화랑 핸드폰 번호 넣어놓을게."

태용은 재열이 보내준 번호로 전화를 걸었다.

"이 번호는 없는 번호입니다. 다시 확인하시고…."

태용은 넋이 나간 표정으로 전화를 끊었다. 도무지 믿기지가 않아 몇 번을 걸어도 똑같았다. 태용은 망연자실했다.

재열이 태용에게 문자를 보내고 있을 때 해수가 방으로 들어왔다. 하지만 재열은 해수에게 눈길조차 주지 않고 짐 정리에만 몰두했다. 함부로 이야기하고 기분 내키는 대로 행동하는 해수에게 여전히 화가 나 있었다.

침대에 앉아 재열을 말없이 올려다보던 해수가 가만히 다가와 백허그를 했지만, 재열은 꿈쩍도 하지 않았다. 그러자 해수도 기분이 상했는지 다시 침대에 걸터앉았다. 해수를 바라보는 재열의 눈빛이 그 어느 때보다 싸늘했다.

"그 차가운 눈빛은 뭐야? 나 목 아파. 옆에 앉아!"

해수를 가만히 바라보던 재열이 드디어 입을 열었다.

"혹시 말이야… 내가 널 많이 사랑한다고 하는 말을, 마치 네가 날 함부로 해도 된다는 말로 오해하는 건 아니지? 만약 그렇다면… 그러지 마. 아주 배려 없단 생각이 드니까."

"야, 내가 할 소릴 왜 네가 해?"

"내가 이사 가는 건…."

"우리 사귀는 건 맞지?"

해수는 제 맘을 몰라주는 재열이 서운했지만, 짐짓 담담하게 둘의 관계에 대한 질문을 던졌다.

"아직도 헷갈려 그게? 잠자리까지 하고 나서? 너 일할 때 난 전화도 통화가 가능한지부터 묻고, 너한테 허락받고 통화해. 네가 좋아하는 일 방해하고 싶지 않아서. 내가 이사를 가는 건…."

"여기선 일이 안 되니까. 일 때문이지. 나도 일하는 사람인데 그걸 이해 못할까 봐? 이사? 네가 안 간대도 내가 등 떠밀 판이야!"

해수가 조목조목, 논리적으로 해명하자 재열이 내내 이해되지 않았던 것을 물었다.

"근데, 배려 없단 말을 네가 해야 된다는 건 뭐야? 아까, 내 애인 못 해먹겠단 말은 뭐고?"

"배려 없단 말은, 밥 안 먹고 잠 안 자고 일하다 까칠한 모습으로 5일 만에, 내 맘 아프게 나타난 걸 말하는 거고! 네 애인 못 해먹겠단 말 역시, 지금 네 모습이 너무 마음 아파서 한 소리야."

해수의 목소리가 가늘게 떨렸다. 눈가도 붉게 물들어 있었다. 해수를 바라보는 재열의 눈가도 똑같이 붉어졌다. 이제야 그녀의 마음이 느껴졌다. 떼쓰고 툴툴거리는 줄만 알았던 해수의 반응이 실은 자신을 걱정해서였다는 것을 알게 되자 가슴이 뭉클했다.

재열이 미안한 마음을 담아 해수의 어깨를 살짝 안았다. 그리고 아껴두었던 말을 꺼냈다.

"보고 싶었어."

"이사 간단 말을 꼭 그렇게 다짜고짜, 아무런 준비도 안 된 내 등 뒤에 대고 해야 되니? 사람 뒤통수치는 것도 아니고, 충격 받게."

해수가 투정 부리듯 툴툴거렸지만, 그 말에 담긴 진심을 알기에 재열은 해수를 더 세게 끌어안았다.

"늘 쿨해서 충격 받을 줄 몰랐어. 근데, 충격 받았단 말은 듣기 좋다. 사랑한단 말로 들리네."

해수가 샐쭉한 표정을 지었다.

"너 이사하면 우리 언제 만나? 매주 금요일 어때? 월화수목은 내가 근무니까, 우리가 만나는 날은 금요일, 어때?"

"내 스케줄은 너처럼 그렇게 요일을 정해서 할 수 없어."

"너 그딴 식으로 일하다 몸 망가져. 계획적인 일 습관 이번 기회에 몸에 익혀. 양보 못해. 대신 1박 2일."

"콜!"

오해가 풀리자 대화도 일사천리였다.

"계획에 없는 데이트는 사전에 전화로 양해 구하고, 딥 터치 없이는 가능."

"장소는?"

"영화관, 음식점, 카페, 길거리 다 가능한데, 이 집이랑 모텔은 싫어. 이 집엔 밤잠 없는 조동민과 귀가 너무 밝은 수광이가 살고, 모텔은 그냥 싫어."

"서초동 우리 집은 어때?"

"나쁘지 않네."

해수가 새침하게 웃었다. 재열은 그런 해수가 너무 예뻐 입을 맞추려고 얼굴을 가까이 가져갔다.

"워워워. 나 이렇게 계획 없는 짓 딱 질색이야."

"네가 너무 힘들어. 넌 파쇼고, 잔인하고, 악랄하고, 날 사육해."

재열이 풀 죽은 목소리로 말하자 해수가 웃었다.

"좋아. 네가 원하는 거 하나 들어줄게. 뭐야, 바라는 게?"

"낼모레 내 프로에 패널로 나와."

"아이, 진짜! 키스도 아니고 패널이냐?"

"사랑해."

"난 아직 아니거든."

해수가 개구쟁이 같은 미소를 지으며 경쾌한 걸음으로 방을 빠져나갔다. 지해수한테 사랑 받기 참 힘들다, 재열이 그런 생각을 하고 있을 때 해수가 다시 방으로 들어와 의미심장한 눈빛을 던졌다.

"있잖아… 내가 곰곰이 생각해봤는데, 우리 둘의 가장 큰 문제는 너무 따진다는 거야."

"그래서?"

"넌 날 사랑한다고 말해주고, 뭐 말다툼도 하지만 대부분 져주는데. 난 널 사랑한다고 말하지 않고…. 내가 생각해도 난 너무해."

"그래서?"

"불… 끌까?"

해수가 귀엽게 윙크를 했다. 재열이 터져 나오려는 웃음을 꾹 누르듯 눈을 질끈 감고는 엄지를 척 올렸다. 해수의 웃음소리와 탁, 하며 불 끄는 소리가 재열의 귀를 간지럽혔다.

해수는 병원 일을 마치고 버스 정류장에 서서 달갑지 않은 표정으로 언니 윤수와 통화를 했다.

"뭐야, 다짜고짜 전화해서 결혼은 무슨…. 난 독신주의야."

"결혼도 안 할 거면서 왜 잠을 자고, 재열이는 엄마 가겔 들락거리게 해. 웃겨, 아주 진짜!"

"뭐? 가게?"

"엄만 이미 걔가 사위야. 그리고 네가 무슨 독신주의야? 우리 자맨 핏속까지 결혼 지상주의자들이야. 알아? 엄마한테 받은 게 어디 갈 줄 알아?"

"아유. 결혼관도 유전이란 말은 들은 적이 없네."

"보고 배우지! 내가 하루걸러 술 먹고, 술만 먹으면 보증 서고 집 담보 잡는 네 형부랑 왜 이혼 못하는 줄 알아? 몸 아픈 남편이래도 한 번 남편은 영원한 남편이다, 하는 엄마의 그 의리! 그거 보고 배워서 그래. 알아?"

"늙었어. 잔소리가 심해."

굳이 일 끝나는 시간에 맞춰 전화를 걸어서는 하는 게 헛소리뿐이야. 해수가 어이없는 헛웃음을 지었다.

"장재열은 딱 봐도 선수야! 걘 너랑 헤어져도 아무렇지 않을걸? 늘 하는 연애, 늘 하는 이별일 테니까. 근데 기집애야, 넌 아닌 척해도 울고불고 인생 끝나!"

"전화 끊어."

해수가 짜증을 내며 전화를 끊었다. 그러자 바로 문자가 왔다.

'애들도 아니고, 헤어질 때 헤어지더라도 결혼 전제로 만나. 장재열이 결혼할 생각 없다면 바로 끝내고. 나중에 상처 받지 말고.'

해수는 인상을 찡그리고 문자를 봤다. 늙어서 잔소리가 심한 건 아닌 모양이었다. 이 장문의 문자를 이렇게 빨리 쳐 보내는 걸 보면 말이다. 결혼관도 유전? 별말을 다 해. 해수는 굳이 답장을 보내지 않고 정류장으로 들어오는 버스로 뛰어 들어갔다.

날이 어둑해져서야 방송국 앞에 도착한 해수는 버스에서 내리자마자 냅다 달렸다. 며칠 전과는 달리 한껏 차려입은 재열이 출입문 앞에서 해수를 기다리고 있었다.

“장재열! 미안, 미안. 내가 너무 늦었지?”

“말하지 말고, 뛰어.”

재열은 해수를 발견하자마자 엘리베이터 앞으로 뛰어가 버튼을 눌렀다. 문이 열리자 재열이 먼저 엘리베이터 안으로 들어가고 해수도 숨을 헐떡이며 들어갔다.

“죽는 줄 알았어. 차 막혀서….”

해수가 숨을 몰아쉬며 미안한 듯 웃다가 재열의 볼에 입을 맞추려 하자, 재열은 당황하며 시시티브이를 가리켰다. 머쓱해진 해수가 귀엽게 웃고는 재열을 찬찬히 보았다.

“와. 오늘 핏 좋네.”

“닥터 지에 대한 배려죠.”

“지금 그 존댓말의 의미도?”

“너도 지금부터 존대 써.”

“왜 그래야 하는데?”

마침 엘리베이터 문이 열렸지만 해수는 대답을 재촉하며 계속 재열만 보고 있었다. 그러자 재열이 해수의 손을 잡고 엘리베이터에서 내린 뒤 바로 손을 놓았다. 그러고는 지나가는 사람들과 눈인사를 하며 빠르게 말을 이어나갔다.

“방송국 사람들한테 우린 토크쇼에서 본 사이일 뿐이니까. 같이 사는 것도 몰라.”

“거짓말까지 하며 그런 설정을 하는 이유가 뭔데?”

“설명하기 귀찮아.”

해수가 걸음을 멈췄다. 망치로 머리를 한 대 맞은 기분이었다. 윤수 언니와의 통화 내용이 머릿속을 스쳤다.

‘장재열은 딱 봐도 선수고, 너랑 헤어져도 아무렇지 않을 거야.’

아까는 흘려들었던 언니의 말이 지금은 마음에 아프게 와 닿았다.

“사귀는 사이입니다, 그 여덟 자가 귀찮아? 아니면… 어차피 헤어질 여자니까 알리기가 싫어?”

해수가 참지 못하고 콕 집어 물어보자 재열의 얼굴이 굳었다. 져주지 않겠다는 듯 해수도 재열을 노려보며 말을 이었다.

“뭘 봐. 내가 틀린 말해?”

“뭐? 헤어질 여자?”

“그래. 헤어질 여자. 결혼할 여자 아니면 헤어질 여자지 뭐. 안 그래?”

재열은 화가 나면 늘 그랬듯, 아무 말도 하지 않고 스튜디오를 향해 걸어갔다.

“왜 대답을 안 해?”

“무슨 말을 해. 네 말이 맞는데.”

재열이 신경질적으로 대꾸했다. 그 순간 재열의 머릿속에 ‘답정너’라는 신조어가 떠올랐다. 답은 정해져 있으니 넌 대답만 하면 돼. 해수한테 딱 맞는 말이다. 지금 이 상황에서는 더 할 말도 더 들을 말도 없었다. 재열은 시계를 보며 걸음을 재촉했다.

뒤통수를 맞은 듯 순간 멍해진 해수가 그 자리에 서 있자, 재열이 되돌아와 말을 이었다.

"너, 말조심해. 또다시 헤어질 여자네, 뭐네 하는 말 한 번만 더 해."

해수는 얼굴을 붉게 물들이고 재열을 노려봤다. 재열이 사과를 할 거라 기대했던 마음이 무참하게 무너졌을 뿐 아니라, 너무도 예상 밖의 말을 들은지라 몇 초간 할 말을 잃고 말았다.

"하면 어쩔 건데?"

"궁금해? 그럼 해봐. 내가 어떡하나. 화끈하게 보여줄게."

단호한 재열의 태도에 해수가 입술을 앙다물었다.

왜 그렇게 이중적이야?

양수리 경찰서에 다녀온 뒤 태용은 넋이 반쯤 나가 있었다. 모든 게 뒤죽박죽인 머릿속으로 며칠 전 출판사 앞까지 찾아왔던 옛 친구 상숙이 떠올랐다. 그녀는 재열을 닮은 사람이 창에 돌을 던지고 갔다며 편지를 보냈었다.

태용은 상숙을 만나 얘기를 들어보려고 약속을 잡았다.

카페에 조금 일찍 도착한 태용은 혹시나 하는 마음에 재열에게 문자를 보냈다.

'재열아, 저번 날 네가 가르쳐준 한강우 전화번호 그거 맞아? 내가 거니까 아니라던데….'

'맞아.'

재열의 짧은 답에서는 확고한 믿음이 느껴졌다. 태용은 참담한 마음으로 다시 한 번 강우의 전화번호를 눌렀지만, 역시나 '없는 번호'라는 음성이 되돌아왔다. 태용의 눈에서 눈물이 뚝뚝 떨어졌다. 경찰이 보여준 시시티브이 속 재열의 이상한 행동, 불에 탄 빈집, 결번인 강우의 전화번호…. 지금 재열이에게 무슨 일이 일어나고 있는 걸까, 두렵고 불안했다. 모든 게 꿈이었으면 좋겠다 생각하며 손수건으로 얼굴을 훔치고 있을 때 상숙이 나타났다.

"무슨 일이야? 재열이한테 무슨 일 있니?"

"그게… 네가 전번에 재열이한테 준 편지에… 재열이 닮은 사람이 네 집 앞에서 창문에 돌멩이 던지고 갔다며? 그게 뭔 소린가 싶어서. 내가 궁금해서 그래, 내가…."

태용은 돌을 던진 사람이 재열이 아니기를 간절히 바랐다.

상숙이 알았다는 듯 고개를 끄덕이며 그날의 기억을 끄집어냈다. 돌이 날아와 창에 부딪히는 소리가 나 창문을 열어보니 어떤 남자가 서 있었다. 그 남자는 상숙을 보더니 "얘 이름은 강운데, 얘가 학생 많이 좋아한대."라고 외쳤다. 처음에는 무슨 일이지 싶었다. 창 아래 서 있는 남자는 물론 그가 말하는 강우라는 아이도 모르는데…. 그 남자는 "나중에 아는 척 좀 해줘." 하고는 누군가에게 "강우야, 좋지! 봤지!" 하며 즐거워했다. 정말 이상한 남자다 싶었다. 그런데 다시 보니 재열이 같았다. 언론에서 자주 봤기 때문에 어른이 된 재열의 얼굴을 알고 있었다. 그런데 좀 이상했다. 그 남자는 혼자였는데 마치 옆에 누가 있는 것처럼 행동하고 있었다.

"그 사람 재열이 맞아?"

상숙이 반신반의하는 표정을 지으며 태용에게 물었다. 우려했던 일이 구체적인 현실로 드러나자 아득한 절망감에 빠져들던 태용이 퍼뜩 정신을 차렸다.

"어? 재열이… 그날 옷은 뭐 입었든?"

"밤이라 잘 안 보이긴 했는데…. 아, 노란색 셔츠였어."

"아… 그, 그럼 재열이 아니다. 재열이는 슈트 좋아하거든."

태용은 그렇게 얼버무리며 손수건으로 땀을 닦았다.

상숙과 헤어진 뒤 태용은 무거운 발걸음으로 밤길을 헤매고 있었다. '혹시나'가 '혹시나'로 끝나길 바랐는데, '역시나'가 될 가능성이 점점 높아지고 있었다.

'동민 형님에게 이야기를 해볼까, 그러다 밖으로 소문이라도 돌면….'

마음이 갈팡질팡했다. 하지만 혼자 담고 있기에는 너무 큰 문제였다. 결국 태용은 동민의 병원으로 향했다.

"오늘 닥터 지가 추천하실 영화가 정말 〈비포 미드나잇〉이라구요?"

재열은 해수와의 연인 관계가 다른 사람들에게 알려지는 걸 원치 않았다. 더구나 조금 전 두 사람이 다툰 것이 방송에 영향을 주거나, 남들이 알아챌 만큼 표가 나서도 안 되는 일이었다. 그래서 재열은 프로답게, 첫 멘트를 평소와 다름없이 부드럽고 따듯하게 날렸다. 하지만 옆에 앉아 있는 해수는 여전이 마음이 불편했고, 아무렇지 않게 방송을 시작하는 재열이 어이없게 느껴졌다.

"좀 의외네요? '비포 시리즈'를 좋아하신다면, 이십대의 순수한 사랑의 설렘을 가득 담은 〈비포 선라이즈〉도 있고, 삼십대의 어긋난 사랑을 가슴 아프게 그린 〈비포 선셋〉도 있는데, 왜 하필 사십대 중년 부부의 퍽퍽한 일상을 담은 〈비포 미드나잇〉을…. 혹시 결혼하셨어요? 미혼처럼 보이는데."

"맞는데요. 미혼."

눈 하나 까딱 안 하고 연기하는 재열의 장단에 맞춰 해수가 애써 웃으며 대답했다. 그러고는 테이블 위에 있던 빈 종이에 뭔가를 적어 건넸다.

'야, 너 연기 잘한다. 연기자 해라.'

방송 중에 이런 식으로 비꼬는 해수에게 화가 났지만, 재열은 아무렇지 않은 척하며 자연스럽게 말을 이어나갔다.

"다행입니다, 설레는 미혼이셔서. 근데 이 영화를 추천하시는 이유는?"

"엔딩 장면 때문이었어요."

"아, 그 영화의 엔딩 장면은 정말 압권이죠. 잠자리 직전, 두 부부가 침실에서 속옷 바람으로 원수진 듯 서로에게 갖은 욕설과 야유를 쏟아붓고 다신 안 볼 것처럼 돌아선 다음 지중해의 앞바다에서…."

"아주 엉망진창이 된 서로를 마주하는 장면이죠."

재열이 영화 내용을 소개하는데 해수가 끊고 들어왔다. 이번에는 재열이 '지금 우리처럼?'이라고 적어 해수에게 건넸다. 해수는 메모지를 세게 움켜잡아 구기면서, 아무렇지 않은 척 멘트를 이어갔다.

"〈노팅힐〉이나 〈귀여운 여인〉 속 두 주인공처럼 누구라도 사랑할 만한 대상이어서, 너무 예쁘고 섹시하고 또 멋있고 젊어서 서로를 사랑하는 게 아니라, 그냥 단지 너여서… 단지 그라서… 부족하고 괴팍하고 늙었지만, 그럼에도 불구하고 사랑하는 관계가 정말 저는 감동이었어요. 그 감동을 장 작가님은 잘 모르시겠지만."

"무슨 말씀이신지? 제가 오래된 관계, 진지한 결혼 뭐 그런 것엔 전혀 관심 없는 바람둥이로 보이시나 봐요?"

"네."

재열이 웃으며 고개를 들자, 부스 밖에 서 있던 스태프들이 손으로 동그라미를 그려 보이며 환호했다. 두 사람의 설전이 꽤 재미있었던 모양이다. 재열은 그들에게 밝게 웃어 보인 뒤 진지한 표정으로 해수를 봤다.

"좀 실망인데요."

"뭐가요?"

"다른 사람은 몰라도, 정신과 의사이신 닥터 지만은 그런 생각 안 하실 줄 알았는데?"

"우리 인간은 모두 자신이 늘 자유롭고 늘 새롭게 살아가고 있다고 착각하지만, 사실 우릴 지배하는 건 그냥 하던 대로 하는, 습관이거든요."

해수도 진지한 표정으로 능숙하게 대화를 이어갔지만, 말 속에는 재열을 향한 비아냥이 가득했다.

"그 말씀은 이별에 길들여진 사람은 이별이 별거 아닐 것이다?"

해수가 고개를 끄덕였다.

"반드시는 아니지만, 그러기 쉽죠."

"반대급부도 있죠. 숱한 이별을 한 대가로, 이젠 그만 정착하고 싶다는 깊은 갈망이 생길 수도 있죠. 솔직히 전 이제 그만 떠돌이 생활을 정리하고 싶단 갈망이 크거든요."

재열은 해수에게 전달되기를 바라며 멘트에 진심을 담았다. 하지만 해수의 반응은 여전히 삐딱했다. '너무 진심 같아서 나도 속겠다, 야!' 라는 메모를 재열 쪽으로 들이민 것이다. 재열은 화도 나고 답답하고 이 자리가 퍽 불편했지만, 공과 사는 구분해서 방송을 잘 끝내자 싶은 생각에 편한 미소를 지으며 말을 이어나갔다.

"확실히 정신과 의사 선생님을 패널로 모시니까 제 토크가 깊어지네요. 음악 듣고 돌아오겠습니다."

음악이 나가는 동안 재열은 마이크를 꺼 부스 안의 소리가 밖으로 나가지 않게 했다. 그러고는 해수의 의자를 슬쩍 돌려 부스 밖에 있는 스태프들을 등지게 한 뒤 자신도 돌아앉아 최대한 자연스럽게 해수를 보았다.

"사람들 앞에서 사귄단 말 안 한 게 화가 난 거야? 난 드러내놓고 떠드는 사랑이 싫어. 그리고 네가 공항에서 그랬잖아. 결혼할 여자도 아닌데 돈 쓰지 말라고. 그래서 나는 나름 너 배려한 거야."

"배려는 무슨 배려? 그러는 넌, 마치 나랑 결혼할 생각이라도 있는 것처럼 말한다?"

"없는 네가 이상하지. 애도 아니고, 나이가 서른이나 돼서 진짜 괜찮은 상대를 간만에 만났는데, 이 사람하고 적당한 시기까지 간다면 결혼해야지 그런 생각, 너무나 자연스러운 거 아냐?"

해수는 당황스러웠다. 방송 전에는 자신을 숨겨둔 여자 취급하며 그렇게 냉랭하게 대하더니, 방송 중에 대뜸 결혼하고 싶다는 본심을 드러내다니.

그런데 싫지 않았다. 방송 내내 꽁꽁 얼어 있던 마음이 사르르 풀리면서 자기도 모르게 웃음이 터져 나왔다.

"쉿! 이러다 나한테 프러포즈까지 하겠다. 참고로 난 독신주의야."

재열은 계속 진지한 표정으로 해수를 관찰했다.

"근데, 왜 웃어? 결혼은 싫은데."

"네가 날 결혼 상대로까지 보는 건… 뭐, 싫지 않아서?"

재열이 미간을 살짝 찡그렸다.

"왜 그렇게 이중적이야?"

"그게 나야."

해수가 빼기는 표정으로 눈을 동그랗게 떴다. 재열은 못 말리겠다는 듯 낮은 탄식을 쏟아냈다.

“알았어. 결혼 아니라도 사랑은 하자. 방송도 하고.”

팝송 한 곡이 끝까지 흐르도록 무슨 음악이 나갔는지 모를 정도로 두 사람은 대화에 열중했다.

피디의 사인을 받은 재열의 멘트가 이어졌다.

“전 그렇게 생각합니다. 만약 에단 호크가 이혼의 경험이 없었고, 줄리 델피에게 상처의 경험이 없었다면, 아마 둘은 지중해 앞바다에서 결코 뜨겁게 화해할 수 없었을 것이다.”

말은 그 사람의 마음을 담는 그릇이라 했던가. 재열이 읊조리는 말들이 해수 가슴에 따스하게 내려앉았다. 숱한 만남과 이별을 반복했던 그와 어린 날 상처를 안고 사는 나. 그래도 뜨겁게 사랑하자, 이 남자를.

해수가 사람들 눈치를 보며 탁자 아래로 손을 내려 재열을 톡톡 치자, 재열이 가만히 해수의 손을 잡고는 부드럽게 웃었다.

“그래서 제 말은… 저를 포함해 숱한 이별을 한 모든 분들에게도 희망이 있다, 그거죠.”

‘이 남자 왜 이렇게 하는 말마다 맘에 들고 멋진 거야.’

재열의 말이 꽤나 맘에 든 해수가 마무리 멘트를 고르고 있는데, 머릿속에는 둘이 함께했던 소중한 추억들이 파노라마처럼 펼쳐지고 있었다.

“많은 분들은 이 둘이 결혼했기 때문에, 자식이 있어서 어쩔 수 없이 산다고 얘기할지도 모르겠네요. 그런데 전 이들에게 그 어떤 것보다도 서로 보내온 숱한 추억이 있어서 뜨거운 화해가 가능하단 생각이 들었습니다."

해수의 멘트를 들으며 재열이 눈을 찡긋했다.

"서로가 함께 겪은 숱한 추억…. 저도 그렇게 숱한 추억을 쌓을 사람을 만나고 싶어지네요."

재열과 해수는 남들 모르게 눈을 마주치며 사랑스러운 미소를 주고받았다.

동민은 진료실의 벽시계를 보며 초조한 마음을 감추고 있었다. 최호와 함께 재범 사건을 맡았던 변호사를 만나러 가야 하는데 시간이 촉박했다. 일주일에 한 번씩 있는 집단 치료는 늘 참여하는 환자들의 열기가 뜨거워 예정보다 늦게 끝나기 때문이다.

손목시계를 보며 서둘러 병원을 나서는 동민 앞에 태용이 불쑥 나타났다.

"형님, 잘 지내셨어요?"

"어, 네가 웬일이냐?"

동민과 태용은 별로 특별할 것 없는 인사를 나눴다. 태용은 바쁘게 외출 중인 동민을 약속 장소까지 데려다주겠다며 자신의 차에 태웠다. 차 안에서 재열의 문제를 상의할 생각이었는데, 약속 장소인 대학

정문 앞에 도착할 때까지 태용은 아무 말도 하지 못했다. 아니, 어떻게 운을 떼야 하나 내내 고민에 빠져 있었다.

태용은 동민이 차에서 내리기 직전에야 별일 아니라는 듯 무심히 질문을 던졌다. 어떤 사람이 자꾸 없는 사람을 있다고 하는데, 왜 그러는 거냐고.

"뭔 소리야, 그게? 사람이 없는데 있다 그런다는 게?"

앞뒤 맥락 없는 태용의 질문에 동민이 안전벨트를 풀며 되물었다.

"그게 저기, 제가 아는 사람이 혼자 막 싸우고, 그러다 다치고 또 없는 사람을 있다 그러고…."

"그게 누군데?"

동민의 얼굴에 걱정이 서렸다.

"아, 근데 그 사람은 그런 거 말곤 정말 다 멀쩡해요! 저도 알아보고, 엄마도 알아보고, 말도 잘하고, 의리도 있고, 글도…."

태용이 아차 싶어 말을 멈췄다.

"왜 말을 하다 말아?"

"만약 제가 아는 사람이 정신분열처럼 미친 거라면, 그렇게 정상적인 생활을 한다는 게 가능해요?"

"그럼 가능하지."

"그, 그거 불치병 아니에요?"

"불치병은 아니고 난치병이지. 의외로 흔한 병이고. 100명에 한 명 꼴이니까. 근데, 정신분열인지 아닌지 네 얘기만 들어선 모르겠다. 잘 아는 사람이야?"

"그냥 좀…."

태용은 시선을 피하며 말끝을 흐렸다. 동민은 힐끗 손목시계를 보고는 차 문을 열었다.

"일단 그 사람 병원은 가야겠다. 나 약속 늦었어. 나중에 진지하게 다시 얘기하자. 간다."

동민은 차에서 내리자마자 강의실 쪽을 향해 빠르게 내달렸다. 저만치 앞에서 최호가 사십대쯤으로 보이는 남자와 걸어오는 게 보였다. 오늘 만나기로 한 변호사인 듯했다. 동민이 반갑게 손을 흔들었지만, 최호는 변호사만 바라보며 무슨 말인가를 열심히 쏟아내고 있었다.

"피디님, 아무리 생각해도 제가 드릴 말씀은 더는 없네요. 미안합니다."

변호사는 단호한 목소리로 담백하게 말하며 동민을 스쳐 지나갔다.

"변호사님, 아니 교수님! 수많은 수감자들을 생각하셔서 다시 한 번만 생각해주세요."

최호가 쫓아가며 소리쳤지만, 변호사는 정차 중이던 택시를 타고 급히 자리를 떠났다. 동민이 최호에게 다가가 축 처진 어깨를 치며 아는 체를 했다.

"왜 그래?"

"강 변호사가 장재범 사건은 말하고 싶지 않대요."

"웃기는 사람이네. 그럼 처음부터 사람을 오지 말라고 하지, 오라 그랬다 가라는 건 뭐야?"

동민이 잔뜩 화가 나 버럭버럭 소리를 질렀다. 최호도 답답한 듯 한숨을 푹 쉬었다.

"제가 처음엔 장재범 사건이라고 말을 안 했거든요."

"장재범 사건을 말하고 싶지 않은 이유가 뭐래?"

"자기는 그 일 때문에 변호사 일에 회의를 느껴 관두고 교수 하는 거래요. 그러면서 '그 사건은 말도 안 되는 판결이 난 사건이다. 장재범뿐 아니라 장재범이 범인으로 지목한 동생 장재열도 절대 범인이 될 수 없다. 분명한 범인은 따로 있다' 뭐 이런 말을 하네요."

"분명한 범인?"

"네. 그러며 더는 말 못한다고 가더라고요."

동민은 골똘히 생각에 잠겨 택시가 서 있던 자리를 바라보았다. 변호사의 입을 열 수만 있다면, 그동안 동민이 찾아내지 못했던 재범과 재열에 대한 의문점이 풀릴 것도 같았다.

그 시각, 라디오 방송을 마친 재열과 해수는 언제 싸웠냐는 듯 사이좋게 마트로 가서 장을 봤다. 그리고 집에 도착하자마자 식재료들을 냉장고에 집어넣고 간단한 주전부리를 챙겨 정원에 돗자리를 깔고 누웠다.

두 사람이 마트에서부터 집으로 오는 내내 나눈 대화는 결혼을 하니 마니에 대한 이야기였다. 그리고 이제는 아이를 낳니 마니를 두고 꼬리에 꼬리를 물며 대화를 이어나갔다.

"애기? 뭐, 굳이 낳아야 한다면 하나. 넌?"

"셋."

재열의 짧은 대답에 해수가 크게 웃음을 터트렸다.

"야, 애 셋 낳으면 여자 인생 애 낳고 키우다 종쳐. 너 너무 이기적인 거 아냐? 네가 키워줄 것도 아니면서."

"난 아빠 없이 자라서 애 키우는 게 꿈이야. 너만 알고 있어. 나 인터넷으로 애 젖 먹이는 법도 배웠어."

"그래도 애 셋은 너무 힘들거든? 전문직 종사자인 여자한텐."

"전문직은 안 되지. 살림만 해야지."

해수가 뻥튀기 봉지에 손을 집어넣다 말고 눈을 흘겼다. 이런 구시대적 발상을 가지고 있는 남자였단 말이야? 돗자리에 누워 하늘만 올려다보고 있던 재열이 고개를 돌리다 해수와 눈이 마주쳤다.

"왜 째려봐? 희망사항 말하는 건데. 결혼에 대한 내 환상을 말해보라며?"

"알았어. 계속 말해."

해수가 손사래를 치자, 재열은 다시 하늘을 보며 꿈꾸는 듯한 표정을 지었다.

"난 결혼하면 집과 분리된 작업실을 얻을 거야. 내가 작업실에서 퇴근하면 아내는 시간에 맞춰 밥을 하지."

피식피식, 해수가 김빠지는 소리를 내며 웃었다. 하지만 재열은 신경 쓰지 않고 하던 말을 이어갔다.

"아내가 할 일은 거기까지야. 같이 밥을 먹고, 설거지는 내가 하지. 그때 아내는…."

해수가 자리에서 벌떡 일어나 앉으며 재열의 말을 끊었다.

"아주 피곤한 얼굴을 하곤 배까지 축 처진 가슴을 내놓고 애들 젖을 먹이겠지. 애 하나는 등에 업고, 둘은 양팔에 하나씩 끼고. 우울증에 걸려선 울며 애 젖을 먹이고 있겠지. 너를 원망하는 눈빛으로 이렇게 보면서."

재열을 바라보는 해수의 눈빛이 싸늘했다.

"애는 순차적으로 세 살 터울로 낳을 거니까 그럴 리 없어. 두 애는 그 시간이 되면 지들끼리 방에서 놀 테니까 하나만 안고 있음 돼."

재열의 말에 해수가 콧방귀를 뀌었다. 애가 그렇게 제 마음대로 되면 애 키우기 힘들다는 소리가 왜 나오니? 해수가 고개를 저었다.

"어우, 난 진짜 네 부인은 못하네! 세 살 터울이면 지금부터 낳아도 마흔까지 낳아야 하는데… 아우, 난 못하네. 진짜 못하네."

그 말에 재열이 피식 웃었다.

"그러네. 너, 왜 이렇게 늙었어?"

해수는 재열을 어이없게 보며 그의 가슴을 손가락으로 쿡 찔렀다.

"나도 너처럼 전문직 남잔 별로야. 일단 넌 너무 피곤해. 나도 집에서 살림하는 남자가 좋아. 뭐, 돈은 내가 벌면 되니까. 너처럼 굳이 돈 많은 남자, 나도 별로네요."

재열이 웃으며 일어나더니, 해수 옆에 바짝 붙어 그녀의 눈을 손으로 가렸다.

"자, 상상해봐. 그 남자가 앞치마를 두르고 맨날 밥 다 됐다고 전화해서 빨리 들어오라고 잔소리하는 거."

해수가 재열의 손을 탁 치며 짜증스럽게 탄식했다.

"어우, 짜증나."

재열은 해수의 반응을 귀엽게 지켜보다 그녀의 이마에 이마를 맞댔다.

"넌 내가 딱이야. 넌 돈에 얽매이는 스타일이라 사업하는 남잔 네 돈 날릴까 봐 싫을 거고, 공무원은 너무 안정적이라 지루해 싫을 거고, 회사원은 자나 깨나 승진 걱정하는 걸 싫어할 게 뻔해. 교수는 잘난 척해 싫을 거고, 음악가는 음악 듣는 게 싫을 거고, 그림 그리는 사람은 여기저기 물감 튀는 게 짜증날걸? 넌 내가 딱이야."

"아, 난 결혼 싫어."

해수가 돗자리 위를 뒹굴뒹굴 굴러다니며 까르르 웃었다. 재열은 도망가려는 해수를 다시 품으로 끌어당겨 안으며 속삭였다.

"결혼하잔 말 안 했어. 그래도… 넌 내가 딱이야."

"귀 간지러워, 하지 마."

재열은 해수의 머리를 흩뜨리며 웃고는 돗자리에서 일어나 슬리퍼를 신었다.

"일어나. 나 짐 싸야 돼."

해수는 재열의 뒷모습을 보면서 눈을 흘겼다. 이 달달한 시간을 조금 더 즐기고 싶었다.

해수가 정원 한쪽에 놓여 있던 호스를 보더니 재열 몰래 그것을 집어 들었다. 그러고는 호스의 손잡이 부분을 잡아 누를 준비를 한 뒤 약 올리듯 말했다.

"너 나가면 네 방에 너보다 백배 천배 멋진 남자 들일 거니까 그렇게 알아."

"그런 남자 구하기 쉽지 않을 거다."

재열이 대꾸하며 돌아보는 순간, 해수가 재빨리 그의 얼굴에 호스를 겨냥하고 사정없이 물을 뿌렸다. 느닷없는 물벼락에 깜짝 놀란 재열이 이리저리 도망 다니다, 해수의 등 뒤로 달려가 꼭 껴안았다.

"앗, 차거! 달밤에 미쳤나!"

순간 수광의 괴성이 마당에 울려 퍼졌다. 두 사람이 깜짝 놀라 앞을 보니 해수가 들고 있는 호스의 물이 대문 쪽을 향해 쏟아지면서, 마침 마당으로 들어서던 수광이 물을 흠뻑 뒤집어쓴 것이다. 수광은 재빠르게 달려와 해수가 잡고 있던 호스를 뺏었다. 그러고는 재열과 해수를 향해 물을 뿌려댔다.

"싹 다 죽었어."

재열이 해수를 뒤에서 감싸 안고 물벼락을 혼자 뒤집어쓰며 호탕하게 웃었다.

"야야야, 해수한테 하지 마!"

세 사람의 즐거운 비명이 마당을 가득 메웠다.

날이 밝자 재열은 동민, 수광과 작별인사를 나누었다. 해수는 아침 일찍 출근했는지 보이지 않았다.

이삿짐 두어 개를 들고 마당으로 나선 재열이 집을 한번 돌아보았다. 오랜 시간은 아니었지만 그새 정이 들었는지 발걸음이 쉬이 떨어지지 않았다. 티격태격 해수와 다투던 2층 복도도, 떠들썩하게 모여 식사를 하던 주방도, 이 정원의 잔디와 나무도 모두 그리워질 것 같았다. 그중에서 가장 그립고 보고 싶어 할 대상은 물론 사랑하는 해수겠지만.

재열이 대문을 나서자 수광이 따라 나와 짐을 빼앗아 들고 차까지 배웅을 해주었다. 트렁크에 짐 신는 것을 도와준 뒤 수광이 빼기는 표정으로 제 휴대폰을 꺼내 문자를 보여주었다.

"이것 봐."

수광이 오랫동안 짝사랑해온 소녀의 문자였다.

'나, 네가 좀 멋있어졌어. 만날래? 양다리 말고 한 다리 해줄게.'

그동안 수광은 재열에게 소녀에 대해 여러 차례 부탁을 했었다. 카페에서 소녀가 아르바이트할 수 있게 자리를 만들어달라는 것부터, 어떻게 하면 소녀의 마음을 잡을 수 있는지 알려달라는 부탁까지. 그런데 그동안 수광의 호의를 거절하던 소녀가 드디어 마음을 연 것이다.

쑥스럽게 웃고 있는 수광을 따뜻한 시선으로 바라보던 재열이 장난스럽게 수광의 가슴을 툭 치고는 휴대폰을 돌려줬다.

"좋냐?"

"고마워. 다 그쪽 덕분이야."

수광이 멋쩍어서인지 더 오버하며 껄껄껄 웃었다.

"근데, 사랑하는 관계에서 좀 더 많이 사랑하는 사람이 약자란 말 있잖아. 나 이번엔 약자 되기 싫은데, 강자 되는 방법 혹시 알아?"

"더 사랑해서 약자가 되는 게 아니라, 마음의 여유가 없어서 약자가 되는 거야."

"마음의 여유?"

"내가 준 걸 받으려고 하는 조바심! 나는 사랑했으므로 행복하다, 괜찮다. 그게 여유지."

"콱, 씨! 맨날 지만 멋있고. 그걸 왜 이제 알려줘! 못돼 처먹었어, 아주."

수광이 재열을 끌어안고 애교를 떨다 해맑게 웃고는 손을 흔들며 카페를 향해 갔다. 못 잡아먹어 안달일 때는 언제고, 이제는 곧잘 애교도 부리니 그 모습이 퍽이나 귀여워 보였다.

재열은 아쉬운 마음을 뒤로하고 차에 올라타 안전벨트를 맸다. 살짝 돌아가 있는 룸미러를 만지는데 느낌이 이상했다. 고개를 돌리자, 뒷좌석에 누워 있던 해수가 상체를 일으키며 배시시 웃었다. 놀란 것은 아주 잠깐, 재열의 얼굴에도 곧 다정한 미소가 번졌다.

두 사람은 오늘 별스런 굿바이 인사를 하지 않기로 했었다. 서운하고 허전한 마음만 더 커질 것 같아서였다. 그런데 해수가 깜짝 이벤트를 준비한 채 기다리고 있었다.

해수는 아무 말 없이 휴대폰을 재열에게 들어 보였다. 거기에는 연예인 콘서트 때 많이 등장하는 전광판 어플이 켜져 있었다. 해수의 손가락이 화면을 한 번 칠 때마다 글자들이 천천히 지나갔다.

'장재열이 이사 가서 할 일.'

'1. 매주 금요일에 지해수 보기.'

'2. 밥 꼭 먹고, 잠은 의자 아닌 욕조에서 자기.'

'쪽팔리지만, 네가 가는 게 너무 서운해 울 것 같아서, 문자로 말함.'

'잘가.'

'끝.'

어느새 해수의 눈에 그렁그렁 눈물이 차올랐다. 무언가 말을 하고 싶어 입술을 달싹였지만, 입을 떼는 순간 엉엉 울음을 터트릴 것만 같았다. 재열이 해수의 볼을 다정하게 쓰다듬었다.

"가."

재열의 목소리도 낮게 가라앉아 있었다. 해수가 힘겹게 웃는 표정을 보이고는 차에서 내려 발걸음을 옮겼다.

재열은 집으로 향하는 해수의 뒷모습을 바라보며 천천히 차를 출발시켰다. 집 앞 삼거리에 이르렀을 때 갑자기 왼쪽 골목에서 자전거를 탄 강우가 차 앞으로 뛰어들었다. 깜짝 놀란 재열이 강우를 피하느라 핸들을 오른쪽으로 꺾었다. 그런데 해수가 오른쪽 골목을 향해 걷고 있는 것이 뒤늦게 눈에 들어왔다. 재열이 경적을 울리며 다시 핸들을 꺾으려 했다.

경적 소리에 놀란 해수가 뒤를 돌아보고는 차를 피하려다 넘어지는 것과 동시에 재열의 차가 전봇대를 향해 돌진했다. 무릎과 팔꿈치가 깨져 피가 났지만 해수는 아랑곳하지 않고 차를 향해 달려갔다. 범퍼 가운데가 찌그러진 차 안에서 재열이 핸들에 이마를 박고 엎드려 있었다.

출소를 일주일 앞둔 재범의 마음은 싱숭생숭했다. 처음에는 갇힌 공간이 답답했지만, 너무 오래 지낸 탓인지 여기 아닌 다른 곳에 적응할 수 있을까 걱정스러웠다. 함께 지내던 교도관이나 동기들과 헤어지는 것도 아쉬웠다. 그러다가도 밖에 나가면 그간 누리지 못한 자유를 맘껏 누리며 가고 싶은 곳 다 갈 수 있고, 만나고 싶은 사람도 다 만날 수 있다는 생각에 가슴이 두근거리기도 했다.

문득, 지난 귀휴 때 잠시 보았던 서울 거리가 떠올랐다. 화려한 불빛과 행복해 보이는 사람들. 하지만 그 속에서 혼자 낯설어하고 어색해하던 자신의 모습을 생각하니 출소에 대한 기대는 두려움에 잠식당하고 말았다. 아무도 반겨주지 않으면 어쩌지, 갈 곳이 없으면 어쩌지…. 생각이 여기에 미치자 자신을 감방으로 내몬 재열이 더 미워졌다. 그리고 엄마 얼굴이 떠올랐다. 엄마는 어떨까. 나를 범인으로 지목하고 배신했던 것처럼 이번에도 나를 밀어내면 어떡하지? 아냐, 14년 동안 매주 한 번도 빼먹지 않고 면회를 온 엄마인데, 날 반겨줄 거야. 그래, 엄마는 날 품어줄 거야….

재범은 미리 확인이라도 받고 싶어 전화를 걸었다. 엄마는 재범의 목소리를 듣자마자 뛸 듯이 기뻐했다.

"내가 전화 건 게 그렇게 좋아?"

"그럼 좋지."

"나 나가면 어, 엄마… 집에 가도 돼?"

"네가 여기 안 오면 어딜 가게? 그럼! 당연히 엄마한테 와야지. 재범아, 오늘 정말 너무 고마워. 엄마한테 전화하고 말 걸어줘서. 엄마가 너 오면 정말정말 잘해줄게. 어?"

수화기 너머 엄마의 목소리가 조금은 다급하게 느껴졌다. 재범은 애꿎은 머리만 벅벅 긁었다.

"야… 기대되네. 날 미워만 하던 엄마가 잘해준다니."

"너 나오면 우리 세 식구 정말정말 행복하게 살자. 엄마가 맛난 것도 많이 해주고, 네가 원하는 거 다 해줄게. 여행도 가자, 우리. 어? 그리고 예전에 너 미워했던 거 정말 미안해."

미안하다는 말을 들으니 엄마에 대한 원망이 조금은 누그러지는 듯했다. 그래도 출소 후 계획하고 있는 일은 꼭 할 생각이었다.

재범은 억울하게 감방에서 보낸 14년에 대해 보상받아야 한다고 생각했다. 그것을 위한 계획은 이랬다.

출소 후 재열이를 다시 다치게 할 것이다. 그러면 재판이 열릴 것이고 동민이 증언을 할 것이다. 동생에 대한 억울함으로 이런 일을 벌였으니 선처를 해달라고. 그렇게 되면 재범은 정상참작이 될 것이고, 14년 전 재판은 잘못된 거니까 나라에서 피해 보상을 해줄 것이고, 결과적으로 재열이가 진범이었다는 걸 세상에 알리게 되어 복수도 할 수 있게 될 것이다.

앞으로 펼쳐질 일련의 일들을 생각하자 재범은 금세 기분이 좋아졌다.

태용은 몇날 며칠 출근도 못하고 혼자 마음고생을 했다. 엄마는 재열이의 이상한 점을 눈치채지 않았을까 싶어 찾아갔지만, 얘기도 못 꺼내고 돌아왔다.

고민을 거듭하다 서초동 집으로 찾아가기로 결심했다.

'내 눈으로 자세히 관찰하면 뭔가 이상한 게 보이겠지.'

그런 다음 동민에게 털어놓고 도움을 청한다는 게 태용의 생각이었다.

태용이 오피스텔로 찾아갔을 때 재열은 통화 중이었다.

"진짜 괜찮아. 내 차가 정말 좋은 차거든. 범퍼만 좀 나갔는데 뭐. 걱정 안 해도 돼. 넌 어때? 팔 정말 괜찮아? 상처 안 생기게 약 잘 발라.

… 알았어, 끊어."

재열은 전화를 끊고는 팔을 주무르고 손가락도 쥐었다 폈다 했다.

"누구냐, 강우냐?"

통화 내용을 듣던 태용이 퉁명스레 물었다. 아픈 팔을 걱정해주고 상처 날까 걱정해주는 걸로 봐서 강우일 거라 짐작한 것이다.

"지해수."

"지해순 왜?"

"우리 만나. 진지하게."

'둘이 원수처럼 싸울 때는 언제고. 사귄다고?'

놀란 태용이 동그랗게 눈을 뜨고 재열의 다음 말을 기다렸지만, 재열은 더 이상 말을 잇지 않고 키보드만 두들겼다. 일해야 하니 그만 가라는 뜻이다. 하지만 태용은 소파에 앉아 재열을 지켜보다 자연스럽게 강우 이야기를 꺼냈다.

"강우 있잖아, 내가 몇 번 전화를 했는데 연결이 안 되더라. 네가 직접 전화 좀 걸어봐."

재열은 단칼에 거절했다. 지금은 글 쓰고 있으니 다음에 하겠다며 그만 가라고 재촉했다. 하지만 태용은 소파에 앉아 버텼다.

한참을 글만 쓰던 재열이 기어이 짜증을 냈다.

"너 안 가?"

"네가 강우한테 전화하기 전엔 안 간다고 했지. 걔 글 잘 쓴다며? 그럼 우리 출판사에서 계약을 해야 할 거 아냐!"

"나 일할 때 건드리지 말라고 했지!"

재열이 버럭 소리를 쳤다. 재열이 화를 내면 언제나 꼬리를 내리던 태용이었는데, 오늘은 완강한 태도를 보였다.

"나도 안 건드리고 싶어! 그러니까 빨리 연락해. 그래야 내가 가지. 이 번호, 한강우 번호 맞지?"

태용이 강우 전화번호를 찍어 재열에게 내밀었다.

"맞아, 안 맞아?"

"그래, 맞아."

태용은 전화기의 통화 버튼을 누른 후 재열에게 건넸다.

"받아."

"너 다음에 봐."

재열이 얼굴을 잔뜩 찡그리고는 마지못해 휴대폰을 귀에 갖다 댔다. 몇 번의 신호음이 울리고 "네." 하는 소리가 들렸다. 그러자 갑자기 재열이 가슴을 두드리고 기침을 했다.

"어, 강우야. 너 뭐하냐? 콜록콜록."

"콜록콜록. 걷고 있어요."

"어딜 걸어? 차 소리 나네. 야, 너 내가 그 길로 다니지 말랬지? 거기 위험하다고."

"이 길이 전 좋아요."

"자식 진짜 마음에 안 드네. 암튼, 출판사 하는 내 친구 바꿔줄게. 전화 좀 받아."

"왜요? 콜록콜록…."

태용은 재열의 휴대폰에 가만히 귀를 대고 수화기 저편의 소리를 듣고 있었다. 재열은 분명 강우와 대화를 하고 있는데, 자신의 귀에는 '이 번호는 없는 전화번호이오니…' 하는 소리만 들렸다. 가슴이 갈가리 찢기는 아픔에 태용이 숨을 훅 들이마셨다.

"친구가 네 책을 꼭 내고 싶대. 콜록콜록…. 이상하다, 왜 나도 너처럼 자꾸 기침을 하냐? 암튼 그건 그렇고, 진짜 당부한다. 너, 그 길로 다니지 마, 어? 친구 바꿔줄게."

재열이 전화기를 넘겨주자, 태용의 마음은 더욱 먹먹해졌다. 눈물을 참으려 애쓰며 전화기를 귀에 대자 여전히 '이 번호는 없는 전화번호…'라는 안내가 흘러나왔다. 태용이 통화 종료 버튼을 눌렀다.

"전화가… 끊겼네."

그렇게 말하는 태용의 입술이 파르르 떨렸다.

"소심한 놈이 또 그랬네. 일단 가 있어. 내가 다시 전화해볼게. 나, 더는 안 참는다. 당장 나가."

오피스텔 밖으로 나오자마자 태용은 건물 벽에 기대앉아 어린애처럼 엉엉 울었다. 참았던 눈물은 한 번 터지니 멈출 줄을 몰랐다. 어떤 상황이 벌어지든 담담하겠다고, 그렇게 굳게 다짐했건만 마음이 먹먹하고 가슴이 찢어지게 아파서 참을 수가 없었다.

그렇게 한참을 울던 태용이 전화기를 꺼내 통화 버튼을 눌렀다.

"동민 형님, 저 좀 만나주십시오. 지금 당장 저 좀 만나주십시오, 네?

흑흑….”

“알았어, 만나줄게. 왜 울어, 다 큰 놈이! 알았어. 내가 일 보고 곧 갈게. 어, 그래.”

최호는 강 변호사의 연구실 앞에서 잔뜩 긴장한 표정으로 동민을 기다리고 있었다.

“아우, 미안하다 미안. 근데 강변이 어떻게 우릴 만나준대냐?”

“제가 사흘 밤 사흘 낮을 아침부터 밤까지, 여기서 기다렸거든요.”

최호가 으스대며 웃었다. 동민이 최호의 어깨를 툭 치며 웃었다.

“성깔 있네, 이놈. 들어가자.”

동민의 말이 끝나자마자 최호가 노크를 하고 교수실 문을 열었다. 잔뜩 굳은 표정의 강 변호사는 두 사람에게 앉으라고 권한 뒤, 테이블에 올려뒀던 자료들을 하나씩 펼치기 시작했다. 검게 그을린 라이터와 피 묻은 칼 그리고 재열 의붓아버지의 상처를 찍은 사진들이었다.

“그 사건은 두 형제가 범인일 가능성이 전혀 없습니다. 청소년 범죄에 냉혹한, 퇴직을 앞둔 판사와 사회적 이슈가 필요했던 검사가 서둘러서 엉터리 판결을 내린 끔찍한 사건이죠. 당시 저는 힘없는 신임 국선 변호사였습니다. 양수리 의부 살인 및 방화 사건에서 당시 검사가 제출한 증거물입니다. 칼에는 장재범과 장재열 둘의 지문이 동시에 뒤엉켜 있고, 라이터에는 장재범이 단골로 다니던 당구장 이름이 있죠. 그래서 증거물 두 개가 일치하는 장재범이 유죄.”

강 변호사의 말을 끊고 최호와 동민이 동시에 질문을 던졌다.

"그럼… 범인이 장재범인 건 가능한 거 아닌가요?"

"라이터의 지문은요?"

"없습니다. 불에 그을려 훼손됐죠. 그리고 이건 그 사건의 의부 사체입니다. 보다시피 칼에 찔린 상처가 깊지 않죠. 당시에도 칼에선 폐 조직, 심장 조직도 발견되지 않았어요."

"무슨 말씀이신지 이해가 잘 안 가네요."

최호는 사진을 손가락으로 톡톡 치며 답답한 표정을 지었다. 강 변호사가 동민과 최호를 번갈아 봤다.

"그러니까 의부의 사인이 칼에 의한 자상이 아니라, 연기에 의한 질식사라는 거죠. 칼을 찌른 사람이 범인이 아니라 불을 낸 사람이 범인입니다."

지금껏 재열의 의붓아버지가 칼에 찔려 죽었다고 알고 있던 동민과 최호는 그 말을 이해할 수 없어 고개를 갸웃했다. 그러나 강 변호사의 확신에 찬 눈빛을 보니 이 사건에 뭔가 더 큰 비밀이 있다는 것을 직감하고 눈이 동그래졌다.

재열과 해수의 공식 데이트 날인 금요일 밤. 재열의 오피스텔로 퇴근한 해수는 짙은 노동의 흔적을 벗겨내기라도 하듯 먼저 샤워부터 했다. 작업에 몰두해 있는 재열에게 천천히 일을 마무리할 시간을 주려는 배려이기도 했다.

조심스럽게 욕실 문을 열고 나와보니 재열은 여전히 글 쓰는 데 집중하고 있었다. 방해하지 않으려 살금살금 소파 쪽으로 가는데, 무릎이 탁자를 치는 바람에 그 위에 있던 해수의 가방에서 물건들이 와르르 쏟아졌다. 부딪힌 곳이 아파 순간적으로 '아!' 소리가 나올 뻔했지만, 재열이 일에 집중할 수 있도록 꾹 참았다. 다행히 재열은 일에 푹 빠져 아무것도 못 듣고 못 본 눈치였다.

해수는 안도의 한숨을 내뱉으며 소파 밑에 쭈그리고 앉았다. 사방에 흩어진 물건들을 주워 담고 일어나자 눈앞에 메모판이 보였다. 언제나 글에 대한 아이디어가 적혀 있던 메모판에 웬일로 양수리 근처 차 사고에 대한 기사들이 붙어 있었다. 그리고 그 옆에 색 볼펜으로 '강우에게 보여줄 것!'이라는 글씨까지 적혀 있었다.

해수가 기사를 읽고 있는데 재열의 목소리가 들렸다.

"강우 동네에 차 사고가 많은데, 자식이 꼭 그 길로 다녀. 그래서 그거 보여주고 경각심 갖게 해주려고."

일을 마쳤나 싶어 해수가 돌아봤지만 재열은 계속 키보드를 두들기고 있었다.

"넌 오나가나 강우구나. 그날 차 사고도 강우 같은 애 보다가 그랬다며. 내가 좋아, 강우가 좋아?"

짜증도, 어리광도 아닌 해수의 담백한 질문에 재열도 담백하게 대꾸했다.

"네가 좋아. 30분만 기다려. 한 단락만 쓸게."

"알았어. 나 신경 쓰지 말고 편하게 일해. 난 책 읽을 거니까."

해수가 기분 좋은 미소를 지었다.

이게 우리 스타일이지, 딱 좋아!

벽시계가 11시 30분을 가리키고 있다. 침대에 앉아 책을 읽던 해수가 꾸벅꾸벅 졸다 움찔하며 깨어나 시계를 보니 새벽 4시. 여전히 글을 쓰고 있는 재열의 등을 안쓰럽게 보다 다시 책을 펼쳤지만 도로 덮고는 일어나 옷을 입기 시작했다.

"정말, 미안! 이제 진짜 30분이면 돼."

재열의 목소리는 퍽 다급했지만, 컴퓨터 화면에서 눈을 떼지 못하고 있었다. 어느새 옷을 다 갈아입은 해수가 가방을 챙겨 들었다.

"아냐, 아냐. 일 계속 해."

재열이 그제야 고개를 들어 해수를 봤다. 재열의 눈빛에 서운함이 가득했다. 나가려던 해수가 어색한 웃음을 지으며 재열에게 다가가 다정하게 얼굴을 쓰다듬었다.

"속 좁게 화나서 가는 거 아니야. 진짜 내일, 아니지 오늘 아침에 급한 외래가 있어."

"토요일엔 외래 없잖아."

"원래는 없는데, 오늘은 있어. 최근에 집안에 우환이 있는 강박증에 조울증 환잔데, 할 얘기가 많은지 아침부터 오후까지 상담 시간을 잡아달래서. 근데 여기 있으면 잠시 후 너랑 난 열정적으로 사랑할 거고, 그다음에 병원 가서 그 환자한테 긴 시간 집중할 자신이 없어. 난 너만큼 체력이 좋지 않거든. 내 팔다리 좀 봐. 가는 거 보여?"

해수가 다시 다정하게 재열의 볼을 손으로 문질렀다.

"병원 숙직실 가서 편하게 몇 시간 잘래. 진짜 너 일하는 게 화나서 가는 거 아냐. 나도 일 때문에 가는 거야."

"우리 일주일 만에 만났는데…. 정말 이거 딱 30분, 아니 15분!"

"글이란 건 그렇게 안 되잖아."

해수가 웃으며 재열의 입에 살짝 입을 맞추었다.

"다음 주에 봐. 일요일은 네가 일이 너무너무 잘되는 날이니까, 다음 주에. 응?"

해사하게 웃으며 나가는 해수를 더 이상 잡을 수는 없었다. 허탈한 마음에 몇 초간 문을 멍하니 보다 일을 하려고 자판 위에 손을 올려봤지만 노트북 화면의 글자들이 둥둥 떠 보이기만 할 뿐, 글이 써질 것 같지 않았다. 재열은 결국 서둘러 오피스텔을 뛰쳐나갔다.

재열이 도로 가로 뛰어나왔을 때 해수를 태운 택시가 막 출발하고 있었다. 미안하고 고맙고, 또 너무도 허탈한 마음에 발걸음을 돌리지 못한 재열은 택시가 시야에서 사라질 때까지 한참을 서 있었다.

힘이 빠져 오피스텔로 돌아온 재열은 눈앞에 펼쳐진 광경에 순간 웃음이 터졌다. 해수가 누워 있던 침대에는 이불이 헝클어져 있고, 한쪽 구석에는 그녀가 읽던 책이 뒤집힌 채 놓여 있고, 소파 위에는 해수가 걸치고 있던 와이셔츠가 나뒹굴고 있었다. 엉망으로 흐트러진 그 흔적들이 해수인 것 같아 그립게 다가왔다.

곳곳에서 해수의 흔적을 찾던 재열이 반쯤 열린 욕실 문을 발견했다. 저 안에는 얼마나 많은 해수가 있을까, 내심 기대하며 다가간 재열은 웃음을 터트렸다. 세면대 위에 놓여 있는 머리 고무줄과 빗에 엉킨 머리카락, 중간부터 짠 듯한 치약과 아무렇게나 놓인 칫솔, 변기 뚜껑 위에 뭉쳐둔 수건…. 곳곳에 해수가 남아 있었다. 그리웠다. 방금 헤어졌는데 벌써 그리워지다니…. 일주일에 한 번만 보고 지낼 수 있을까, 아니 그렇게 못할 것 같다. 혼자 자문자답하며 거실 소파에 앉으려는데, 바닥에 떨어져 있는 해수 지갑이 눈에 들어왔다.

동민은 상담을 마친 환자의 차트를 정리하고 잠시 쉬고 있었다. 하지만 강 변호사가 했던 말들이 떠올라 머릿속을 어지럽게 만들었다.

강 변호사와 부검의가 질식사인 것을 알았을 때는 최종 판결 전이었다고 했다. 잘됐다 싶어 변호 자료를 준비하고 있었는데, 이미 사체를 소각했다는 연락을 받았다. 재판을 빨리 마무리하고 싶었던 검사가 손을 쓴 것이었다. 새로운 증거 자료는 무용지물이 되었고, 최종 재판에서 재열이 재범을 범인으로 지목하면서 사건은 종료되었다. 14년간 꼭꼭 묻어두었던 진실을 꺼낸 강 변호사는 "장재범이 동생을 업고 나간 뒤 그 집에 남아 있던 사람은 단 한 사람, 엄마뿐입니다. 불은 두 형제가 집을 나가고 난 이후에 났습니다."라는 말을 마지막으로 전하며 안타까운 표정을 지었었다.

언젠가 교도소 앞에서 만났던 재열 엄마가 떠올라 동민은 마음이 아파왔다. 이를 어찌해야 하나, 고민이 깊어질 즈음 노크 소리와 함께 태용이 진료실 안으로 들어왔다.

"어, 태용아! 앉아. 어제 내가 일이 너무 늦어서 연락을 못했다. 미안해."

동민이 애써 밝게 웃으며 맞았지만, 태용은 의자에 앉자마자 눈물을 뚝뚝 흘리기 시작했다.

거울에 비친 진실

긴 상담을 끝내고 숙직실로 걸어가는 해수의 발걸음은 천근만근 무거웠지만 마음만은 상쾌했다. 상담이 끝나기 무섭게 재열의 전화를 받았기 때문이다. 재열은 지갑을 놓고 갔는데 택시비는 어떻게 했느냐는 걱정부터 했다. 해수는 전에 없이 살뜰하게 챙겨주는 애인의 전화에 얼굴 가득 미소를 지었다.

"택시비는 경비 아저씨한테 꿨어. 내 지갑 잘 갖고 있다가 돌려줘. 근데, 글은 몇 장 썼어?"

"다섯 장."

"와, 많이 썼네. 그치, 많이 쓴 거지?"

"응."

"이제… 뭐해?"

"뭐하긴, 밤샜는데 자야지. 넌 뭐해?"

"글쎄 안 자도 되지만… 뭐, 토요일에 애인도 못 만나는데 나도 잠이나 자려고."

내심 만나자는 말을 기대한 걸까. 괜히 서운한 마음이 들어 힘없이 숙직실 문을 열고 들어서는데, 침대 맡에 재열이 앉아 있었다. 무슨 일인지 몰라 눈만 동그랗게 뜨고 있는 해수를 보며, 재열이 활짝 웃어 보였다.

"그래? 그럼 같이 자자."

두 팔을 활짝 벌려 어서 안기라는 재열의 품으로 해수가 깊게 빨려 들어갔다.

12시간 만에 만났지만 두 사람은 12년 만에 만난 듯 뜨거웠다. 병원 숙직실만 아니라면 마음뿐 아니라 몸까지 뜨겁게 품었을 것이다.

재열은 해수와 함께 서초동으로 다시 가고 싶었지만, 윤철 부부와 약속이 있다는 해수를 태우고 교외로 나갔다.

토요일 밤이지만 생각보다 차가 많지 않아 도로가 잘 뚫렸다. 이 길처럼 우리 사랑도 장애 없이 순항했으면 좋겠다 생각하며 재열이 힐끗 해수를 봤다.

"해수야, 내가 오늘 곰곰이 생각했는데, 이렇겐 아무래도 우리가 오래 못 볼 거 같아."

"그래서 헤어지자고?"

"아니, 결혼하자고."

"뭐랬어, 지금?"

"나랑 결혼하자고!"

느닷없이 결혼이라니! 해수는 깜짝 놀랐다. 농담일까, 진담일까? 농담이라면 기분 나쁠 것 같고, 진담이라면 머리가 복잡해질 것 같았다. 이걸 어떻게 받아줘야 하나 몇 초간 고민하다, 농담으로 되받아주는 게 피차 좋을 것 같다는 결론을 내렸다.

"뭐하자고? 밥 먹자고?"

"결혼하자고."

"뭐, 술 마시자고?"

"왜, 부담스러워?"

"그냥 아무 의미 없이 잽 날리지 마라. 그런 말 덥석 무는 여자 만나면 고생해."

눈물을 뚝뚝 흘리며 진료실에 들어와 쏟아놓은 태용의 말이 동민은 이해되지 않았다.

"재열이가 이상해요. 강우라는 애는 없는 사람인데, 자꾸 통화하고 만나고 그래요."

며칠 전 아는 사람이 정신분열과 비슷한 증세를 보이는 것 같다고 넌지시 묻더니 그 사람이 재열이란다. 태용의 말은 뾰족한 못으로 철판을 긁어대는 것처럼 날카롭게 동민의 귀를 파고들었다. 태용이가 잘 못 안 거겠지, 애써 부정하고 싶었다. 그러나 경찰이 복사해준 시시티브이 영상 속 재열은 부정하고 싶은 동민의 간절한 마음을 강하게 부정해버렸다. 굳은 얼굴로 화면만 뚫어져라 쳐다보던 동민의 눈에 눈물이 그렁그렁 맺히기 시작했다. 동민이 참담한 마음을 꾹 누르고 겨우 입을 뗐다.

"치료… 해야겠네."

혹시나 하는 기대로 울음을 삼키고 있던 태용은 그 말에 꺼억꺼억 통곡을 했다. 동민은 어떤 말로도 위로가 안 된다는 걸 너무나 잘 알고 있었다. 지금 해줄 수 있는 건 그저 손 한 번 잡아주는 것뿐.

윤철과 해진이 새로 개업한 카페에는 꽤 많은 손님이 들어차 있었다. 끊이지 않고 들어오는 손님들에게 서빙을 하던 윤철이 잠시 짬이 났는지 과일 안주 접시를 들고 해수와 재열에게 다가왔다.

"서비스."

"역시 내 친구. 근데 해진 씨는 누구랑 얘기하는 거야?"

해수와 재열이 카페에 도착했을 때, 해진은 손님들과 대화를 나누는 중이라 눈인사만 나누었었다.

"아, 전에 요양원에서 만난 스키조 환자 가족인데, 환자가 재발했어. 의사가 약 중단하지 말라 그랬는데 굳이굳이 해서는…. 낙심이 심해."

"해진 씨도 절대 방심하면 안 된다! 평생 조심!"

윤철은 고개를 끄덕이며 재열을 보곤 기분 좋은 웃음을 지었다.

"두 사람, 사귄다면서요?"

"결혼하자고 해수한테 프러포즈했어요."

"정말?"

"어. 근데 내가 깠어."

해수가 으스대듯 어깨를 들썩여 보이자, 윤철이 웃으며 장난스럽게 말했다.

"으이그, 아주 복을 차라, 차! 아무튼…. 그럼, 얘기 나누세요."

윤철이 바쁘게 계산대로 뛰어갔다. 그사이 스키조 환자의 가족들과 이야기를 끝낸 해진이 밝게 웃으며 손님들의 계산을 도왔다. 그 모습을 유심히 보던 재열이 해수에게 물었다.

"해진 씨, 일도 하네?"

"당연하지. 치료에 대단히 도움이 되거든. 뭐, 과로는 금물이지만."

"애기는 건강해?"

"무척. 나중에 해진 씨 애기 내가 받기로 했어. 너무 기대돼."

아기 얘기가 나오자 재열이 다시 결혼 얘기를 꺼냈다. 아빠가 되고 싶다는 생각이 점점 강해지고 있다고 느꼈던 것이다.

"해수야, 결혼하자."

"넌 무슨 결혼하잔 말을 그렇게 가볍게 해? 아님 말고 하는 식으로?"

"그럼 무겁게 해? 반지 사고, 무릎 꿇고 진지하게? 그러면 받아줄래?"

"그러기만 해, 아주."

어린애 조르듯이 하는 결혼 얘기에 해수는 살짝 짜증이 났다.

"그러니까 결혼하자."

"말이 되는 소릴 해. 우리 집 빚이 얼만데."

"내가…."

"갚아준다고 하지도 마. 난 대학원도 가야 하고, 내년엔 안식년 갖는다고 말했지? 사실 나는 널 만나는 것조차 원래 내 인생 스케줄에 없었던 거라서, 솔직히 현재도 대단히 내 스케줄 문제가 혼란스러워. 넌 이미 돈도 많고 잘나가는 작가라 안정적인 걸 꿈꾸겠지만, 난 이제 시작이야. 따라서 오늘 네가 한 말이 난 결단코 진지한 말이 아니길 바래."

해수는 말을 마치고 귀엽게 윙크를 했다.

재열이 가볍게 꺼낸 제안에 비해 자기가 쏟아낸 반대 이유가 너무 무겁다고 느꼈기 때문이다.

"그래. 관두자 결혼은."

재열도 장난스럽게 눈썹을 까딱이며 고개를 끄덕였다.

"갑자기 성질나네. 너무 쿨하게 나오시니까."

결혼은 안 된다고 딱 잘랐으면서도 왠지 서운했다. 그렇다고 재열의 대답이 기분 나빴던 것은 아니다. 부담스러워할 자신을 위해 적당히 치고 빠지는 모습이 그다워서 오히려 좋았다.

그러다 문득 모든 만남에는 이별이 함께하는데… 우리의 마지막은 어떤 모습일까, 궁금해졌다.

"근데, 우리가 언제까지 이렇게 좋을 수 있을까? 만약 우리가 헤어진다면 그 이유가 대체 뭘까? 집안의 반대? 막장 드라마처럼 네 엄마가 내가 맘에 안 든다고 돈을 쥐여주면서 헤어지라 그러면 어떡하지?"

"울 엄만 돈도 없지만, 만약 그러면 그 돈 갖고 나한테 와. 들고튀자."

재열은 말도 안 되는 소리를 하는 해수가 귀여워 웃음이 나왔다. 해수의 머리칼을 넘겨주며 다정하게 되물었다.

"해수 넌 만약 엄마나 가족들이 반대하면 어떻게 할 거야?"

"음, 일단 알았다 그러고 뒤로 만나. 그러다 들키면, 또 알았다 그러고 또 뒤로 만나고. 설명, 설득 다 귀찮아."

"그럼 우리가 헤어질 이유는 단 하나네."

"뭐?"

"네 성질 혹은 내 성질."

"푸읍… 하하."

갑자기 웃음보가 터지는 바람에 머금고 있던 맥주가 뿜어져나갔다. 재열은 "으, 더러워." 하면서도 제 소매 끝자락으로 해수 입에 묻은 거품을 닦아주었다.

"근데, 너 진짜 나랑 진지하게 결혼할 마음이 있어? 왜?"

"당연히 진지하지. 근데, 결혼할 생각 없으면 더는 묻지 마."

"궁금해. 말해봐. 왜 장재열은 지해수와 결혼이 하고 싶은가? 지해수는 애도 별로라 그러고, 살림도 못하고, 공부만 좋다고 하는데 왜 장재열은 꼭 지해수와 결혼하고 싶은지 말해봐."

"안 듣는 게 좋을 건데. 부담스러울 거야. 들은 걸 후회하게 될 거고."

"괜찮아. 한쪽 귀로 듣고 한쪽 귀로 흘릴게."

재열의 눈빛이 어느 때보다 진지했다.

"나 눈 감을게. 근데, 너무 오글거리는 말은 하지 마."

해수는 짐짓 기대에 찬 표정으로 눈을 감았다.

재열은 입이 마르는지 주스를 두어 모금 마셨다. 그리고 테이블 앞으로 몸을 바짝 당겨 해수를 보다가 이내 담담하게 입을 열었다.

"음… 내가 침대가 아닌 화장실에서 자고, 엄마가 1년 365일 겨울에도 문이 열린 찬 거실에서 자고, 형이 14년 감방에서 지낸 얘기를 너 말고 또다시 구구절절 다른 여자한테 말할 자신이 없어. 내 그런 얘길 듣고 보고도… 싫어하거나 불쌍하게가 아니라, 지금 너처럼 담담하게 들을 여자가 정말 이 세상에 또 있을까? 나는 없다고 생각해. 해수야, 만약 그런 여자가 또 있다면 제발 알려줘. 내가 너한테 많이 매달리지 않게."

기대했던 답은 아니지만, 해수는 재열의 맘을 충분히 알 수 있었다. 힘들었던 과거, 그래서 누구에게도 밝힐 수 없었고 밝히고 싶지도 않았던 비밀을 안고 있는 그가 안쓰러워 마음이 아팠다. 그리고 자신을 그만큼 믿고 의지한다는 사실에 감동도 받았다. 그렇지만… 그 짧은 시간에 여러 갈래의 생각과 감정이 뒤섞여 뭐라 대꾸할 말을 찾지 못했다.

집에 가는 내내 해수는 자신의 미래와 재열을 저울질했다. 애초에 결혼이란 건 꿈에도 생각하지 않았다. 그러나 재열의 프러포즈를 없었던 일로 치부하기에는 해수의 삶에서 그가 차지하는 비중이 너무 커져 있었다.

해수는 심란했지만 마음을 다잡았다. 내년 안식년에는 세계 여행을 하고 그다음에는 대학원에 가서 영진 선배처럼 멋있는 교수가 되어야 한다. 엄마한테 돈도 많이 보내주고, 빚도 빨리 갚고 싶다. 아직 할 일이 많이 남았다. 결혼 때문에 그것들을 포기할 수는 없다. 그런데 그러다 재열이 떠나면 어쩌지? 재열을 아끼고 이해해주는 여자가 나타나면? 이별을 상상하니 겁이 나기도 했다.

사랑이란 감정에도 관성의 법칙이 적용되는 걸까. 함께 있다 헤어져 혼자 돌아올 때면 그리움은 늘 그를 만나기 전보다 훨씬 더 커져 있곤 했다.

해수는 집에 도착하자마자 재열의 방으로 들어갔다. 군데군데 책이 빠져 휑한 책장과 방을 둘러보던 해수가 재열의 침대에 누워 전화를 걸었다. 한 번의 신호가 울리고 소리가 멈췄다. 해수는 크게 숨을 들이쉬었다.

"나야."

"알아."

"장재열, 내가 너랑 결혼 안 하겠다면, 너 나… 안 만나?"

"아니."

"만나?"

"어."

"다른 여자도 안 만나고?"

"다른 여잔 재미없어. 관심도 없고."

진지하지만 웃음기를 살짝 머금은 재열의 다정한 목소리. 평소처럼 짧게 묻고 짧게 답하는 통화였지만, 왠지 마음이 시큰시큰 아렸다. 해수는 어린아이처럼 계속 물어댔다.

"내가 네 말 안 들어줬다고 짜증도 안 내고?"

"어."

"왜?"

"사랑하니까."

"날 왜 그렇게 사랑해?"

"몰라."

"너, 부담스러워."

"미안해. 이제부턴 조금만 사랑할게. 안 부담스럽게."

사랑한다. 부담스럽지 않게 사랑하겠다. 그 말은 마법과도 같았다. 마음이 시큰시큰 아려서 이를 꽉 물고 있었는데, 재열의 한 마디 한 마디가 해수에게 괜찮아, 괜찮아, 하며 위로를 해주는 것 같았다.

해수는 그의 다정함에 갑자기 눈물이 날 것만 같았다. 해수가 보채듯 칭얼거렸다.

"보고 싶어… 안고 싶고…."

"… 참어."

"응. 일 조금만 하고 자."

해수는 그리 멀지 않은 날에 재열에게 사랑한다는 말을 하게 될 것 같다고 느꼈다.

"뭐해?"

해수가 잠자리에서 일어나 복도로 나왔을 때 동민이 그곳에 등을 보인 채 서 있었다.

"초가 다 탔더라고. 일요일인데 더 자지?"

촛대에 새 초를 꽂고 불을 붙이는 동민의 손길에 정성이 묻어 있었다.

"잠도 안 와."

"별일일세, 잠꾸러기가…."

"장재열이 나랑 진지하게 결혼하재."

동민은 멈칫했다. 그러나 곧 아무렇지 않은 척 해수의 얼굴을 들여다보았다.

"그래서 넌 뭐라 그랬어?"

"말도 안 된다 그랬어. 출세해야 되잖아, 나."

"잘했네."

동민은 혹시라도 표정 관리를 못 할까 싶어 재빨리 아래층으로 내려갔다. 평소와 다른 동민의 반응에 해수가 뒤따라오며 추궁했다.

"무슨 말이 그래, 성의 없이?"

"못했네, 그럼."

"선배, 무슨 말이 그래?"

"내려와서 밥이나 먹어."

식탁에 마주 앉은 해수와 수광은 뭐가 그리 재미난지 얼굴에 웃음꽃이 활짝 피었다. 뒤돌아서 밥을 푸고 있는 동민의 귀에 해수의 해맑은 웃음소리가 들릴 때마다 동민은 심장이 아리는 듯했다.

"근데 누난 왜 결혼이 싫어?"

"장재열한테 들어."

"결혼이 싫음 동거하지?"

"나한텐 그게 그거야. 365일 한 남자와 한 집에서 각자의 사생활 없이 모든 걸 공유하는 거, 생각만 해도 답답해. 일주일에 딱 한 번, 그냥 옆방에 살았던 남자친구, 서초동에 떨어져 사는 남자친구, 그렇게 만나는 게 딱 좋아."

수광은 밥그릇을 식탁으로 옮기며 뭐가 그리 우스운지 저 혼자 실실 웃어댔다.

"그건 그래. 동거든 결혼이든 뭔가 지루해, 그치? 지금이 딱 좋지. 서로 왔다 갔다, 밀당도 되고, 성적 긴장감 만빵 상태. 그치?"

"아침부터 왜 성적인 얘기야, 이게."

둘의 대화가 점점 무르익어갈수록 동민의 마음은 더욱 무거워졌다. 밥그릇을 들고 식탁에 앉으면서도 어두운 기색이었지만, 두 사람은 서로 농담을 주고받느라 눈치채지 못했다.

동민은 재열과 해수 문제 때문에 속이 너무 답답해서 소리라도 치고 싶었다. 그러다 밥을 한 숟갈 떠서 씹다 말고는 벼락같이 고함을 쳤다.

"밥이 뭐 이따위야! 3년을 밥을 해도 자식이 어떻게 나아질 기미가 없어! 서걱서걱 이게 밥이냐, 모래냐?"

느닷없는 동민의 호통에 수광은 놀라 눈이 동그래졌다. 해수가 어이없는 헛웃음을 지으며 물었다.

"밥 서걱대는 게 그렇게 화가 나?"

"네가 내 나이 돼봐."

동민의 목소리가 조금 수그러들었다. 수광이 국을 벌컥벌컥 마시다가 입술을 삐죽였다.

"아, 그럼 형님이 하든가."

"내가 저녁에 쌀에 물 부어서 불리라고 몇 번을 말해! 내가 말하면 귀로 듣니, 코로 듣니!"

가만 듣고 있던 해수가 동민의 눈치를 살폈다. 으레 하던 장난인 줄만 알았더니, 농담이 아닌 듯했다. 해수가 동민을 살살 달랬다.

"선배, 그 말은 내가 들었는데 수광이한텐 못 전했어. 근데, 왜 그래? 미국에서 뭐 안 좋은 연락 왔어?"

"그런 거 없어."

동민이 퉁명스럽게 내뱉고는 내처 주방을 나가버렸다. 수광은 동민의 뒷모습을 걱정스레 보았다.

"갱년긴가? 남자도 갱년기 우울증 있다며. 아니다, 태용이 형 때문인가 보다."

"태용 씨가 왜?"

"어제 형님 병원에 갔더니, 글쎄 그 덩치가 엉엉 울고 있더라고."

무슨 일이 생겼기에 태용 씨는 울고 선배는 예민해져 있는 걸까. 해수가 걱정스러운 마음으로 동민의 방문을 뚫어지게 바라보았다.

14년 전 불에 탄 집은 폐허 그 자체였다. 집 주변은 물론이고 마당에도 잡초가 가득했다. 동민은 느린 걸음으로 마당을 가로질러 방문이 떨어져나간 방 앞까지 갔다. 그날 이곳에서 대체 무슨 일이 있었던 것일까. 재범과 강 변호사에게 들은 이야기들을 꺼내 순차적으로 그려보기 시작했다.

재열을 때리는 의붓아버지를 보자 재범이 달려들어 의부와 몸싸움을 벌인다. 의부가 방바닥에 있는 칼을 집으려 할 때 그걸 본 재열이 먼저 칼을 집어 들고 있었는데, 의부가 재열 쪽으로 넘어지면서 그 칼에 배를 찔렸다. 덩치가 큰 의부의 몸에 깔려 함께 쓰러진 재열은 벽에 머리를 부딪혀 정신을 잃는다. 재범이 의부의 배에 꽂힌 칼을 뽑아 드는 순간 엄마가 들어온다. 재범은 "재열이가 죽였어."라고 말한 뒤 칼을 검은 비닐봉지에 담는다. 그러고 나서 기절한 재열을 업고 집 밖으로 나간다. 여기까지가 재범에게 들은 사건의 내용이다.

아들들이 집을 빠져나간 뒤, 엄마도 칼이 담긴 비닐봉지를 들고 집 밖으로 나가려 한다. 그때 죽은 줄로만 알았던 의부가 가까스로 팔을 뻗어 엄마의 발목을 잡는다. 강 변호사의 말에 의하면, 엄마는 여기까지 기억하고 있다고 했다. 그 이후에 일어난 일을 엄마는 아무것도 기억하지 못했다. 정신과 감정의 소견으로는 해리(Dissociation : 정신과 행동의 일부를 정신 상태의 나머지와 분리시키는 무의식적인 방어기제로 해리장애 · 전환장애에서 나타남)가 왔을 가능성이 크다고 했다.

그렇다면 엄마가 잃어버린 기억의 진실은 무엇일까? 의부가 엄마의 발목을 잡은 그 직후에 과연 무슨 일이 일어난 것일까? 불은 왜 난 것일까? 그리고 재열은 알면서 거짓으로 증언을 한 걸까? 왜 형을 범인으로 지목한 것일까?

강 변호사의 추측은 이랬다. 재열은 엄마가 범인이란 걸 알고 있었을 것이다. 그래서 묵비권을 행사했고, 사인이 자상이 아니라 화재로 인한 질식사란 걸 알게 되자 법정에서 엄마 대신 형을 범인으로 지목했을 것이다.

동민은 그날의 장면을 꼼꼼히 그려보았지만, 여전히 풀리지 않는 의문이 있었다. 강 변호사의 추측에는 재열이 어떻게 엄마가 불을 낸 순간을 봤는지가 빠져 있었다. 재열이 겪고 있는 이상 증상, 원망으로 가득한 재범의 마음을 치유할 열쇠는 바로 그 지점이 될 것이라는 게 동민의 생각이었다. 집 안은 온통 그날의 흔적들로 가득한데, 그 안에는 어떠한 단서도 없었다.

무거운 마음으로 발길을 돌릴 때, 대문 옆 담벼락에 걸려 있는 거울이 눈에 들어왔다. 담벼락 밑은 예전에 수도가 놓였던 자리로, 면도용 거울을 담장 벽에 걸어놓았던 것이다. 몇 초간 거울을 뚫어져라 본 다음 동민은 등을 돌려 방 앞으로 다시 걸어갔다. 동민의 머릿속에는 새로운 그림들이 하나둘 실체를 드러내기 시작했다.

의부에게 발목이 잡힌 엄마는 놀라서 발버둥을 치지만 소리도 못 지르고 넘어진다. 엄마를 향해 의부가 기어오자 겁먹은 엄마가 라이터를 발견하고 종이에 불을 붙이려 하며 "나한테 오지 마, 불낼 거야." 하며 겁을 준다. 그래도 계속 다가오자 엄마는 의부를 밀치며 종이에 불을 붙여 던진다. 그때 방바닥과 의부의 몸엔 재범이 뿌린 석유가 묻어 있었고, 겁만 주려던 의도와 달리 순식간에 방 안에 불길이 번진다. 동생을 업고 마당을 가로지르던 재범이 "정신 차려, 새끼야!" 하고 내지르는 소리에 희미하게 정신을 차린 재열이 거울을 통해 엄마가 집에 불을 내고, 후다닥 마당으로 뛰쳐나오는 모습을 본다.

이거였구나. 그래서 엄마가 불을 낸 것을 재열은 알고 재범은 모르는 거구나. 불이 났을 때의 충격으로 해리장애가 와서 엄마는 이후 기억이 없는 것이구나. 기억을 잃은 엄마를 지키기 위해 재열은 부득이하게 형을 범인으로 지목한 거였구나. 그리고 형에 대한 죄책감이 쌓이고 쌓여 지금의 이상 증상을 가져온 거였구나.

여기에 생각이 이르자 동민의 마음은 더욱 착잡하고 무거워졌다.

동민과 영진의 이혼 기념 파티가 있던 날, 엄마한테 성질을 부렸던 해수는 내내 마음이 쓰였다. 게다가 언니 윤수가 "착한 내 동생, 엄마한테 잘못했다고 할 거지?" 하며 전화를 걸어온 터라, 더욱 그랬다. 마침 일이 일찍 끝나 엄마한테 사과도 하고 아빠 얼굴도 볼 겸 엄마 가게에 가기로 했다.

가게 근처에 다다랐을 즈음 재열에게 전화가 왔다. 해수가 엄마 가게에 가는 중이라고 했더니, 안 그래도 전화로 어머니께 말씀드렸다는 얘기를 했다.

"울 엄마한테 전화로 무슨 얘길 했는데?"

"너한테 프러포즈 한 거 말씀드렸어."

"뭐? 그 얘기 어제 다 끝난 거 아니었어?"

"어제는 끝났고, 오늘 다시 시작하는 거지."

너무도 덤덤한 대답이었다. 엄마가 뭐라고 할지, 그리고 얼마나 닦달을 해댈지 불 보듯 뻔했다.

"아주 뭐 하나에 꽂히면 끝장을 봐야 직성이 풀리지? 진짜 자기 멋대로야!"

"내가 그래?"

"몰라 물어?!"

재열이 작게 웃었다.

"당장 말고, 1년 후에. 너 안식년 끝내고 돌아와서 바로."

"그럼 그때 가서 얘기하면 되겠네!"

"너랑 난 계획적이고 목적의식이 분명한 사람들이야. 그러니까 지금부터 네 인생의 계획표에 나를 넣어. 난 이미 내 인생 계획표에 널 넣었어. 내 멋대로 살다가, 네 멋대로에 맞추는 중이라고."

"난 지금이 딱 좋아."

"지금이 딱 좋은 이유는?"

"난 긴장감 없는 관계가 싫어. 결혼을 전제로 하면 대놓고 지루해질 게 뻔한데…."

"절대, 그럴 리 없어."

"없긴 뭐가 없어."

"네 말대로 난 이별에 길들여졌고, 그래서 널 배신할 수도 있으니까."

해수가 황당해 말을 잇지 못하고 있는데, 재열의 설명이 이어졌다.

"너 역시 내가 싫어지면 우리가 한 모든 약속을 뒤로하고, 날 배신하고 떠날걸? 그게 당연하고."

"허… 그럼 우린 배신자 모임이네."

"맞아. 그래서 우린 결혼해도 서로한테 배신당하지 않고, 버려지지 않으려면 지금보다 훨씬 더 서로에게 집중하고 배려하고 사랑하고 노력해야 될 거야. 어때, 지루할 틈이 없겠지?"

"내 출세는 어쩌고! 장재열!"

할 말을 마친 재열이 전화를 툭 끊었다. 프러포즈만으로도 머리가 아픈데, 엄마한테 그 말을 해버리다니…. 어쩌면 그렇게 하는 짓마다 도발적인지.

해수는 복잡한 머리를 가로저으며 걸음을 재촉했다. 골목을 꺾어 들어가자 통유리로 된 가게 앞 한쪽에 쪼그려 앉은 엄마가 보였다. 엄마는 심각한 표정으로 통화 중이었다.

그때 해수를 발견한 윤수가 가게 문을 열고 나오며 "왔니?" 하고 반겼다. 그때까지 해수가 온 줄도 모르고 있던 엄마는 딸들을 힐끗 보더니 "김 사장님, 잘 가요. 몸조심하시고." 하며 전화를 끊었다. 해수를 보고도 반가운 척은커녕 "잠시 쉬었다 나올게." 하며 터벅터벅 집 쪽으로 걸어가는 엄마의 뒷모습을 해수가 멍한 표정으로 바라보았다.

"김 사장님 부인이 폐암 말기래. 사업 다 접고, 두 분이서 산에 들어가신대. 작별 전화야."

답답하고 복잡한 마음을 감추려는 듯 해수가 가게 안에 앉아 있는 아빠를 향해 하트를 날렸다. 아빠는 신이 나서 해맑게 웃었다.

"엄마한테 아무 말 마. 엄마 도망가면 난 아버지 모시게 될까 봐, 넌 아저씨 없으면 의대 못 갈까 봐, 우리 둘 다 이기적으로 눈감은 일이잖아."

해수는 내심 윤수의 말이 서운했다.

"언니만 엄마 이해하니? 나도 엄마 딸이야."

"엄마랑 저녁 먹고 놀다 가!"

"내가 알아서 해!"

말은 퉁명스럽게 했지만 해수는 걱정스런 표정으로 집을 향해 걸어갔다.

엄마는 안방에 덩그러니 누워 있었다. 벽을 향해 모로 누운 엄마의 뒷모습이 쓸쓸해 보였다.

해수는 무슨 말을 어떻게 꺼내는 게 좋을까 잠시 망설이다 엄마 옆에 편히 누웠다. 그러고는 쟁반에 놓여 있던 강냉이를 오득오득 씹어 먹으며 곁눈질로 엄마의 눈치를 살폈다.

"나가 먹어. 시끄럽게 왜 사람 귀에다 대고 과잘 오득거려."

생각이 많은지 엄마의 목소리는 낮고 힘이 없었다.

"엄마, 옷 사러 가자. 간만에 외식도 하고. 응? 일어나."

"옷은 뜬금없이 왜 사."

"돈 줄까 그럼?"

엄마가 해수 쪽으로 몸을 돌려 누웠다. 갑자기 친근하게 들러붙는 딸이 어색하고 이상했다.

"왜 그래?"

"그냥, 엄마 안 좋아 보여서 내가 좀 풀어줄라고."

"웬일이니, 네가?"

"별일이지 내가."

"아, 싫어. 네 돈 받고, 줬다고 생색내는 꼴 보기 싫어."

"생색 좀 내면 어때? 그게 돈 주는 맛이지."

엄마가 해수를 물끄러미 보더니 화제를 돌렸다.

"재열이가 결혼하자 그러면, 해."

"나 결혼시킬 돈은 있어?"

"너 돈 잘 벌잖아!"

"내년에 여행 가서 다 쓸 거야."

"지랄, 생쇼를 하네, 기집애, 아주!"

엄마가 꽥 소리를 지르며 벌떡 일어나 앉았다. 해수는 실실 웃으며 따라 일어나 엄마 입에 강냉이 하나를 넣어줬다.

"엄마, 일어난 김에 옷 사러 가자."

"네 아버지가 저러고 있는 것도 다른 사람은 흉보려면 흉봐. 그런 거 괜찮다 그러기 쉽지 않아. 재열이가 하자 그럼 해."

"별소릴 다 해. 아빠 아픈 거 뭐라 그러는 양아치는 내가 초장부터 안 만나. 뭐 울 아빠를 지가 돌봐? 엄마가 돌보지."

엄마가 잠시 망설이다 짐짓 아무 일 아니라는 듯 말을 꺼냈다.

"김 사장 아저씨… 시골 갔어. 부인이 아파서. 이제 우리 연락 안 해. 알고 있으라고."

20년 넘게 엄마와 김 사장 아저씨를 미워했다. 더러운 관계라 생각했다. 불안 장애의 모든 원인을 두 사람에게 돌리며 원망했고 그 관계가 끝나기를 바라고 바랐다. 그런데 막상 헤어졌다고 하니, 기쁘기보다는 헛헛했다. 그리고 엄마가 걱정됐다. 엄마를 위로하고 싶었다. 그리고 딸은 엄마의 비밀을 모르고 있다고 말해주고 싶었다. 그렇게 해야만 할 것 같았다.

"언젠 뭐 둘이 자주 연락했어? 어쩌다 안부만 주고받았지."

엄마는 해수의 진심이 느껴져 미안하고 짠하고 고마웠다. 그래도 어미라고 덮어주고 품어주는 게 눈물겨워 아무 말도 못하고 그저 바라보았다.

"왜… 아무 말도 안 해, 엄마."

"그래 나가보자! 대체 짠순이 딸내미가 뭘 대단한 걸 사주려나. 윤수도 부를까?"

"싫어. 오늘 엄만 내 거야."

해수가 어린애 같은 투정을 부리자 엄마 얼굴에 환한 미소가 찾아왔다.

재열의 옛집을 다녀온 후 모든 정황을 파악한 동민이 서초동으로 향했다. 재열의 '지금'이 궁금했다. 재열의 '지금'을 정확히 파악해야 치료 시기와 방법을 찾을 수 있을 것 같았다.

동민은 오피스텔 근처 막걸리 집에 자리를 잡고 재열을 불러냈다.

"웬 낮술?"

"얼굴이 그게 뭐야?"

동민이 딴소리를 했다. 재열은 턱을 한번 쓱 훑었다.

"수염 때문에 그래요. 깎을 시간이 없어서."

동민은 재열을 안쓰럽게 보다가 막걸리 주전자를 들고 웃었다.

"줄까?"

"먹고 싶지만 글 써야 돼요. 내가 형님한테 줄 수 있는 시간은 딱 한 시간."

"지랄하네, 새끼. 오늘 네 스케줄은 다 내 거야. 내 귀여운 동생 지해수도 가져가고, 기껏 하루 네 스케줄도 못 줘? 이 얌통머리 없는 놈아! 마셔!"

동민이 애정 어린 욕을 퍼부으며 양은사발을 건네자, 잠시 주저하던 재열이 "에라, 모르겠다." 하며 술을 들이켰다. 계획에 없는 낮술, 재열에겐 일종의 탈선이라 그런지 술맛이 달았다.

"크크크… 너 조심해라. 이런 식으로 나한테 물들어서, 계획적이고 획일적으로 살다가 흥청망청 사는 인간들 무지 많다."

재열이 손등으로 입술을 훔치며 씩 웃었다.

"왜 그러고 살아요?"

"정신건강을 위해서지. 아주 가끔은 팽팽한 정신줄을 탁 놓고 헤벌레…. 그게 진짜, 정신건강에 무지 좋거든."

동민이 껄껄 웃으며 빈 잔에 막걸리를 한가득 부어주자, 재열이 또 단번에 들이켰다.

"아… 몸 버리는 느낌이다."

재열이 몽롱한 표정으로 말했다. 제대로 먹지도 않고 잠도 안 잔 상태에서 낮술이 들어가니, 머리가 띵 울리면서 몸이 구름 위로 올라가는 것 같았다.

이런저런 이야기를 나누며 술잔을 주거니 받거니 하다 보니, 어느새 두 사람 모두 얼굴이 붉게 물들어 있었다.

"엄마가 전화했어요. 형이 출소하면 집에 들르겠다고 말했다면서, 좋아하셨어. 고마워요, 형님."

"고맙긴, 당연한걸. 참, 강우는… 병원 갔니? 뭐, 예전에 아프다 그랬잖아. 손이 떨리고 기침을 한댔나?"

동민이 자연스럽게 강우 이야기를 꺼냈다.

"병원에서 괜찮다 그랬대요."

"걔랑은 어떻게 친해진 거니?"

"글? 우리한테 글은 전부라서. 아님, 맞고 살아서? 잘 모르겠어요."

재열은 자신도 모르게 서글픈 미소를 지었다.

"걜 언제부터 자주 만났니?"

"음… 예전엔 가끔씩 걔가 왔는데, 지해수 만나고 부쩍 자주 오더라고요."

'해수 만나면서부터 심해졌구나.'

동민은 더욱 걱정이 되었다. 지금부터는 진짜 궁금했던 어린 시절에 대해 물어야 할 것 같아 분위기를 편하게 바꿔 질문을 이어갔다.

"넌 원래 그렇게 성격이 밝았니?"

"아, 그런 얘기하기 싫은데…."

"에이, 해봐! 나도 하기 싫은 얘기 너한테 다 했잖아."

잠시 회상에 젖었던 재열이 씁쓸한 미소를 지었다.

"어려선 완전 겁 많은 순둥이였어요. 의부 사건 난 뒤로 일부러 밝게 밝게 긍정적으로 살자, 불쌍한 엄말 위해서 약해지면 안 된다, 하며 매일 거울 보면서 웃기지도 않는데 웃는 연습하고, 농담하는 연습하고… 싸우는 거 연습도 하고 마초 흉내도 내보고 그랬어요. 형님, 사막의 낙타… 알아요?"

"알지. 트라우마에 얽매여 평생 묶여 사는. 아침이 돼서 주인이 끈을 풀어줘도 끈이 묶여 있던 밤을 기억해서 떠나지 못하는."

"전, 그런 낙타가 되기 싫었거든요. 태양이 뜨면 뜬 줄 알아야지. 그래서 마인드 컨트롤을 하죠. 내 과거는 지나갔다! 없다! 난 자유다! 강하다! 무지무지 강하다! 어둠을 몰아내는 태양처럼, 모든 어둠을 삼키는 빛처럼, 진짜진짜 밝고, 강하게…."

"누구보다? 네 형보다?"

동민이 슬쩍 핵심 질문을 꽂아 넣었다.

"형은… 약하죠. 나한테도 당할 만큼."

재열은 붉어진 눈으로 애써 웃었다.

"형은… 보상이 필요해요. 형은…."

엄마를 위해 거짓 증언을 할 수밖에 없었지만, 늘 형에 대한 죄책감에 시달렸을 재열의 마음이 충분히 느껴졌다. 동민이 재열을 다독였다.

"보상했잖아. 태용이가 그러는데, 네 재산 거의 다 줬다며."

"맞아, 보상했지! 충분히! 근데… 그걸로 진짜 보상이 되나?"

재열은 금방이라도 울음을 터트릴 것 같은 얼굴이었다.

"아… 나 취했다. 절대 취하게 안 먹는데… 뭐야."

머리가 아픈지 오른쪽 눈자위를 찡긋거리던 재열이 갑자기 전화가 왔다며, 탁자 위에 놓아둔 휴대폰을 들고 술집 밖으로 나갔다. 벨소리는커녕 진동음도 듣지 못한 동민이 의아한 눈빛으로 재열의 뒷모습을 좇았다.

"응. 말해."

"작가님, 오늘 공모 발표 났는데… 저 공모 떨어졌어요. 하지만 괜찮아요. 뭐, 내년에 또 있으니까. 근데, 작가님이 저한테 실망했을까 봐 걱정돼요."

"세상 사람들 다 너한테 실망해도, 난 너한테 실망 안 해. 너… 나한테 올래?"

"아뇨, 엄마 보러 가야 돼요. 엄마 월급날이라 같이 밥 먹을 거예요. 끊어요."

동민은 억장이 무너지는 기분이었다. 재열이 현실에는 없는 존재 강우와 통화하는 걸 직접 목격하니 안쓰러워 눈물이 나올 것 같았다. 동민은 쓴 술을 연거푸 두 잔이나 들이켰다.

잔뜩 취한 동민과 재열이 밤늦은 시간 홍대 집으로 돌아왔다. 시끄러운 소리에 해수가 창문을 열고 내다보니, 동민과 재열이 마당에 앉아 실랑이를 하고 있었다. 깜짝 놀란 해수가 서둘러 마당으로 뛰쳐나왔다.

"아니, 미쳤나 이 인간들이…."

"아, 자식 진짜 고집스럽네. 너한테 술 취한 모습 보이기 싫다고 여기 있겠단다."

처음 보는 재열의 취한 모습에 해수가 혀를 찼다.

"가관이구만. 어이, 고개 들어서 나 봐봐."

재열이 푹 꺾고 있던 고개를 들어 반쯤 풀린 눈으로 해수를 보며 수줍게 웃었다.

"아우, 눈도 못 맞추네. 미친다, 진짜. 일어날 수 있지?"

재열은 해수에게 비틀대는 모습을 보여주고 싶지 않았다. 하지만 몸이 맘처럼 움직여주지 않았다. 땅이 갑자기 꺼지기라도 한 듯 재열의 다리가 훅 꺾이자, 동민이 재열을 부축했다. 해수는 동민의 도움을 만류하며 재열의 팔짱을 끼었다.

"내가 해, 내 애인이야. 자, 걸어보자."

기분이 좋아진 재열이 이마에 입을 맞추자, 해수도 볼에 짧은 키스를 해주었다. 참으로 어여쁜 모습이었다. 동민은 마음이 쓰렸지만 티를 내서는 안 되기에 일부러 더 밝게 농을 쳤다.

"드럽게 쪽쪽대네! 입술 닳어, 어지간히 해!"

다음 날, 숙취 때문에 일찍 잠에서 깨어난 재열이 택시를 타고 서초동 오피스텔로 향했다.

10분쯤 달렸을 때 재범에게 전화가 왔다. 재범은 예정보다 며칠 빨리 나온다는 말을 전하며 단둘이 만나자고 했다.

"놀랐지. 내가 너무 빨리 나가서 크크크…. 엄마하고 조 박사는 모르게 너랑 나랑 단둘이만 보자. 둘이 옛 사건을 떠올려보는 거지. 진짜 누가 칼로 찔렀는지…."

"그래봤자야. 그 인간은 형이 죽였어. 알면서 그래."

애써 밝은 척 통화하고 있지만 재열의 눈은 붉게 물들어 있었다. 거울에 비친 엄마의 모습, 겁에 질려 벌벌 떨면서 불붙은 신문지를 방에 던지던 그 얼굴이 떠올랐기 때문이다. 떠올리고 싶지 않아도 떠오르는 그 모습은 언제나 재열의 마음을 아프게 했다. 재열의 가슴은 찢어지는데, 수화기 너머의 재범은 알 턱이 없었다. 오히려 재열에게 겁을 주며 재밌어했다.

"엄마가 많이 슬플 거야. 네가 죽인 줄 알면. 그치? 그래도 알아야지,

진실을."

할 말을 다 했는지 재범이 전화를 끊었다. 재열은 답답한 마음에 차창을 내려 바깥공기를 깊이 들이마셨다.

그때 자전거를 타고 지나가는 남자가 눈에 띄었다. 그 모습을 보니 강우가 떠올라 전화를 걸었지만, 신호가 수차례 가도 전화를 받지 않았다. 또 무슨 일이 생긴 건가…. 재열이 어두운 표정으로 휴대폰을 바라보았다.

"결혼해."

영진이 내놓은 답은 단순 명쾌했다. 재열의 프러포즈가 부담스러워 조언을 구하려 했던 해수가 오히려 황당하다는 표정을 지었다.

"뭐? 결혼하면 내가 잃는 게 얼마나 많은데."

"잃는 게 많다는 생각이 들면 안 하면 돼. 반대로 얻는 게 많다면 하면 되고. 근데 해수야, 내가 살아보니까 내가 속물인 게 속상할 때가 있어. 어떻게 사랑하는 남자와 아이를… 한낱 출세와 비교했을까? 그래서 얻은 게 뭔가. 그런 생각이 많이 들더라."

"교수 됐잖아."

"아이를 낳아서 키워봤다면… 더 좋은 의사가 됐겠지."

해수가 보일 듯 말 듯 고개를 끄덕였다.

영진은 지금 어제 자살한 자신의 환자 때문에 스스로를 질책하고 있었다. 5년간 치료를 받으며 점점 좋아지고 있던 스키조 환자가 사업 실패를 비관해 잘못된 선택을 한 것이다.

"그 말은 설득력 있다. 그래서 지금 마음은 어때?"

"자책도 되지만… 다른 환잘 더 잘 보리라, 내가 환잘 고칠 수 있다는 자만을 내려놓고 환자의 의지를 더 북돋으리라, 다짐 중이야."

해수가 미소를 지으며 영진을 꼭 끌어안았다.

"선배, 존경해."

그때 노크도 없이 동민이 진료실로 들어왔다.

"둘이 같이 있었네."

"난 빠져줄게. 둘이 데이트해. 단, 선은 지키시면서."

해수가 농담을 던지며 나가려는데 동민이 해수의 팔목을 잡았다.

"왜?"

"해수야, 넌 강한 놈이지?"

동민이 어울리지 않게 진지한 눈빛으로 생뚱맞은 질문을 던지자, 해수는 선배가 또 장난을 거는 거라 생각했다.

"당연하지! 뭐야, 이 눈빛은? 놔, 나 진료 보러 가야 돼."

해수가 진료실을 나가자 동민은 땅이 꺼져라 한숨을 쉬었다.

"얼굴빛이 왜 그래?"

어지간하면 한숨을 쉬지도 큰 걱정도 하지 않고 사는 동민이 평소와 다른 모습을 보이자 영진은 지레 걱정이 되었다.

"장재열, 정신증 있어."

"심각해?"

의사다운 반응이었다.

"어."

"네 병원으로 가자."

재열의 모습이 찍힌 시시티브이 화면을 두어 번 돌려 본 영진은 착잡했지만 담담하게 소견을 말했다.

"형에 대한 죄책감이 엄청났던 거 같네. 물론 엄말 위해서였지만, 형이 범인이라는 위증을 하고 열여섯 살 어린애가 건강하게 살긴 힘들었을 거야. 나라도 그럴 거 같다."

"매 맞고 힘들게 산 엄마를 위해서 나는 정말 어쩔 수 없이 형을 버렸다, 엄마를 부양해야 했다, 나는 죄 없다, 이런 일이 벌어진 게 문제지 내가 무슨 죄냐! 그렇게 건강하게 자기 합리화를 해야 하는데, 재열이 놈은 너무 착해서 자신을 용서 못하고… 자신 같은 강우를 만들어 보호하는 것 같아."

"엄마가 더 문제였겠지. 진실을 알면 엄마는 살 수 없었을 테니까. 진실을 모르게 엄마를 해리 상태에 머물게 하고 싶었을 거야. 그게 더 압박이 됐을 거고."

"문제는… 강우에 대한 리얼리티(Reality Testing : 리얼리티 테스팅, 현실 검증 능력)가 완전히 깨진 채로, 둘의 관계가 3년이나 끈끈하게 지속됐단 거야."

"최악의 케이스네. 환시와의 관계가 너무 치밀해서, 장재열한테 강우가 환시인 걸 인지시키는 게 쉽지 않겠다."

"그러게. 전에 내가 아는 환자는 없는 부인을 환시로 만들어내 20년간 같이 살았어. 결국 병식을 인지하지 못하고, 현재까지 요양소에서 부인을 찾아."

"당장 해수한테 알려. 이 자료만 봐도, 강제 입원 요소 충분해."

영진은 단호했다. 그 말엔 동민도 동의하지만, 어떻게 하는 게 재열과 해수를 위한 일인지 판단이 잘 서지 않았다.

"의심할 여지없이 자해 위험이 있어. 강우를 위한답시고 엉망진창이 되고 있잖아. 시간 끌다 해수까지 다칠 수 있어. 전에 윤철이가 해진이 구하려다 산에서 떨어지고, 머리 다친 거 기억해?"

영진의 말에 결심을 굳혔는지 동민이 휴대폰을 꺼내 해수의 번호를 찍었다.

"선배, 왜?"

"해수야, 근무 끝나면 내 병원으로 좀 와라. 어, 급해. 그래, 이따 보자."

해수는 퇴근길 버스에서 크게 울리는 라디오 소리에 웃음이 나왔다. 해수가 초대되었던 재열의 방송이 나오고 있었기 때문이다. 재열에게 전화를 걸까 하다, 글 쓰는 데 방해가 되면 안 되지 하는 마음에 포기했다가, 목소리라도 듣고 싶어 전화를 걸었다.

"밥은?"

"… 나 일해야 돼. 전화 끊어."

말은 그렇게 해도 재열의 입가에 잔잔한 미소가 걸려 있다는 걸 해수는 목소리만으로도 알 수 있었다.

"결혼 싫어."

"그래."

"뭐야? 진지하지 못하게."

"너 길들이는 중이야. 끊는다."

일방적으로 끊긴 전화를 보며 서운한 마음에 헛웃음이 나왔다. 그래, 일할 때는 방해하지 않기로 해놓고 그걸 깬 건 나니까 서운해할 일 아니다, 스스로 다독이며 창밖을 보는데 문자가 왔다. 휴대폰을 확인하던 해수의 얼굴이 환한 미소로 빛났다. 재열이 보낸 네 장의 사진과 메시지 때문이었다.

중간을 눌러 짠 치약과 해수의 칫솔, 헝클어진 침대, 바닥에 떨어진 지갑, 아무렇게나 던져둔 수건 등을 찍은 사진에 '해수가 다녀간 흔적 1, 2, 3, 4'라는 제목이 붙어 있었다. 그리고 다시 한 장의 사진이 날아왔다. 재열이 직접 쓴 메모지를 찍은 사진이었다.

'강박증인 내가, 네가 그리워, 네가 다녀간 흔적들을 치우지 않고 그냥 내버려둔다. 언젠간 이 모든 흔적들이 일상이 되길 바라지만, 결혼하지 않아도… 사랑해.'

밀려드는 감동에 해수의 눈가가 촉촉이 젖었다. '사랑해'라는 세 글자가 없었어도 그의 사랑이 얼마나 깊은지 알 수 있었다. 병적으로 정리 정돈에 집착하고, 병적으로 청결한 사람인데 해수가 어질러놓은 것들을 치우지 않고 그대로 두었다는 것에 가슴이 뭉클해졌다. 늘 재열에게 까탈 부리고 짜증내고 변덕 부리던 자신의 모습과, 어느새 그런 자신에게 맞춰주고 있는 재열을 생각하니 너무 미안하고 고마웠다. 두 감정이 뒤섞여 왈칵 울음이 쏟아질 것 같기도 하고, 배시시 웃음이 나올 것도 같았다.

'나… 51프로 넘어갔다.'

한 글자 한 글자 정성을 다해 문자를 찍어 보내고 나니, 해수의 마음은 더욱 따뜻해졌다.

퍼즐 맞추기

"나 왔어요."

해수가 한껏 들뜬 표정으로 동민의 진료실 문을 열었다. 영진과 태용까지 동석하는 자리인 줄 몰랐던 터라, 먼저 와 앉아 있는 그들을 보자 조금 놀란 표정을 지었다. 게다가 분위기도 왠지 이상했다. 세 사람 모두 평상시와는 달리 무척, 지나칠 만큼 진지한 얼굴이었다.

"뭐야, 왜 그래 얼굴들이."

"앉아."

영진이 겨우 웃어 보였지만, 긴장한 탓에 입가에 파르르 경련이 일었다.

"왜 그래?"

분명 뭔가 일이 생긴 것 같은데, 동민과 영진은 서로 눈만 맞추고 있고 태용은 해수의 시선을 피했다.

"이상하네들. 내가 뭐 잘못… 했어요?"

해수가 조심스레 물었지만 아무도 대답이 없었다. 해수는 답답한 마음에 탁자 위의 아이스커피로 목을 축였다.

그때 동민이 입을 열었다.

"재열이가 많이 아프다, 해수야."

해수가 컵을 탁자에 내려놓으며 어색하게 웃었다. 동민과 영진은 여전히 굳은 표정으로 해수의 반응만 보고 있었다.

"무슨 소리야?"

"우리가 확인한 바로는… 스키조 같아."

해수는 미동 없이 영진을 가만히 봤다. 영진은 작게 한숨만 쉴 뿐 다른 말이 없었다. 해수가 고개를 약하게 떨며 동민 쪽으로 고개를 돌렸다. 해수와 눈이 마주친 동민이 천천히 고개를 저었다.

해수는 애써 담담한 척 물었다.

"확인된 액티브 심텀(Active Symptom : 정신분열병에서 환청·망상·와해된 언어나 행동 등 활성기 증상을 말함)은?"

"너, 강우에 대해 아니? 재열이가 얘기하디?"

해수는 가슴이 쿵쾅쿵쾅 떨렸지만 애써 담담한 척 "어, 자주."라고 짧게 답했다.

"강우가 환시다."

해수는 호흡을 멈췄다. 귓가에 진동처럼 동민의 말이 윙윙 울렸다.

강. 우. 가. 환. 시. 다! 강. 우. 가. 환. 시. 다! 강. 우. 가. 환. 시. 다!

시간이 정지한 것처럼 현실감이 없다. 그런데 가슴이 좀 전보다 더 강하게 떨렸다. 볼을 타고 흐른 눈물이 입술을 적셨다. 그제야 아랫입술을 깨물고 숨을 내뱉는데, 태용이 울먹이며 말을 이어나갔다.

"강우는 없는 놈이에요, 해수 씨. 내가 다 알아봤어요. 학교도, 집도, 어디에도 강우는 없었어요. 오늘도 제가, 네가 읽어본 강우 소설 어디 있냐고 다그치니까, 동민 형님네 자기 방 서랍에 있다고 해서 가서 다 찾아봤는데… 없어요."

심장이 쿵 하고 내려앉았다.

그러고 보니 일본으로 여행 갔을 때 재열은 강우에게 전화가 왔다며 통화했지만 바로 옆에 있던 해수는 벨소리를 듣지 못했다. 바닷가에서 잠들었던 재열이 발작을 일으켰을 때도 강우를 부르며 힘들어했었다. 3년 전 재열이 형의 포크에 찔렸을 때 재열을 위해 많이 울어주었고, 그때부터 재열 앞에 나타났다던 강우는 다시 생각해보니 이상한 점이 참 많은 애였다.

해수는 냉정하려 애쓰며 덜덜 떨리는 팔을 쓰다듬었다. 바들바들 떨리는 입술을 힘껏 씹어 물기도 했다.

"그것만으론… 좀 그렇지 않아?"

"컴퓨터 확인해봐."

영진이 책상 위의 컴퓨터를 가리켰다. 해수가 마우스를 움직여 영상을 켜자, 시골 논두렁에서 홀로 바닥을 구르는 재열의 모습이 보였다.

재열은 멱살 잡는 시늉을 하기도 했고, 허공을 향해 주먹을 휘두르기도 했다.

그때 해수의 휴대폰에 진동이 왔다. 세 사람의 시선이 동시에 해수를 향했다.

"어, 나야."

해수는 애써 담담한 목소리로 전화를 받았지만, 책상을 짚은 한쪽 팔이 경련을 하듯 덜덜 떨렸다.

"야, 지해수! 대체 뭐냐, 이 문자는?"

"뭐가?"

"네가 나한테 넘어온 퍼센티지가 51프로면, 다시 원점이잖아?"

"원점은 영이지."

재열의 웃음소리가 수화기를 넘어 세 사람의 귀에까지 들렸다. 해수의 눈가는 점점 더 붉게 물들고 있었다.

"졌다. 좋아, 다시 시작해. 근데 어디?"

"미팅 중."

해수가 짧게 답했다.

"어쩐지 조금 긴장한 거 같더라. 조심히 들어가고, 전화하지 마. 나 글 쓸 거야. 사랑한단 말, 너 지루해할까 봐 안 할게."

해수는 휴대폰을 테이블 위에 던지듯 올려놓았다. 담담한 척하던 얼굴이 어느새 잔뜩 일그러져 있었다. 재열과 통화하면서도 시선은 시시티브이 영상에 있었던 모양이다.

"뭐야, 이 에피소드는?"

"두 달 전에 재열이가 강우 아빠랑 싸웠다고 그랬는데, 그게 근처 시시티브이에 찍힌 거예요."

태용의 말을 들으니 재열이 얼굴에 상처를 입고 돌아와 소독해주던 날 그가 했던 말이 생각났다. 재열은 아는 애가 아버지한테 맞았다고, 아버지한테 맞는 걸 보고는 참을 수 없었다고 했다. 그때 자신은 뭐라고 했던가. 남의 가정사에 왜 끼어들었냐고 매몰차게 말하지 않았던가.

해수는 결국 겨우 참고 있던 눈물을 뚝뚝 흘렸다.

"14년 전 사건에서 범인은 모친이었던 거 같아. 칼 사건 이후에 화재가 났는데… 모친은 해리 상태에서 불을 질렀고, 상황을 보면 현재도 기억을 못해. 당시 재열인 엄말 위해 형을 범인으로 지목하고, 감당할 수 없는 죄책감에 시달린 거 같아."

동민이 차분히 설명을 했지만 해수는 그저 울고만 있었다. 영진이 설명을 이어갔다.

"강우는 장재열의 어린 시절 모습이 투영된 환시야. 장재열이 강우의 환시를 보는 것보다 더 큰 문제는… 강우를 보호하다 다치는 게 형에 대한 죄책감에서 비롯된 무의식적 자해라는 걸 본인이 모른다는 거야."

동민과 영진이 진지하게 말하는 내용이 전부 해수 귀에 들어오는 건 아니었다. '범인은 모친'이라던가 '엄마를 위해 형을 범인으로 지목'

이라던가 '형에 대한 죄책감에서 비롯된 무의식적 자해' 등 몇 개만 들어오고 나머지 말은 모두 윙윙거리는 소리로만 들렸다.

영진이 뭔가 말하려는 순간 해수가 먼저 입을 열었다.

"검사를 더 해봐야겠다. 브레인 엠알아이(Brain MRI : 뇌 자기 공명 영상), 심리검사, 펑션(Function : 사회적 · 직업적 · 학업적 기능)은 어떤지…."

"정신증이 아닌, 브레인의 문제로 보여?"

영진은 진지하게 해수의 의중을 떠봤다. 해수가 화난 표정으로 쏘아붙였다.

"그럴 가능성도 배제할 수 없잖아."

"3년간 지속된 발병 기간은 어떻게 설명하고? 난 당장 입원시켜야 된단 생각인데, 네 생각은 어때?"

"검사해보고 얘기할래."

"네가 확인한 다른 무의식적 자해 행동은 없었어? 자해 정도가 심하면, 시간을 줘선 안 돼."

해수의 얼굴이 이전보다 심하게 굳었다.

자해.

영진이 그 단어를 말하자마자 해수의 머릿속에서 그가 다칠 뻔했던 수많은 기억들이 지나갔다. 처음 만난 날, 스키조 환자를 쫓을 때 뒷덜미에서 피가 흘렀지만 인식하지 못하고 위험하게 추격하던 모습, 일본에서 제트스키를 위험하게 타 여기저기 상처가 나고 피를 흘렸지만 전혀 개의치 않던 모습. 그게 다 자해였다니….

“자해 행동 없었어.”

해수는 어느새 땀에 젖은 목을 손으로 쓸며 거짓말을 했다. 그러나 동민과 영진은 해수의 떨리는 팔이며 목덜미의 땀 그리고 표정만으로도 해수가 거짓말하고 있다는 걸 알아챘다.

“재열 씨 검사받을 수 있게 설득할게.”

그렇게 한마디를 던지고 해수는 도망치듯 진료실을 빠져나갔다.

“거짓말이야. 심퍼시(Sympathy : 동정. 대상 인물의 감정을 똑같이 느낌)라고. 치료자에 포함시킬 수 없는 건 물론, 해수를 장재열 곁에 둬서도 안 돼. 둘 다를 위해서.”

영진도 마음이 아팠지만 이 상황에선 냉정할 수밖에 없었다. 계속 울먹이던 태용이 격앙되어 소리를 질렀다.

“형님, 재열이한테 제가 말할게요. 강우는 없으니까 정신 차리라고요!”

“함부로 접근하면 더 위험해요. 태용 씨는 일단 재열 씨한테 가 있어요.”

영진이 태용의 등을 토닥였다. 태용이 힘없이 자리에서 일어나 진료실을 나가자, 동민은 초조한 표정으로 마른세수만 했다. 영진이 진지하게 말을 이었다.

“대부분 자해 심리의 클라이막스는… 결국 자살이야.”

동민이 고개를 끄덕였다. 잘 알다 못해 지긋지긋하게 봐온 사실이다. 하지만 지금 동민에겐 해수가 더 걱정이었다.

동민이 집에 돌아왔을 때 해수는 부은 눈으로 주방에서 물을 마시고 있었다.

"해수 넌 치료자에서 빠져. 죄책감이 문제가 되는 거면, 재열이가 너랑 있어서 행복하면 할수록 자해 충동은 더 극심할 거야."

"그 정도는 알아, 나도! 선배 네가 키웠잖아."

해수가 빈 잔을 식탁 위에 신경질적으로 내려놓았다.

"네가 할 일은…."

동민의 말을 끊으며 해수가 가슴 바닥에 밀어뒀던 화를 쏟아냈다.

"니들만 의사야? 현상학적 관점에서 진단할 때 필요한 기능 저하를 느낀 적이 없다고 나는! 경미한 뇌종양일 가능성은 왜 배제해? 왜 스키조라고 단정해!"

볼을 타고 흐르는 눈물을 닦으며 해수가 2층 계단을 오르자, 동민의 마음은 더욱 무거워졌다. 그러다 인기척을 느껴 고개를 돌리니 수광과 소녀가 현관 쪽에 서 있었다.

"스키조?"

소녀가 고개를 갸웃거리며 혼잣말처럼 내뱉었다. 동민은 답답한 속을 안고 방으로 들어갔다.

"스키조면 정신분열 맞지! 전에 집단 치료 받을 때, 그때 혼자 막…."

"집에 가."

대충 무슨 일인지 짐작한 수광이 소녀의 말을 막았다. 소녀가 움찔

하며 눈치를 살폈다.

"미안. 나는 그냥… 가끔 말이 생각 없이 나와. 나 미워?"

"안 미워. 집에 가."

소녀가 금세 해맑은 미소를 지으며 돌아가자, 수광이 무거운 마음으로 동민에게 갔다.

"형님, 저랑 얘기 좀 해요!"

그 시각, 해수는 재열 방에 들어가 강우의 소설 원고를 찾고 있었다. 언젠가 재열이 통화하며 화를 냈던 게 기억났기 때문이다.

'기껏 6개월 넘게 쓴 소설이 이거냐? 결론은 형에서 나, 아니 장재열로 범인만 바꾼 게? 다신 연락하지 마!'

해수는 선배들과 태용이 하는 말이 거짓이기를 바랐다. 강우의 소설 원고가 있기를 간절히 바랐다. 하지만 책상, 책장, 서랍을 모두 찾아봐도 그런 건 없었다.

덜덜 떨리는 가슴을 애써 가라앉히며 재열에게 전화했다. 태용 씨가 원고를 찾아달라 부탁했다며 자연스럽게 어디에 뒀는지 물었다. 한참 기억을 더듬던 재열이 책상 서랍에 넣어뒀다고 했지만, 그 안에도 원고 같은 건 없었다. 오히려 그의 병증을 인정하게 만드는 기억만 떠올랐다.

사과를 하러 그의 방으로 처음 찾아갔던 날, 통화하며 소리를 지르던 재열은 손에 아무것도 들고 있지 않았는데, 그는 왼손에 원고를 들고 있었다고 했다. 그때는 가볍게 넘겼던 그의 손 움직임을 다시 떠올려보니 원고를 들고 흔드는 모양새였던 것이다.

해수는 참담한 심정으로 복도에 나와 촛불 두 개를 켜고 간절히 기도했다. 부디… 그를 도울 수 있게 해달라고. 부정하고 싶었지만 이제는 인정해야 한다는 걸 누구보다 잘 알고 있었다.

언제 왔는지 수광이 다가와 어깨에 가만히 손을 올렸다.

"기억해? '스키조는 당뇨병이나 고혈압처럼 약만 잘 먹으면 조절 가능한 병이다. 약을 복용하면 환자 중 70프로가 정상적 생활이 가능하다.' 누나가 숱한 환자와 보호자들한테 했던 말이야."

해수가 말없이 방으로 들어가자, 수광은 외박한다는 말을 남기고 서둘러 아래층으로 내려갔다. 해수는 이 늦은 시간에 어디 가냐고 물을 힘도 남아 있지 않았다.

딩동. 딩동.

올 사람이 없는 늦은 밤, 초인종이 울렸다. 거뭇거뭇 수염이 잔뜩 덮인 초췌한 얼굴의 재열이 노트북과 현관문을 번갈아 보다, 일어나 문을 열었다. 뜻밖에도 수광이 양손에 캔맥주를 하나씩 들고 흔들며 웃고 있었다.

"뭐야!"

수광은 제 집인 양 거침없이 들어와 소파에 앉더니 캔맥주를 따 한 모금 들이켰다.

"갑자기 홍대 집이 싫어지고, 그쪽이 그리웠어."

"뭐?"

"뭘 놀래? 내가 지해수 사랑한다고 한 것도 아닌데. 참, 소녀가 요즘 나한테 은근 매달린다, 귀찮게!"

수광은 실없는 소리를 하며 저 혼자 킥킥 웃었다.

"아우, 잘난 척 진짜…."

재열은 어이없는 표정으로 수광을 한번 흘겨보고는 다시 컴퓨터 앞에 앉아 글을 썼다. 그런데 갑자기 수광이 등뒤로 다가와 재열을 껴안았다.

"뭐하는 짓이야?!"

"내가 세상에서 가장 멋진 남자란 말에 대한 보답이야. 참고로, 남잔 첨 안아본다. 으하하!"

며칠 전 술에 취해 홍대 집에 갔던 날, 소녀의 프러포즈를 멋지게 받아준 수광에게 재열이 그런 말을 했었다. 살면서 칭찬을 거의 받아본 적 없던 수광은 그 말이 눈물겹도록 고맙고 좋았었다.

"생각 있으면 와, 같이 마시게."

수광이 오래 눌러앉아 있을 것 같아 재열이 살짝 싫은 티를 냈다.

"너 진짜 여기서 잘 거야?"

"내쫓아도 소용없어. 또 들어올 거니까."

수광은 재열에게 오면서 그런 생각을 했다. 그동안 자기는 동민과 해수, 재열에게 많은 도움과 사랑을 받았고 그 덕분에 사람 구실하며 살고 있다는 생각을. 그래서 이번에는 받는 사람이 아니라 주는 사람이 되고 싶었다. 재열이 밀어내도 옆에 붙어 작은 힘이라도 되어주고 싶었다.

"너 여기 있을 거면 숨소리도 내지 마."

반쯤 포기한 듯 재열이 다시 키보드를 열심히 두드리기 시작했다. 수광은 그 모습을 마음 아프게 지켜보며 조용히 술을 마셨다.

"아침 먹자!"

수광이 주방에서 부산을 떨더니 재열을 불렀다. 재료와 요리 솜씨의 한계 때문에 반찬은 스크램블 에그와 구운 소시지 그리고 샐러드가 전부였다. 재열이 책상에서 꿈쩍도 않자 수광이 다가가 노트북 마우스를 뺏었다. 그러고는 버튼을 눌러 원고를 저장한 뒤 노트북 커버까지 덮어버렸다.

"야야야, 너 뭐하는 짓이야!"

재열이 기막혀하자, 수광은 능구렁이처럼 웃으며 휴대폰으로 음악을 켰다.

"이런 새끼 첨 봤지? 크크크…. 어제 한 시간도 못 자더라? 화장실 들어가는 시간 체크했어. 콱! 죽을라고. 밥 먹어. 나, 어이없지? 나 같은 놈 상대하는 기깔난 방법 하나 알려줄까?"

"줘 패는 거 말고, 뭐?"

"져주는 방법."

수광이 히죽 웃으며 수저를 입에 가져갔다.

"설마 날 지해수가 길들인 집 강아지가 아니라, 홍대 집 사람들 전체가 길들인 동네 강아지로 보는 건 아니지?"

대꾸 없이 깔깔 웃던 수광이 샐러드를 집어 재열에게 먹여주려다 일부러 입가에 소스를 잔뜩 묻혔다. 재열이 벌떡 일어나 수광의 등짝을 쳤다.

"아, 얘가 왜 이래 진짜! 너 좀 맞아, 맞아!"

수광의 장난에 재열이 따라 웃으며 소시지를 입에 넣었다. 그런데 곧바로 헛구역질을 하며 개수대로 달려가 음식을 뱉어냈다. 수광이 다가와 등을 쓸어주자 재열은 괜찮은 척 의자에 앉아 다시 수저를 들었다.

"지해수한테 말하지 마. 단순한 신경성 위염이야."

수광은 고개를 끄덕이며 "응, 알았어." 해놓고 식탁 아래로 손을 내려 몰래 문자를 보냈다.

'장재열 어제 수면 시간 한 시간 남짓에 밥을 못 먹고 구토 증세 있어.'

환자와 상담을 마치고 병원 복도를 걷던 해수는 수광의 문자를 받고 깊은 생각에 잠겼다. 재열을 위한 최선이 무엇인지 누구보다 잘 알고 있다. 다만 내키지 않고 두려울 뿐이다. 그렇다고 마냥 미룰 수도 없었다. 아니, 미뤄서는 안 된다. 지금 당장은 마음 아프더라도 재열을 위해서는 치료를 빨리 시작하는 게 최선이다.

결심을 굳힌 해수가 재열 엄마에게 전화해 약속을 잡았다. 어느새 다가온 영진이 해수의 통화를 가만히 듣고 있었다.

"조동민하고 같이 가. 너 심펴시 상태야."

영진이 타이르듯 말을 건넸지만, 해수의 반응은 차가웠다.

"근거가 뭔데?"

"조동민과 나한테 도움을 요청하지 않는 거. 네가 도움을 요청할 때, 그때가 네가 정상인 때야."

영진은 다정하게 말하고 해수를 지나쳐 걸어가며 동민에게 전화를 걸었다.

해수는 멍한 표정으로 복도에 서서 멀어지는 영진을 보고 있었다. 혼자 할 수 있는 게 아무것도 없다는 생각에 참담한 마음이었다.

수광이 지켜보는 가운데 억지로 식사를 마친 재열은 곧바로 컴퓨터 앞에 앉으려 했다. 하지만 수광이 온갖 방법으로 방해하며 신경을 거슬리게 했다.

재열의 인내심이 바닥을 드러낼 즈음 수광이 한 가지 제안을 했다. 머리도 비울 겸 운동장에 가서 농구 게임을 하자고. 지면 더 이상 괴롭히지 않겠다고.

오피스텔 근처 체육공원에서 땀범벅이 되어 뛰어다니던 재열이 마지막 3점 슛을 넣고는 바닥에 그대로 드러누웠다.

"51, 땡! 이겼다. 제발 이제 꺼져, 자식아!"

거친 숨을 몰아쉬는 재열과 달리 수광은 별로 지친 기색이 아니었다. 재열 옆으로 다가와 쭈그리고 앉은 수광이 물병을 꺼내 몇 모금 마시고, 남은 물을 재열의 머리에 부어주었다.

"잠 못 자고 못 먹으면 병인 거 알아? 농구는 내가 져준 거야. 해수 누나한테 도움 받어."

"내가 해결할 수 있어."

재열은 쏟아지는 물을 기분 좋게 받으며 중얼거렸다. 수광이 물병을 건넸다.

"늘 그렇게 살았어? 혼자 뭐든 해결하면서?"

"어."

재열이 별스럽지 않게 대꾸하며 일어나 앉아 물을 마셨다. 수광은 가방에서 작은 퍼즐 액자를 꺼내 재열에게 내밀었다.

"뭐냐, 이 감동은?"

퍼즐은 해수와 재열의 사진으로 만든 것이었다.

"둘이 첫날밤 했단 말 듣고 누나 주려고 만든 건데…. 뭐, 이제 둘이 한 몸이니까."

"분명히 말한다. 우린 따로 또 같이지, 늘 같이는 아냐."

수광이 큭큭 웃더니, 바닥에 내려놓았던 퍼즐 액자를 뒤집어 땅바닥에 휙 뿌렸다. 잘 맞물려 있던 퍼즐 조각들이 바닥에 쏟아지자 그것조차 마구 흩트렸다.

"뭐야?"

재열이 깜짝 놀라자 수광이 흐트러진 퍼즐 조각을 가리켰다.

"무식한 사람들이 말하는 내 정신 상태. 혹은 스키조를 앓는 해진 누나의 정신 상태. 다 헝클어진, 뒤죽박죽 쓰레기통 같은 뇌를 가진. 부모 형제도 못 알아보고, 사랑하는 사람도 못 알아보고, 남을 해코지하고도 죄책감이 없는. 하지만 우린 이렇지 않아. 대부분 정상이고 일부분만 아프지. 인정해?"

"어."

재열이 수광을 따뜻하게 보며 고개를 끄덕였다. 수광은 퍼즐 판을 빼어 들고 흩뿌렸던 퍼즐들을 빠르게 맞춰나갔다. 순식간에 완벽하게 퍼즐을 맞추고 마지막 퍼즐 한 조각을 뺐다 끼웠다 하며 수광이 말했다.

"내 경우는 이 정도. 어쩌다 365일 중, 단 몇 초 몇 분만 방해받아. 해진 누나 같은 스키조의 경우는…."

수광이 퍼즐 한쪽 모서리에서 일곱 조각 정도를 뭉텅이로 빼 들었다.

"이 정도. 뇌전달물질의 이상 혹은 맘의 상처로 온전한 세상이 이렇게 찢겨나간 거지."

"현실과 비현실로?"

"뭐… 대충 그럴걸."

"이 조각을 완전히 맞출 순 있나?"

"환자 본인의 의지가 있고, 의사의 도움을 받으면."

"신기하다."

재열이 엷은 미소를 지으며 퍼즐 조각 한 개를 맞췄다. 그 모습을 안쓰럽게 바라보던 수광이 자리에서 벌떡 일어났다.

"간다."

"다신 오지 마!"

"아마, 올 거야."

수광이 손을 흔들며 멀어졌다. 재열은 남은 퍼즐 조각을 모두 맞춘 뒤, 해수 얼굴을 보며 환한 미소를 지었다. 천천히 그림을 쓰다듬던 재열이 살짝 입을 맞추었다.

"엄마, 괜찮아?"

차에 올라타 안전벨트를 매주며 태용이 재열 엄마의 눈치를 살폈다. 엄마는 금방이라도 눈물을 쏟아낼 듯한 표정이었다. 그러나 파르르 입술을 떨며 눈물을 삼키고 있었다.

"안 괜찮으면 어쩌게. 괜찮아야지. 남편 죽고, 아들놈 14년간 감방살이 하는 것도 내가… 지켜본 년인데. 조 박사님 말이, 불치병도 아니고 치료받고 약 먹으면 낫는다고…."

엄마는 결국 말을 마치지 못하고 입술을 깨물었다.

두 시간 전, 엄마는 해수의 전화를 받고 즐거운 마음으로 홍대 집에 도착했다. 해수만큼이나 집도 참 예뻤다. 기분 좋게 차를 마시고 있는데 태용과 함께 들어온 동민이 긴하게 할 얘기가 있다고 했다. 재열이가 좀 아프다고, 그래서 치료를 해야 할 것 같다는 얘기였다. 글에 대한 스트레스가 너무 심해 통 잠도 못 자고 밥도 거의 먹지 못한다고 했다. 그러면서 당분간 정신과 병동에서 입원 치료를 하는 게 좋을 것 같으니 동의해달라고 했다. 내 자식 안 아프게 해준다는데 당연히 동의를 해주겠노라 말을 하고 나온 참이었다.

정신과 병동 입원이라니…. 엄마는 심장이 갈기갈기 찢기는 것 같았다. 아니, 심장이 찢겨서라도 내 새끼가 안 아프게 된다면 골백번도 찢길 수 있을 것 같았다.

엄마는 결국 참았던 울음을 토해내며 꺼억꺼억 통곡을 했다.

태용은 엄마가 우는 것이 차라리 다행이라 생각되어 울지 말라고 달래지 않았다. 묵묵히 운전만 하는 태용의 눈에도 방울방울 눈물이 고였다.

늦은 밤 동민이 2층 계단을 올랐다. 복도 끝에 두 개의 초가 빛나고 있었다.

그때, 해수가 방문을 열고 나왔다. 투피스 정장에 핸드백을 들고 외출 준비를 마친 상태였다. 동민이 다정하게 웃었다.

"초가 두 개네. 재열이 거니?"

"나 장재열 만나러 가."

해수는 동민과 눈도 맞추지 않았다.

"재열이 만나면 뭐라고 말할래? 말해봐. 가서 뭐라 그럴 건데?"

고개를 젓는 해수의 큰 눈망울에 눈물이 가득 차올랐다.

"나도 몰라. 으허엉… 어떡해."

해수가 바닥에 주저앉았다. 꺽꺽대는 울음소리가 복도를 쩌렁쩌렁 울렸다. 맘 아프게 보던 동민이 주방에서 차를 가지고 나왔다.

울다 지친 해수는 참담 그 자체였다.

"등신 같아, 내가."

"뭐가?"

"다른 사람도 아닌 의사면서, 열여섯 살짜리 어린애가 그런 끔찍한 사건을 겪고도 건강하게 자랄 수 있다고 섣불리 믿어버린 거."

"또."

"많이 사랑한다면서 장재열의 상처에 단 한 번도 깊게 공감하지 않은 거. 장재열이 맘 아프게 과거 얘기, 형 얘길 할 때 내가 진짜 공감했나, 의심쩍어. 힘들었겠다, 그런 말은 했지만 내 속마음은 '난 그 정도는 이해해. 난 의사니까. 어때, 나 멋지지' 그렇게 잘난 척을 했던 거 같아. 나랑 잘 때 장재열이 악몽 꾸는 걸 봤으면서도 '넌 강하니까, 자유로우니까 반드시 이겨낼 거야. 그건 네 일이지' 하며… 외면했던 것도 같고."

"자책하지 마. 그건 외면이 아니라 네 믿음이야."

동민의 위로도 별 소용이 없었다. 여전히 마음 아프고 눈물이 멈추지 않았다.

"의사로서도 애인으로서도 빵점. 태어날 때부터 이기적인 기집애. 강제 입원하는 상황만은 막고 싶은데… 그게 될까?"

해수가 초점이 흐려진 눈으로 동민을 마주봤다. 동민은 대꾸 없이 낮은 한숨을 쉬었다. 그게 대답이었다.

넋이 나간 얼굴로 내내 마루에 앉아 있던 엄마는 저녁밥 먹자는 태용 말에 급히 전화기를 들었다. 보나마나 재열이는 또 끼니를 건너뛸 텐데, 어미가 돼서 밥이 넘어갈 것 같지 않았다. 어려서부터 엄마가 해주는 밥은 무엇이든 잘 먹었으니, 옆에 두고 챙겨주면 조금이라도 먹지 않을까 싶었다.

"재열아, 엄마 외로워. 글 쓰지 말고 엄마한테 와서 같이 자고 같이 밥 먹자."

"어쩌냐. 난 글 써야 하는데, 엄마가 외로워서."

재열의 목소리가 너무 다정해 엄마는 더더욱 가슴이 미어졌다. 엄마에게 듬직한 기둥이 되어주고 위로가 되어준 아들이었다. 하지만 그런 아들에게 엄마는 아무것도 해준 게 없는 것 같아 미안했다. 아니, 오히려 짐만 된 것 같다. 엄마 지키느라 힘들어 병이 생긴 것 같아 가슴이 미어졌다.

"이제 밥 먹고 사는데, 글 좀 쉬엄쉬엄 써도 되잖아? 나는 뭐 맨날

네 짐이야?! 지금까지 네가 준 돈도 다 못 쓰고 죽어. 나 때문에 글 쓰지 말고, 엄마한테 와!"

"콜록콜록… 엄마, 무슨 일 있어? 쿨럭… 왜 안 하던 말을 해?"

안 하던 말. 엄마는 마음이 시렸다. 그러고 보니 그동안 한 번도 재열에게 쉬라거나, 엄마한테 오라거나 하며 큰 소리를 낸 적이 없다.

엄마는 힘없이 전화를 끊었다. 멍하니 서 있는 엄마에게 태용이 달려와 방금 깎은 사과를 내밀었다.

"엄마 이거 먹어라. 저녁도 안 먹고…."

"재열이한테나 가봐."

엄마는 벌떡 일어나 개수대에 쌓인 그릇에 물을 부었다.

"엄마 이거 먹는 거 보고."

태용의 손을 밀치고 엄마가 설거지를 시작했다. 아들은 병이 나도록 일하는데, 아들이 번 돈으로 나만 맛있는 과일을 먹고, 하하 웃고 떠들고 했던 게 떠올라 괴로웠다.

"엄마가 정신 차려야 된다. 토요일엔 재범이 형도 오잖아! 먹어라, 좀! 그래야 나도 안심하고 재열이한테 가지!"

해수는 멀찍이 서서 엄마와 통화하는 재열을 유심히 보았다. 콜록콜록, 재열의 기침 소리가 심상치 않았다. 일본 여행 때 재열은 강우가 손을 떨고 기침을 한다며 걱정했었다. 그 기억이 떠오르자 해수의 심장이 덜컥 내려앉았다. 다시 살펴보니 재열은 큰 소리로 기침을 하면서 손을 떨고 있었다.

통화를 끝낸 재열이 그리움을 담뿍 담은 눈빛으로 웃으며 해수를 뒤에서 꼭 안았다. 그리고 천천히 걸어 메모가 잔뜩 붙은 메모판 앞으로 해수를 이끌었다.

메모판 한쪽에 재열이 해수에게 문자로 보냈던 사진들이 붙어 있었다. 해수가 문자를 보낸 날 써 붙였을 '51프로 넘어갔다'라는 메모도 보였다. 해수는 애써 담담한 표정으로 사진과 메모들을 쭉 훑었다. 재열이 품에 안긴 해수의 얼굴에 다정하게 볼을 비볐다.

"네 발이랑 손가락도 찍고 싶어. 쿨럭…."

"좋아. 대신 너는 면도하기."

"글 쓸 땐 면도 안 하는데… 쿨럭…."

"너, 내 손이랑 발 안 찍고 싶구나?"

해수가 몸을 돌려 얼굴을 마주 보자 재열은 "알았어." 하고 답한 뒤 카메라를 들고 왔다.

해수는 침대에 걸터앉아 손을 모았고 재열은 진지한 표정으로 그 손을 사진에 담았다. 가지런히 모은 해수의 두 발도 찍었다. 숭고한 의식을 치르는 사람처럼 재열은 무척 진중했다.

해수는 담담히 그의 머리카락을 매만졌다.

재열이 해수 옆에 걸터앉아 방금 찍은 사진들을 하나씩 보여주었다. 만족스럽게 찍혔는지 재열의 입꼬리가 귀에 걸릴 듯했다. 그 모습을 안쓰럽게 바라보던 해수의 눈에 양키스 모자가 들어왔다. 재열이 즐겨 쓰던 그 모자를 보자 뭔가 떠오르는 게 있었다.

"양키스의 등 번호 4번 타자, 헨리 루이스 게릭 알아?"

"알아. 최초로 루게릭에 걸린 사람이잖아. 넌 어떻게 알아? 야구 좋아해?"

"신경과 공부할 때 배웠지. 넌 어떻게 알아?"

"글쎄… 책에서 봤나? 잘 모르겠네."

재열은 건성으로 대답하고 컴퓨터 앞으로 갔다. 카메라를 연결해 사진을 뽑고, 사진이 나오는 동안 노란 포스트잇에 글귀를 적었다.

'내 이마 위에 언제나 얹어두고 싶은 해수의 손.'

'절대로 걷기를 멈추지 않을 해수의 발.'

끈질기게 졸라서 찍은 사진인 만큼 재열의 보물 중 하나가 될 터였다.

재열은 세면대에 기대 눈을 감고 해수의 허리에 팔을 둘렀다. 해수가 면도 크림을 그의 얼굴에 꼼꼼히 발랐다.

"가만히 잘 있네."

"난 이미 너한테 모든 걸 맡겼으니까."

"착한 애인."

해수가 조심스럽게 수염을 깎으며 물었다.

"만약… 네가 아파서 병원에 들어가게 된다면 넌 뭐가 젤 걱정돼?"

"왜 그런 말을 해?"

재열은 앞뒤 맥락도 없이 분위기에 안 맞는 질문을 던지는 해수가 이상했다.

"언젠간 모든 사람들이… 한 번은 아프니까."

"음… 글 못 쓰는 거?"

"네가 글을 안 써도 난…."

재열이 감은 눈을 번쩍 뜨고 해수를 봤다. 이어질 다음 말을 잔뜩 기대하는 표정이었다. 해수가 새침하게 웃었다.

"좋아할 건데?"

"언제 사랑한다고 할 거야, 대체 넌? 암튼, 글 안 쓰는 장재열은 장재열이 아냐."

"요즘 강우는 어때?"

"연락이 안 와. 전화도 안 받고."

"많이 걱정되는구나."

"왠지 녀석이 죽을 거 같아. 소설 공모도 떨어지고, 몸도 아프고…."

죽는다는 말에 해수가 얼른 말을 가로막았다.

"아픈 건 괜찮다고 했다며."

"그 녀석이 거짓말한 거야. 걔는 루게릭이야. 나한테 전화할 때 병원 앞에서… 강우 놈 표정이 안 좋았어."

"병원에… 같이 갔어?"

"아니. 안 갔지. 난 너랑 있었지."

"근데, 병원 앞에서 강우 표정이 안 좋은 건 어떻게 알아? 마치 영화나 소설을 본 것처럼."

해수가 무심히 말하며 수건장으로 걸어갔다. 재열은 수건을 꺼내고 있는 해수를 보며 곰곰이 생각에 잠겼다. 강우가 혼자 울던 모습, 엄마와 같이 걸어가던 모습이 재열의 머릿속에 떠올랐다. 그런데 생각해보면 그 기억들 속에서 재열은 강우와 같이 있지 않았다. 생각이 여기에 이르자 재열은 혼란스러웠다.

"강우가 혼자 있던 때를 내가 어떻게 알지?"

해수는 재열의 관심을 돌리려 얼굴을 닦아주며 웃었다.

"와, 우리 애인 이제 다시 멋있어졌다. 이뻐."

재열이 강우 생각을 잊고 해수를 품에 안았다. 해수가 얼굴을 쓰다듬으며 말했다.

"피곤해 보여. 목욕해."

"당직이라서 금방 간다며. 그냥 이렇게 보면 안 돼?"

재열이 해수의 손을 잡으며 보챘다. 그때, 옆에 뒀던 재열의 휴대폰으로 문자가 왔다. 문자를 확인한 재열이 실망한 표정을 지었다.

"뭐야?"

"태용이 자식이 집 앞이래. 아… 진짜 친구지만 싫다."

"내일 또 올게. 금요일이잖아."

"그냥 가면 안 되지."

재열이 말을 끝내기 무섭게 해수가 그의 입술에 입을 맞췄다. 잠깐의 입맞춤이 너무 달콤해서 해수는 순간 울컥했다.

해수가 애써 웃으며 재열의 얼굴을 쓰다듬었다.

"씻어. 너 면도 비누 냄새 나."

나가려는 해수의 팔을 재열이 부드럽게 끌어당겼다.

"사랑해. 아주아주! 부담스럽겠지만, 미치게."

해수는 다시 한 번 재열의 얼굴을 쓰다듬었다.

"씻어."

거실로 나온 해수가 재열의 책상으로 갔다. 노트북 화면에는 재열이 쓰고 있던 원고 파일이 떠 있었다. 해수는 가방에서 유에스비를 꺼내 원고를 저장하고 태용에게 전화를 걸었다.

"태용 씨, 어디예요? 나 좀 봐요."

해수는 오피스텔 앞에서 태용을 만나 유에스비를 건넸다. 태용이 유에스비를 태블릿 피시에 연결해 원고를 읽더니 한숨을 푹 내쉬었다.

"처음부터 끝까지… 다 전에 썼던 자기 소설 짜깁기예요. 새로운 걸 쓴 흔적이 거의 없어요. 지난번 소설도 두어 단락 그러더니. 생각해보니 재열이… 재범이 형이 포크로 어깨 찍은 날부터 이상했어요. 보통 8개월이면 집필 기간이 끝나는데, 2년 넘게 글을 쓰고. 자기가 쓴 글을 자기가 표절하고. 근데 본인은 잘 모르는 거 같고."

해수가 눈을 꾹 감았다 떴다.

"재열 씨 옆에서 한시도 떨어지지 마세요."

해수가 태용에게 부탁하고 차에서 내렸다. 무작정 내딛는 발걸음이 천근만근 무거웠다. 태용이 뒤에서 부르고 있지만 해수 귀에는 아무

소리도 들리지 않았다. 흐르는 눈물이 스카프와 함께 뒤로 날리고 있었다.

창문으로 들어온 밝은 햇살이 진료실을 꽉 채웠다. 어두운 해수 마음과는 무척 대조적이었다.

해수는 영진에게 전화를 걸어 와주기를 청했다. 인정하기까지 오래 걸렸지만, 이미 재열의 병증은 심각하고 의학적 치료를 받는 게 맞는 일이었다.

해수가 담담히 입을 열었다.

"더 이상 현상학적 관점에서 확인할 게 없어. 수면 장애, 식사 장애에 글을 못 쓰는 건 작가에겐 분명한 펑션 저하야. 게다가 이제 와 알아챈 게 말도 안 되지만, 그간 무의식적인 자해는 수시로 있었어요. 다친 상처를 방치하고, 자신을 위험한 상태로 몰아가고… 자살의 시나리오도 분명해요."

"자살?"

"재열 씨는 강우가 루게릭에 걸리고, 작가 데뷔를 못 해서 극단적인 선택을 할 거라고 믿어. 답이 뻔하잖아."

영진이 해수의 손을 잡아주었다.

"사랑하는 널 두고 장재열이 무의식이지만, 죽고 싶어 한다는 심리는 어떻게 이해했어? 인정하기 힘들었을 텐데."

"사랑하는 날 두고 죽고 싶어 하는 건… 이유 불문, 분명한 병이니까. 장재열은 아파. 그게 의사로서 내 결론이야."

"장재열이 병증을 인지하지 못하는 현재 상태라면, 순차적인 입원 설득은 무리야. 강제 입원밖엔…."

"알아요. 일단 입원시켜. 약물로 액티브 심텀 가라앉혀야지. 상황 봐서 전화할 테니까."

"앰뷸런스 대기시킬게. 보호사도 대기시키고."

해수는 입술을 잘근잘근 물어뜯으며 고개를 끄덕였다. 영진은 해수를 따뜻하게 안아주고 진료실을 나갔다.

재열이 입원할 병실로 영진과 동민 그리고 재열의 엄마가 들어섰다. 하얀 페인트가 깨끗하게 발린 1인실 병실이었다. 엄마는 담담한 표정으로 병실 내부를 둘러보았다. 침대와 작은 책상 그리고 의자가 있었다. 정면에는 커다란 창도 있었다. 영진은 일부러 밝은 목소리로 병실에 대해 설명했다.

"우리 정신과 병동은 철창 대신 모든 유리가 강화유리예요."

"다른 병원들도 이래야 할 건데…."

동민이 편하게 추임새를 넣었다. 엄마는 확인해봐야 안심될 것 같아 창문을 열려 했지만 아주 조금만 열릴 뿐이었다.

"더 이상은 안 열려요. 안전을 위해서."

"근데, 화장실은?"

사실 엄마에게는 유리창보다 더 중요하고 궁금한 곳이 화장실이었다.

"공동이에요. 보호가 필요한 곳이라."

"우리 앤 화장실에서밖엔 잠을 못 자는데…."

"약을 쓰면 침실에서 잘 잘 겁니다."

동민이 웃음을 띠고 편하게 말했지만, 엄마의 표정은 어둡게 변했다. 평생을 그렇게 살았는데, 약을 먹여 억지로 침대에서 재운다는 게 마음 편치는 않았다. 이것저것 걱정뿐이었다.

"입원 기간은… 설마 몇 달, 몇 년이 걸리진 않겠죠? 텔레비전이나 책 보면 그러던데."

"산속에 있는 요양소의 경우엔 그럴 수도 있죠. 거긴 만성 재발 환자들이 가니까. 장재열 씨 경우는, 빠르면 한 달? 보통 두 달 정도를 입원 기간으로 봐요."

"두 달이면 뭐… 참을 만하네요."

"화장실도 가볼까요?"

동민이 다정하게 물었다. 엄마가 고개를 끄덕이며 병실 밖으로 나갔다. 화장실까지 가는 동안 엄마는 복도며 휴게실을 오가는 환자들을 관찰했다. 생각했던 것보다 밝은 모습이었다.

깨끗하게 정리된 화장실을 확인하고 엄마는 병원을 나갔다. 그녀가 사라질 때까지 바라보던 동민과 영진이 다시 병실 쪽으로 가며 한숨을 쉬었다.

"장재범 곧 나온다며. 장재열 일 알려야 되지 않아?"

영진의 물음에 동민은 곰곰이 생각하다가 고개를 끄덕였다.

"내일 나오니까, 오늘 가서 미리 말할게."

"장재범은 뭐가 문제야?"

"재열이에 대한 원한보다 엄마에 대한 집착이 문제지. 나이만 들었지, 엄마의 사랑이 필요한 품행 장애를 앓는 애야 걘. 해수는?"

"며칠 오프 냈어."

"가자."

동민과 영진이 회의실 문을 열고 들어갔다. 회의실에는 이미 여러 명의 의료진들이 앉아 있었다.

금요일 밤, 해수가 비밀번호를 누르고 오피스텔로 들어왔다. 샤워 중인지 재열은 보이지 않고 욕실에서 물소리가 났다. 심란하고 착잡한 마음에 해수는 앉지도 못하고 거실을 서성였다.

그때, "문이 열렸습니다." 하는 도어록 소리와 함께 재열이 욕실에서 나오다 해수를 발견하고 활짝 웃었다.

"기가 막히게 왔네. 나 씻었는데."

그렇게 말하며 성큼 다가서려 하자, 해수가 웃으며 오른손을 들어 제지했다.

"스톱! 거기 서 있어봐."

"왜? 내가 옆에 가는 게 싫어?"

"그냥 좀 보게. … 왜 그렇게 잘생겼어, 사람 설레게."

해수가 환하게 웃으며 장난스런 표정을 지었다.

눈앞에 있어도 그리운 기분. 그게 뭔지 알 것 같았다. 좋아하는 줄은 알았지만, 아직 사랑은 아니라고 생각했다. 사랑에 빠지는 건 위험하다고, 빠지지 않을 자신이 있다고 착각했었다. 그런데 이 순간… 해수는 가슴 아프게 느끼고 있었다. 이미 너무도 깊이 그를 사랑하고 있다는걸.

"나 언제까지 이러고 있어야 돼? 안고 싶은데."

재열이 금방이라도 달려들 것처럼 보챘다. 그때, 꼭 쥐고 있던 해수의 휴대폰이 울렸다.

"네."

"해수야, 앰뷸런스 대기시켰어. 언제 떠날까?"

영진이었다. 혹시 재열에게 들릴까 싶어 해수는 아무렇지 않은 척하며 밝은 목소리로 대답했다.

"제가 다시 전화드릴게요."

해수가 전화를 끊고 두 팔을 벌리자 재열은 밝게 웃으며 다가와 다정하게 머리를 쓰다듬고 이마에 입을 맞췄다.

"사랑해."

재열의 목소리가 음악처럼 감미로웠다. 해수는 눈을 감았다. 저도 모르게 흘린 눈물이 볼을 타고 흘렀다.

"우리… 조금만 이렇게 있자."

"그래."

재열의 품은 더없이 따스했다. 한참을 안겨 있던 해수가 재열의 품을 빠져나와 재빨리 욕실로 향했다. 그대로 있다가는 재열에게 눈물을 들킬 것만 같았다.

"빨리 씻고 나와."

"너 애타게 늦게 늦게 나올 거야!"

심장이 찢겨나가는 것 같았지만, 그럴수록 이 시간이 소중해서 해수는 일부러 더 밝게 농담을 했다.

나한테 사랑은 그런 거니까

재열의 심장은 방금 달리기를 마친 소년의 그것처럼 건강하게 팔딱거렸다. 해수는 재열에게 꼭 안긴 채 입술을 깨물어 울음을 참고 있었다. 재열은 해수의 볼을 부드럽게 만진 후 머리카락을 한 올 한 올 쓰다듬으며 그윽한 눈빛으로 그녀의 눈을 바라보았다.

"첫날밤 바닷가에서 네가 왜 울었는지, 무슨 생각이 났는지, 나중에 말해준다고 했던 거 기억하고 있어. 네가 한 말을 듣고도 널 사랑한다고 말하면, 넌 그때서야 진짜 내가 널 사랑한단 걸 믿을 거라고 했어. 그리고 너도 날 사랑한다고 말해준다고 했지."

해수는 고개를 끄덕이며 재열의 얼굴을 양손으로 감싸 쥐었다.

"오늘 그때 못한 말을 할게. 내 얘기를 다 듣고 나면, 나한테 정이 뚝 떨어질까 무섭지만… 할게."

"힘들면 하지 마, 해수야."

"아니, 하고 싶어."

해수가 몸을 일으켜 침대에 기대앉았다. 재열도 옆에 앉아 해수 어깨를 따듯하게 감싸 안았다.

"늘 강하고 독하고 이기적인 내가 너한테만은 무너져도 될 거 같거든. 나한테 사랑은 그런 거니까. 철저히 그 사람 앞에선 맘 놓고 초라해져도 되는 거. 잘난 척 않고, 의지해도 되는 거. … 고3 때였어. 학교로 연락이 왔어. 아빠가 응급실에 있다고. 난 별로 놀라지도 않았어. 그전에도 수십 번 반복되던 일이니까. 그날 내가 병원으로 뛰어가면서 바랐던 건 아빠가 사는 게 아니었어. 제발… 끝나라, 더 이상 병원비 들지 않게… 내가 의대에 가게. 근데… 아빠가 또 살아난 거야. 난 절대 기쁘지 않았어. 그냥, 모든 게 다시 원점으로 돌아간 느낌이었어."

봉인해두었던 비밀의 문이 열리자 꽁꽁 묶어두었던 기억이 봇물 터지듯 쏟아졌다.

아빠가 쓰러졌던 그날, 다시 살아난 아빠를 보면서 해수는 '많이 아플까?' 하는 걱정보다 '이번엔 돈이 얼마나 나올까?' 하는 걱정을 했다. 아빠의 병원비 때문에 대학에 못 가게 될까 봐 무서웠다. 그래서 엄마의 외도를 부추겼다.

해수는 김 사장에게 전화를 걸어 "왜 우리 엄마 안 만나요? 돈은 왜 안 줘요? 아저씨가 우리 엄마 안 만나면 난 대학에 어떻게 가요?" 하며 말도 안 되는 투정을 부렸다. 김 사장 아저씨에게 위로를 받던 엄마가 그게 잘못된 일인 걸 깨닫고 가정으로 돌아오려고 할 때, 그것을 막은 게 해수 자신이었다. 엄마가 김 사장 아저씨와 키스하는 장면을 본 것보다, 엄마를 다시 김 사장 아저씨와 만나게 만든 자신에 대한 죄책감이 해수의 불안 장애를 더 키웠을지도 모르는 일이다.

"그래서… 엄마랑 김 사장은 다시 만났지. 엄말 그렇게 김 사장한테 팔아서… 난 의대에 갔어. 엄마만 죄인이 되고, 난 지금까지 모르는 척했어."

난생처음 꺼낸 말이었다. 죽을 때까지 꺼내고 싶지 않은 말들이었다. 하지만 지금 해수는 한 줌도 남기지 않고 재열 앞에서 모든 걸 다 쏟아냈다.

재열은 아무런 말도 할 수 없었다. 해수가 얼마나 아팠을까, 가늠이 되지 않았다. 그저 안아주는 것 외에 무엇을 더 해줄 수 있을까.

재열에게 안겨 뜨거운 눈물을 흘리던 해수가 어렵사리 입을 열었다.

"장재열, 이래도 정말 나를 사랑할 수 있어?"

재열은 해수를 꽉 끌어 안고 "사랑해." 하며 이마에 입을 맞추었다. 재열의 입술에서 전해져오는 따스함에 해수가 용기를 내 가슴에 담아두었던 그 말을 했다.

"나도… 너를… 많이 사랑해. 알아?"

처음이다. 해수가 남자에게 사랑한다고 말한 것이. 굳이 이 사실을 말하지 않았지만, 재열은 너무나 잘 알고 있었다. 가슴이 벅차고 고마웠다. 해수 눈을 따뜻하게 바라보며 고개를 끄덕이자, 해수는 눈물을 뚝뚝 흘리며 다시 물었다.

"정말 알아? 내가 너 사랑하는 거?"

"오래전에 알았어."

해수는 재열의 머리를 끌어안으며 "많이 사랑해."라고 또 한 번 고백했다. 그를 사랑하고 있다는 걸 오래전에 깨달았으면서 왜 이제야 말하게 되었는지, 그게 후회스러워 눈물이 멈추지 않았다. 재열도 해수를 뜨겁게 안으며 사랑을 속삭였다.

그때, 재열이 휴대폰 진동음을 듣고 액정 화면을 보니 강우 이름이 떠 있었다. 해수와의 시간을 방해받고 싶지 않아, 애써 시선을 옆으로 돌렸다. 5일, 금요일에 빨간색 동그라미가 쳐져 있는 탁상달력이 눈에 들어왔다. 아, 맞다! 재범이 출소하는 날이 바로 오늘이었다.

'나 나가는 날, 우리 둘이만 보는 거 안 잊었지? 전화할게. 기다리고 있어라.'

마지막 통화하던 날, 재범이 했던 말이 재열의 머릿속에서 윙윙 울려댔다.

해수는 곤히 잠든 재열의 얼굴을 꼼꼼히, 그립게 보며 눈과 가슴에 하나씩 담았다. 만지면 깰까 싶어 차마 손도 대지 못했다.

협탁 위 휴대폰의 진동이 울렸다. 윤수의 전화였다. 화면을 눌러 수신 거부한 뒤 뒤척이는 재열을 토닥여주자, 아이처럼 어리광을 부리며 해수 품으로 파고들었다.

"졸려…."

"여기 침실인데… 자기 여기서 잠잔다!"

"그러네. 내가 침대에서…. 네가… 날 고치나?"

"말하지 마. 더 자."

말 잘 듣는 아이처럼 재열은 곤한 숨소리를 내며 다시 잠 속으로 빠져들었다. 해수는 조심스럽게 그의 팔을 풀고 침대에서 일어나 휴대폰과 옷을 챙겨 화장실로 들어갔다.

휴대폰이 다시 진동했다. 윤수의 전화였다. 이쯤 되니 무언가 알고 있구나 하는 확신이 들었다. 해수는 일부러 담담하게 별일 없는 듯 전화를 받았다.

"어, 언니. 왜?"

"야, 이 기집애야! 너 어디야?"

혹시나 했더니, 역시나 전화를 받자마자 윤수가 꽥 소리를 쳤다.

"아니, 야밤에 다짜고짜 뭐야."

"소녀한테 얘기 들었어. 장재열이 미쳤다며, 기집애야?!"

수화기 너머로 소란스런 소리가 들려왔다. "장재열은 미친 게 아니라 아픈 거야." 하는 수광의 말과 "전화기 내놔!" 하며 소리 지르는 윤수, 그런 윤수를 달래는 수광의 목소리가 엉켜 있었다.

해수는 통화 종료 버튼을 누르고 영진에게 문자를 보낸 후 전화를 걸었다.

"선배, 지금 문자로 장재열 집 주소 넣었어요."

왈칵 눈물이 쏟아질 것 같아 수도꼭지를 틀었다. 쏴아아, 쏟아지는 물소리를 들으니 제 마음을 대변하는 것 같아 더 울고 싶어졌다.

"앰뷸런스 타고 와."

"지금 가면 되겠어? 아님 좀만 더 기다릴까? 둘이 좀 더 있을래?"

영진이 다정하게 물었다. 해수는 참으려 해도 나오는 눈물을 손바닥으로 닦았다.

"장재열이… 처음으로 침대에서 편히 자. 저대로 좀만 더 자게 놔두고 싶은데…."

"그래, 그럼 30분 후에 출발할게."

"부탁해. 아무것도 모르고 자면서 이송할 수 있게 주사 좀… 준비해 주라."

해수는 전화를 끊고 두 손으로 얼굴을 가린 채 숨죽여 흐느꼈다. 그렇게 한참을 울다가 옷으로 눈물을 닦고 호흡을 가다듬은 뒤 거실로 나왔다. 그리고 순간 굳었다.

침대 위에서 곤히 자고 있어야 할 재열이 보이지 않았다. 당황한 해수가 주위를 살피는데 탁상달력이 눈에 들어왔다. 빨간 동그라미. 오늘 날짜에만 표시된 것이 해수의 마음을 불안하게 만들었다.

그때, 전화기 진동이 다시 울렸다.

"어, 해수야. 재열이 같이 있니?"

동민이 다급한 목소리로 해수를 계속해서 불렀다. 무슨 일이 생겼다는 것을 직감한 해수는 얼굴에 땀이 나고 눈가는 붉어졌지만 애써 침착하게 침대 위에 놓여 있는 메모를 읽어 내려갔다.

'해수야, 미안한데, 나 아무래도 강우가 걱정돼서 만나고 와야겠어. 마지막으로 나한테 전화했단 말이 아무래도 걸려서. 그리고 형이 나왔어. 강우 얼굴 보고, 형 만나고 올게. 자고 있어. 사랑해.'

"해수야, 내 말 듣고 있어? 지금 재열이하고 같이 있냐고!"

동민은 더욱 다급한 목소리로 울부짖듯 물었다. 해수가 급하게 메모판 앞으로 달려갔다. 메모판에는 아직도 양수리의 사고에 대한 기사들이 여러 장 붙어 있었다.

해수는 마음을 다잡았다.

"선배, 양수리 16번 국도로 가. 장재열 그리로 갔어."

옷이 땀에 흠뻑 젖은 채 재열은 계속해서 강우에게 전화를 걸었지만, 연결되지 않았다. 강우에 대한 걱정이 깊어질수록 운전은 더욱 거칠어졌다.

'나 이번 공모 떨어지면 죽을 거예요. 그러면 사고 보험금 나오겠죠? 그거 울 엄마 줘야지.'

농담처럼 던졌던 강우의 말이 떠올랐다. 강우에게 나쁜 일이 생길 것만 같아 애가 타는데 해수에게 전화가 걸려왔다.

그 시각 해수는 택시를 타고 양수리를 향해 가고 있었다.

"장재열, 너 어디야?"

"미안해, 해수야. 강우가 있잖아… 강우가… 해수야, 내가 나중에 전화하면 안 될까?"

재열은 강우 걱정에 말도 제대로 나오질 않았다.

"어딘지만 말해. 장재열, 네가 지금 어딘지만."

"강우네 집 가는 길이야. 이제 거의 다 왔어."

그때, 반대편에서 역주행으로 달려오던 차가 재열을 향해 달려들었다. 깜짝 놀란 재열이 전화기를 떨어뜨리며 "악!" 소리를 질렀다. 달려오는 차를 피하려 핸들을 꺾다 보니 재열의 차가 반 바퀴쯤 빙그르르 돌았다. 위험천만한 순간이었다. 그러나 재열은 위험을 인식하지 못하고 오직 강우에 대한 걱정뿐이었다.

차를 돌려 세운 재열은 다시 강우 집을 향해 전속력으로 달렸다. 그때, 재범에게서 전화가 왔다.

"형, 어디야?"

"어디긴, 양수리 가는 중이지."

터벅터벅 도로를 걷는 소리가 수화기 너머로 전해졌다. 재열은 고갯짓을 하며 열심히 창밖을 살폈다.

"근데, 형… 나 좀만 늦으면 안 될까?"

"뭐? 아, 씨! 이 새끼들아, 운전 똑바로 안 해!"

재범이 걷는 길에도 거칠게 운전하는 차가 있는지 요란한 경적 소리와 함께 재범의 발끈하는 소리가 뒤엉켰다.

"근데, 왜 늦어? 넌 차로 오고 난 걸어가는데. 왜 겁나냐? 나 만나기가?"

"내가 형 만나는 게 겁날 게 뭐가 있어. 같이 술 마실 생각하면 기분이 얼마나 좋은데. 근데 지금 내가 아는 놈이…."

뒷말을 이어가려는데, 재열의 휴대폰에 강우의 번호가 찍혔다. 수화기 너머로 재범의 구시렁거리는 목소리와 강우에게서 걸려온 전화의 수신음이 겹쳤다. 혹여나 끊어질까 재열은 "형, 잠시만!" 하고 급하게 강우의 전화를 받았다.

"강우야, 너 지금 어디야?!"

마음을 졸이며 걱정하던 참이라 자신도 모르게 큰소리가 나갔다.

"학교 끝나고, 집으로 가는 중이에요. 전화 오래 못 해요. 엄마가 집에서 이사 준비해서, 얼른 가서 도와드려야 하거든요."

강우 목소리에 슬픔이 묻어 있었다.

"강우야, 너 나 보고 가. 이대로 가지 마 너. 너, 어디야?"

"그동안 작가님 때문에 정말 행복했어요. 아무것도 아닌 놈을 늘 챙겨주고, 이뻐해주고…. 세상 사람 아무도 안 그러는데…. 당선해서, 작가님이 작가님 엄마한테 그랬던 거처럼 울 엄마한테 효도하고 싶었는데. 작가님, 알죠? 내가 많이 고마워하는 거."

"인사하지 마, 강우야. 아직은 그런 인사하지 마. 내가 미안해. 솔직히 나, 네가 부담스러웠어. 그래서 너 힘든 거 알면서도 찾아가지 않았어. 내가 미안해. 다신 안 그럴게 강우야. 강우야!"

강우를 다시 못 볼지도 모른다는 생각에 재열은 거의 애원하듯 말을 이어갔다.

그때 자전거를 탄 강우가 재열 차를 스쳐 지나가는 모습이 눈에 들어왔다. 강우는 이어폰을 꽂고 천천히 반대 차선을 달리고 있었다.

재열은 룸미러로 강우의 모습을 좇았다.

그때 거칠게 달려오던 폭주족의 차가 강우를 들이받았다. 작고 가벼운 한 마리 나비처럼 강우와 자전거가 하늘 높이 솟아올랐다.

"으아아아! 안 돼!"

악일까, 비명일까, 절규일까. 성대의 파열음과 함께 재열이 핸들을 꺾었다. 마침 반대 차선에서 달려오던 차가 재열의 차를 피하지 못하고 정면으로 들이박았다.

피범벅이 된 재열이 차에서 나와 비틀거리며 강우를 향해 걸어갔다. 피를 흘리며 길가에 누워 있는 강우는 눈물을 뚝뚝 흘리며 재열을 바라보고 있었다. 강우에게 빨리 뛰어가고 싶은 마음과 달리 다리의 힘마저 풀린 재열은 거의 기다시피 다가가고 있었다.

건들거리며 갓길을 걸어가던 재범은 차가 충돌하는 것을 보고 눈이 동그래져 사고 현장으로 달려갔다.

그때 영진이 탄 앰뷸런스와 경찰차 그리고 동민이 탄 태용의 차가 재열 뒤쪽에서 줄지어 나타났다. 차에서 내린 사람들이 재열을 향해 급히 달려갔다. 몇몇이 재열을 제압해 바닥에 눕히자 영진이 신경안정제를 놓았다.

재열은 계속해서 강우를 애타게 부르며 피눈물을 흘렸다.

"장재열, 장재열…."

재열의 오피스텔부터 택시를 타고 달려온 해수는 사고 지점에 도착하자마자 재열에게 뛰어갔다.

"해수야, 강우 좀 어떻게 해봐. 해수야, 강우 좀…. 나는 괜찮으니까. 해수야! 강우 좀 어떻게 해봐!"

해수에게 안겨서도 재열은 강우만 바라보며 걱정하고 있었다. 그 모습이 너무 아파 해수의 가슴은 천 갈래 만 갈래 찢어지고 있었다. 자기가 오피스텔에서 조금만 더 신경 쓰고 주의했더라면 재열 혼자 여기까지 오지는 않았을 테고, 그럼 이런 사고는 없었을 텐데…. 최악의 상황이 자기 탓인 것 같아 해수의 눈은 더욱 붉어지고 있었다.

어느새 사람들을 헤치고 사고 현장 중심까지 들어온 재범은 왜 이런 일이 벌어진 건지 알 수 없어 의아할 뿐이었다. 피범벅이 된 채 도로에 누워 있는 재열의 모습이 너무도 비현실적으로 다가왔다.

병원으로 옮겨진 재열은 양팔과 두 다리를 침대에 결박당한 채 누워 있었다.

의료진들이 교통사고 때 입은 상처를 치료하고 진정제를 투여하는 중에도 재열은 병실 구석만 뚫어지게 바라보았다. 그곳에 피를 흘리며 기침을 하고 루게릭 환자처럼 온몸을 심하게 뒤트는 강우가 있었고, 그런 강우를 보면서 재열도 기침을 하고 온몸을 뒤틀었다.

재열의 루게릭 증상은 무의식이 만들어낸 강우와의 공유 병이자 통증 장애이며 망상 장애였다. 정신이 몸을 지배한다는 단적인 예였다.

재열의 치료는 영진을 비롯한 종합병원 의사 팀과 개원의인 동민의 협진으로 진행될 예정이었다. 회의 첫날, 동민은 재범에게 들은 이야기, 아미탈 인터뷰 자료, 강 변호사에게 받은 자료 그리고 태용의 증언 등 그간 수집한 자료들을 브리핑했다.

"지금까지의 상황을 종합해볼 때, 장재열 환자의 리얼리티 테스팅은 산산조각 난 상태입니다. 아마 환자 장재열은 3년 전 형의 출소로 상해를 입는 순간, 형의 원망이 자신의 죽음이 아니면 절대 해소될 수 없으리란 걸 무의식적으로 알았을 겁니다. 그때, 첫 강우의 환시가 시작됐죠. 그리고 그의 무의식은 강우를 이용해 죽음으로 갈 수밖에 없는 자살의 시나리오를 짭니다. 강우를 구하다 죽으리라. 무의식이 자살이 아닌 사고사를 선택한 이유는, 그게 사랑하는 모친에게 상처가 적기 때문이었을 겁니다. 그리고 그건 14년간 억울한 감방 생활을 한 형에 대한 최대의 보상이라 여겼겠죠. 또한 그것은 엄마를 영원한 해리 상태에 머물게 하는, 완벽한 시나리오이기도 합니다."

"질문 있습니다."

끝에 앉아 있던 레지던트가 손을 들었다. 그에게 모든 시선이 집중됐다.

"치료의 가장 큰 전환점은 환자의 인사이트(Insight : 병식. 자신이 처한 상황의 진정한 원인과 의미를 이해하는 능력)인데, 현재 상황에서 환자에게 그걸 바라기는 어려운 상태입니다. 에피소드도 뱀을 보거나 땅이 꺼지는 저차원이 아닌, 제2의 자아를 보는 고차원 환시구요. 이럴 경우 환자의 병식이 없으면, 장기 입원으로 갈 수 있는 건 물론 재발 확률도 높은데….”

레지던트의 말이지만, 동민은 가볍게 넘기지 않았다. 제2의 자아를 보는 고차원 환시 등 재열의 상태가 가볍지 않았기 때문이다.

“새끼, 양심은 있네. 재산을 다 나한테 주고. 진짜 웃긴 새끼네.”

동민과 책상을 마주하고 앉은 재범이 머쓱한 듯 내뱉었다.

책상 위에는 의부가 칼에 맞은 사진, 불에 탄 집 사진 등과 재범 이름으로 명의가 변경된 출판사 지분, 집 등기 서류 등이 놓여 있었다. 동민이 다 펼쳐놓고 전후 설명을 한 뒤였다.

“엄마가 그 인간 죽인 거 엄마도 알게 해. 울 엄마 고치라고. 우리 엄마한테 아미탈 맞혀.”

“거짓말을 하는 사람은 아미탈을 맞으면 진실을 불지만, 해리는 기억이 지워진 거라 아미탈이 소용없어. 정 고치고 싶으면 네가 고쳐.”

동민의 말에 재범이 삐딱하게 반응했다.

“내가 의사냐?”

“그건 의사보다 너 같은 양아치가 잘 고쳐. 지금 당장 네 엄마한테 가서 되돌릴 수도 없는 모든 사실을 불고, 기억 못하면 또 불고, 또 불고, 또 불어서 괴롭혀봐. 뭐 그러다 보면 의학적 근거는 없지만… 혹시 아냐?"

"야, 야! 그게 의사로서 할 소리야?"

"네 집안일이야, 자식아. 네 동생 일이고, 네 엄마 일이야. 선택은 집안의 장남인 네가 하는 거고. 네 동생은 죄책감 때문에 정신분열로 병원에 갇혔고, 네 엄만 평생 맞고 살다가 이젠 곁에 깡패 새끼 같은 너밖에 없어. 네 복수… 이만하면 된 거 아니냐? 지 상처만 아프고, 남의 상처는 나 몰라라 하는 철부지 새끼. 머리 하얀 세 살짜리 애새끼!"

"이 새끼가!"

재범이 동민의 얼굴에 주먹을 휘둘렀다. 홧김에 저도 모르게 주먹이 나갔지만 맞고도 아무 반응이 없는 동민을 보자 재범은 열도 나고 약도 올랐다.

"넌 저 시시티브이 없었으면 지금 죽었어, 새끼야."

재범이 거친 말을 내뱉고 진료실을 빠져나가자마자, 태용이 뛰어 들어왔다.

"동민 형님! 재범이 형 저렇게 가면 안 되잖아요. 좀 말려보세요, 네?"

"넌 지금 당장 재열이 엄마한테 가서, 재범이가 무슨 얘기하는지 잘 듣고 나한테 전해."

병원 밖으로 나온 재범은 속상해서 견딜 수가 없었다. 14년 감옥살이가 힘들었지만 그래도 꿈이 있었기에 버틸 수 있었다. 그 꿈은 바로 재열에게 복수하는 것. 1년이 지나고 5년이 지나고… 해를 거듭할수록 그 꿈은 더욱 강해지고 간절해졌다. 정말 그것만 바라며 버텨온 시간이었다. 그런데… 진짜 범인이 엄마였다니. 재열이는 엄마를 위해 거짓말을 하고 그게 또 미안해 정신분열에 걸리고, 무의식적 자살을 꿈꿨다니….

그런 것도 모르고 재열을 원망하고 분노하고 복수를 꿈꿨던 자신이 너무 한심하고 미워 주먹으로 세게 자기 머리를 쳐대는데, 엄마에게 전화가 왔다.

"아, 왜!"

"밥은?"

"재열이 놈 때문에 매일 울면서, 내가 밥 먹었는지 안 먹었는지가 그렇게 궁금해, 지금?!"

"재열인 병원에 있으니까 나을 거야. 선생님들도 그렇게 말하고 엄마도 그렇게 믿어. 엄마가 저녁에 된장 끓일 건데 조개 넣어, 고기 넣어? 재범아, 말해봐. 너 고기도 좋아하고, 조개도 좋아하잖아. 말해봐."

"조개, 조개, 조개!"

재범은 버럭 소리를 지르며 전화를 끊었다. 눈가에 눈물이 그렁그렁 고였다.

엄마를 고쳐내라고, 진실을 알리라고 생짜를 부렸지만 재범도 속으론 엄마가 그 사실을 모르길 바랐다. 아니, 알면 안 된다고 생각했다. 자기를 대신해 큰아들이 감옥살이를 했다는 걸 알면 엄마도 감당할 수 없는 죄책감 때문에 재열이처럼 병에 걸릴 게 불 보듯 뻔했다. 된

장찌개에 고기 넣을까 조개 넣을까, 하며 아무 일 없는 듯이 지내지만, 재열이를 정신병원에 입원시키고 엄마 속도 말이 아닐 텐데…. 오히려 내색하지 않는 엄마가 더 아프게 느껴졌다.

어디서부터 꼬인 걸까, 어떻게 풀어야 하는 걸까. 재범의 머리가 지끈거렸다.

노크 소리에 고개를 들어보니, 영진이 푸짐한 도시락을 들어 보였다. 며칠째 집에도 안 가고 끼니도 제대로 챙기지 않는 해수를 염려한 영진의 깜짝 이벤트였다.

그동안 해수는 재열의 치료에 방해된다는 이유로 입원 병동에 들어갈 수 없었다. 외래 환자만 진료하면서 진료실이나 숙직실에서 새우잠을 자며 근 2주일을 보냈다.

"그렇게 떨어지기가 싫어? 여기서 자기 안 불편해?"

영진이 흘리듯 운을 띄웠다. 해수는 눈을 마주치지도 않고 깨작거리며 밥을 먹었다.

"불편하긴. 인턴, 레지 땐 공동 숙소에서도 지냈는데 이 정도면 특급 호텔이지. 왜, 사람들이 뭐라고 해?"

해수에 대한 말이 안 나올 수 없는 상황이었다. 병원 내의 모든 사람들이 유명 소설가 재열과 그의 연인 해수에게 관심을 보였지만, 안 좋은 소리는 없었다. 마음대로 보지 못하는 아픈 애인을 위해 병원에서 지내는 그녀가 대단하다는 반응이 일반적이었다. 어차피 안 좋은 소문이 돈다고 해서 신경 쓸 해수도 아니었지만 말이다.

영진이 따뜻하게 웃었다.

"걱정하지 뭐. 근데, 네 환자들 내가 체크 중이다. 병원 측의 요구야. 이해하지?"

해수는 영진의 말을 귓등으로 흘려 듣고는 조심스럽게 말을 꺼냈다.

"장재열 보고 싶은데… 언제쯤 면회 허락할 거야?"

"안정기로 들어설 때까지 기다려. 너뿐만이 아니라 엄마, 형, 지금은 누구도 안 돼. 오늘 시시티브이 영상 확인시키기로 했어."

재열이 그 영상을 보게 되면 무척 놀랄 텐데…. 해수는 걱정 때문에 입안의 밥알이 모래알처럼 느껴졌다.

영진은 말없이 해수의 등을 두드려주고 회의실로 갔다.

동민과 재열이 빔 프로젝터 화면 반대편에 나란히 앉아 있었다. 약기운 때문에 눈에 초점이 없는 재열은 정신을 차리려 애쓰며 화면을 보고 있었다. 강우를 구한다며 혼자 몸싸움을 한 날의 기록과 병원에 입원하기 직전 양수리 도로에서의 교통사고 장면이 담긴 영상이었다. 두 화면을 차례로 보는 동안 재열의 눈이 붉게 물들었다. 왜 내가 저러지, 이게 뭐지 싶은 게 모든 게 혼란스럽고 두려웠다.

"우리가 널 이렇게 강제 입원시킨 이유를 이제 알겠니? 네가 자꾸 다치니까… 어쩔 수가 없었다."

동민은 이해하기 쉽도록 또박또박 발음하며 말했다. 그러나 재열은 동민의 말이 귀에 들어오지 않았다. 피범벅이 된 자기를 끌어안고 엉엉 우는 해수의 얼굴이 바로 눈앞에 있었다.

동영상 화면을 끄고, 동민은 강 변호사가 준 사건 당시의 사진들을 테이블 위에 올리며 천천히 설명을 해주었다. 이야기를 듣는 재열의 눈동자가 심하게 흔들렸다. 머릿속으로 불을 지르던 엄마의 모습이 지나갔다.

"으. 어, 엄만… 죄, 죄가… 없어요. 엄마… 죄가 없어."

"알아."

"형이… 불쌍해. 내가… 내가…."

"재열아, 강우 지금 어디 있니?"

재열이 힘겹게 고개를 돌렸다. 따뜻한 햇살이 쏟아지는 창가에 강우가 앉아 있었다. 강우는 티 없이 맑은 미소를 머금은 채 재열을 바라보고 있었다.

동민이 천천히 재열의 시선을 따라갔다.

"강우가 여기 있어?"

재열이 말없이 고개를 끄덕였다.

"여기는 병원이고, 일반인이 들어올 수 없는 곳인데 강우가 여기 왜 있을까? 재열아, 왜 그럴까? 나는 안 보이는데 너는 보이고. 아까 동영상에선 강우가 없는데 넌 또 강우를 보고."

내내 창가를 보던 재열이 동민에게로 시선을 옮겼다.

"뭔가 이상하니?"

재열이 고개를 끄덕이자, 동민은 조금 안심이 됐다.

"그게 이상하긴 한데… 강우가 있다는 생각이 드는구나?"

재열이 거듭 고개를 끄덕였다.

"그럼 강우는 뭘까? 네 마음이 만들어낸 가짠가?"

재열이 동민에게서 시선을 돌려 창가를 보았다. 강우는 여전히 웃으며 재열과 눈을 맞췄다. 내내 고개를 끄덕이던 재열이 이번에는 고개를 가로저었다.

"아니, 강우는 있어요. 강우는 나만 믿으니까… 내가 없음, 강우는 아무도 없어요. 가진 게 없는 놈은 모든 사람들이 불편해하고… 외면해."

"나도 그럴 거 같아? 해수도?"

재열의 눈에 순식간에 눈물이 차올랐다.

"해수… 보고 싶어."

"네가 맞을 때 또 엄마가 맞을 때, 사람들이 그랬어? 불편해하고 외면하고?"

"형한테도 그랬어요."

"그럼 재열아, 강우가 너니?"

"아니. 강우는 강우."

재열은 오늘 대화 중 가장 정확한 발음으로 단호하게 말했다. 동민이 작게 한숨을 내뱉었다.

휠체어에 탄 재열이 회의실 밖으로 나오고 있었다. 복도 끝에 선 해수는 울음을 참으며 멀어져가는 재열을 그저 바라보았다. 가까이서 보고 싶었고, 가서 손이라도 볼이라도 만지고 싶었다. 하지만 치료를 위해 아직은 해수가 나타나면 안 되는 시기였다. 이름만이라도 소리 내 부르고 싶었지만 그 마음을 꾹 눌러 담고 멀어지는 모습을 눈으로 좇았다.

회의실 문을 닫으며 영진과 동민이 나왔다.

"약물 투여 후 강우에 대한 환시, 환청이 줄어들긴 하지만 아직도 병식이 없어. 강우를 우리가 못 보는 게 자기도 이상하긴 한데, 강우 존재는 있다고 생각해."

그렇게 말하고 동민이 해수의 어깨를 툭 치고 복도를 빠져나갔다. 영진이 동민의 말에 덧붙여 설명했다.

"흔히 스키조에 동반되는 피해망상, 과대망상 증상이 없는 건 좋은 징조인데, 강우에 대한 집착이 생각보다 크다. 당분간 너 만나는 건 힘들 거 같아."

해수가 벽에 몸을 의지한 채 고개를 숙이고 발끝으로 바닥을 문지르며 아무런 대꾸도 하지 않았다. 영진의 한숨 소리와 멀어지는 발소리가 들렸지만, 해수는 그 자리에 못 박힌 듯 가만 서 있었다.

어둑해진 저녁, 창이 활짝 열린 집에서 재열 엄마가 밥을 차려놓고 걸레질을 했다. 커다란 밥상에는 고기반찬이며 된장찌개며 맛있는 음식들이 한가득이다. 재범은 그런 진수성찬을 앞에 두고도 텔레비전 앞에 누워 움직이지 않았다. 엄마가 걸레질을 잠깐 멈추고 재범의 뒷모습을 보며 소리쳤다.

"재범아, 밥 먹어. 재범아, 밥 먹어야지!"

"안 먹어."

재범은 돌아보지도 않고 대충 대답했다. 엄마는 다시 힘차게 걸레질을 했다.

"낮에도 안 먹고…. 왜 밥맛이 없어? 죽 먹을래? 죽 끓여? 너 죽도 좋아하잖아."

갑자기 재범이 벌떡 일어나 밥상 위에 있던 야채 소쿠리를 확 엎었다.

"시끄럽게! 그리고 그놈의 걸레질은 왜 그렇게 해?! 깨끗한 바닥을 닦고 또 닦고, 닦고 또 닦고!"

재범은 꽥 소리치며 엄마의 걸레를 뺏어 멀리 집어 던졌다. 그러고는 도로 아무렇지 않게 텔레비전 앞으로 가 누웠다.

이렇게 괜한 성질을 부린다고 어지러운 머리가 정리되는 것은 아니다. 반평생 교도소에 있으면서 재열에게 복수할 일만 꿈꿔왔는데 알고 보니 범인은 엄마였고 아무것도 기억하지 못했다. 심지어 그렇게 미워하던 동생은 하필이면 내가 출소한 날 큰 사고를 당했고, 정신병원에 갇힐 정도로 나에 대한 죄책감이 크단다. 나는 이유 없이 미워한 꼴이 되어버렸는데, 이유 없이 자신을 미워하는 형에게 동생은 전 재산을 주기까지 했다. 엄마가 죽였다고 처음부터 나에게 말을 했다면….

재범은 계속 재열을 미워해야 하는 건지 아니면 엄마를 미워해야 하는 건지, 그것도 아니라면 일생을 억울하게 감방에 갇혀 지냈지만 두 사람 모두를 용서해야 하는 건지 감이 안 잡혔다.

재범의 타 들어가는 속을 알 턱이 없는 엄마는 바닥에 흩어진 야채를 말없이 주워 담기만 했다.

재열이 침대에서 일어나 천천히 창가로 걸어갔다. 하늘이 맑았다. 홍대 집에서도, 서초동 오피스텔에서도 으레 봐오던 예쁜 하늘이었다. 약 먹고 자는 게 일상인 병원에서 잠깐 정신이 들 때, 재열이 유일하게 할 수 있는 일은 이렇게 창밖을 보는 일뿐이었다.

똑똑.

노크 소리에 이어 앳된 간호사가 문을 열고 들어왔다. 간호사 손에는 쟁반이 들려 있고, 그 쟁반에는 언제나처럼 플라스틱 물 컵과 약봉지가 놓여 있다.

"약 드실 시간이에요."

간호사가 약봉지를 건네자 재열은 봉지를 뜯어 약을 입에 털어 넣었다. 익숙하게 컵을 들어 물과 함께 약을 삼키고 입을 벌려 검사를 받았다.

"잘 드셨네요. 쉬세요."

"간호사님, 내가 정말… 스키조 같아요?"

뜬금없는 질문에 잠시 당황하던 간호사는 곧 내색하지 않고 담담히 웃었다.

"많이 좋아지셨어요."

간호사가 나간 뒤 재열은 다시 창밖을 바라보았다. 문득 해진이 물에 빠져 허우적거리던 기억이 났다. 그리고 해수가 하던 말도 생각났다. 사랑만으론 견디기 힘든 일이라는, 그래서 두 사람이 영원할 거라고 안 믿는다는….

평생 재발의 위험이 있는 스키조. 그 병에 걸린 해진을 보며 그리고 그녀의 보호자 윤철을 보며 그땐 그냥 불쌍하다는 생각만 들었었다. 하지만 지금은 달랐다. 스키조에 걸린 나 그리고 엉엉 울던 나의 해수…. 해수가 보고 싶었다.

"와, 뭐야! 이렇게 좋아지기 있기 없기?"

오랜만에 병원에 온 환희가 가방에서 돌돌 말린 그림 한 장을 꺼내 해수에게 내밀었다. 그림을 펴본 해수의 눈이 휘둥그레졌다. 의자에 앉아 있는 해수의 모습이 꽤 그럴듯하게 그려져 있었다. 환희가 기분 좋은 듯 웃으며 교복의 명찰을 가리켰다.

"저, 학교도 다녀요 이제."

"너, 다 내 덕인 줄 알아라."

해수는 환희가 대견해 진심으로 활짝 웃어주었다.

"아, 장재열 작가 정신분열이라고 인터넷에 난리 났던데, 알아요? 이 병원에 있다던데."

그랬다. 재열의 일은 남들에겐 재미난 가십거리였다.

"알아. 내 애인이거든."

해수가 담담히 말하자 환희가 당황하며 미안한 표정을 지었다. 큰 실수를 한 기분이었다. 하지만 해수는 그런 생각할 필요 없다는 듯 다시 한 번 웃어주며 그림을 품에 안고 일어났다.

"이제 가. 나 일 있어. 선물 고마워."

뚜벅뚜벅 걸어가는 해수 뒤에서 환희가 소리쳤다.

"선생님!"

해수가 고개를 돌리자 환희가 달려와 밝고 따뜻한 눈빛을 보냈다.

"선생님이 고친 수많은 환자들, 잊지 마세요. 기운 내고요. 갈게요!"

걸어가는 환희의 뒷모습을 뿌듯하게 보는데, 엄마가 병원으로 들어서는 게 보였다. 해수를 본 엄마는 바로 굳은 표정이 되었지만 해수는 애써 아무렇지 않은 척 먼저 말을 건넸다.

"집에 가 있어요. 진료 끝나고 곧 갈게."

"기다릴게 그럼."

엄마는 딱딱하게 말하고 벤치에 털썩 앉았다.

엄마가 왜 병원으로 찾아왔는지, 엄마 입에서 나올 얘기가 무엇인지 뻔히 아는 해수는 집에 가고 싶지 않았지만, 피한다고 해결될 문제가 아니었다. 엄마 집에 오는 동안 마음은 무거웠지만, 최대한 평상시처럼 행동하고 싶었다. 그래야 엄마가 어떤 말을 해도 의연하게 받을 수 있을 것 같았다.

"엄마, 아빠 변이 너무 묽다."

해수는 늘 하듯이, 아빠의 똥 기저귀를 들고 나와 화장실에 버리고 주방으로 갔다. 엄마는 식탁에 앉아 안주도 없이 소주만 연거푸 들이켜고 있었다. 엄마 손에 들린 잔이 빈 것을 보고 해수가 소주를 가득 따라주었다.

"누워 있는 환자한테 하루 물 2리터는 너무 많아. 1리터로 줄여. 그래야 엄마도 편할 거야."

또 한 잔을 단번에 마신 엄마는 해수를 빤히 쳐다보며 독하게 말을 뱉었다.

"너나 편히 살아."

"내가 뭘?"

"내가 뭘?"

엄마가 따지듯 되물었다. 거짓말하는 게 뻔한데, 엄마한테 거짓말하면서 눈 하나 깜빡 안 하는 딸이 밉고 마음 아팠다. 해수는 또 아무렇지 않게 거짓말을 하려 했다.

"장재열하고 헤어졌어."

말이 끝나기 무섭게 해수의 고개가 옆으로 돌아갔다. 엄마가 해수의 뺨을 세게 쳤던 것이다.

"어디서 엄말 속여?"

"진짠데. 나중에 나 뺨 친 거 사과하게 될 거야. 정말 진짜니까."

해수를 보는 엄마의 눈이 붉게 물들었다.

"만약 진짜면 다행이고, 아니면 지금 맞은 거 천배는 더 맞을 줄 알아 너."

"엄마…."

"엄마 보고 배웠단 말하지 마! 윤수년이 그러더라. 남자한테 의리 지키는 거, 네가 나 보고 배워 그런다고. 진짜 그래?"

"아마도 본 게 그거밖에 없으니까."

짝! 다시 해수의 고개가 돌아갔다. 엄마는 잔뜩 격앙되어 큰소리를 내뱉었다.

"네가 나랑 살며 본 게 그것밖에 없어? 내가 네 아빠 진절머리 나고 버거워, 김 사장하고 바람난 거 본 건 왜 잊어! 내가 니들 재워놓고 한때지만 김 사장 만나러 다닌 건 왜 잊어?!"

해수가 고개를 숙인 채 눈물을 뚝뚝 흘렸다. 엄마는 아픈 마음을 꾹꾹 누르며 더욱 단호히 말했다.

"내가 너 의대 가지 말라고, 이런 개 집구석에 의대가 뭔 말이냐고, 너한테 이기적인 년이라고 인정머리 없다고 소리친 건 왜 잊어, 기집애야?! 네 아빠 안 아팠음, 어미가 돼서 공부한단 자식한테 그런 소릴 했겠어?! 환자랑 사는 게 어떤 건지 네가 알아?! 지 마누라도 몰라보고, 자식도 몰라보고!"

"아빠에 대해 함부로 말하지 마, 엄마…."

"네 아버진 몰라! 아무것도! 지금도 여기 안 오잖아, 내가 너 때렸는데. 아빠가 말만 못할 뿐 머리는 멀쩡하다고 믿는 건, 다 엄마 착각이야. 내가 살려고 착각하는 거라고!"

"엄마…."

해수가 아이처럼 칭얼거리며 울음 섞인 목소리로 입술을 달싹였다. 엄마는 눈물로 범벅된 얼굴을 손바닥으로 쓸고 다시 단호한 표정을 지었다. 예쁜 딸의 칭얼거림도 무시해야 할 정도로, 환자를 돌보며 산 자신의 삶이 고달팠으니까. 내 딸이 그렇게 사는 건 못 보겠으니까 더 독하게 마음먹었다.

"네가 엄마라고 안 불러도 난 네 엄마야. 됐고. 넌 장재열하고 진짜 끝내는 거야, 진심으로. … 가!"

우는 해수를 남겨두고 엄마가 안방으로 들어갔다. 벽에 기대어 있던 아빠의 눈에서 하염없는 눈물이 흘러내리고 있었다. 엄마는 수건을 들어 아빠의 얼굴을 조심스럽게 닦아주었다.

"울지 말어. 해수, 나처럼 살라고 못해. 당신이 서운해도… 절대 안 돼."

해수는 참담한 기분으로 집을 나왔다. 재열과 헤어지라고 하는 엄마와 언니를 이해 못하는 건 아니다. 가족들이 반대하는 걸 알면서도, 그게 당연하다고 이성적으로는 생각하면서도 그럴수록 더욱더 애틋해지니 미칠 노릇이었다.

버스 정류장 가로수에 기대 혼자 끙끙대던 해수는 갑자기 든 생각에 정신이 번쩍 들었다.

"해수 선배, 이러면 안 돼요."

후배 의사가 해수에게 애원했다. 해수는 들은 척도 않고 재열의 차트를 계속 읽어 내려갔다. 보다 못한 후배가 차트를 뺏어 들었다.

"선배, 이러지 말자 진짜."

"3일째 인터뷰에선 강우를 안 봤네! 다행이다! 얼굴만 볼게."

"선배 보면, 죄책감에 다시 또 에피소드가 일어날 수 있어요. 참아요."

"진짜 얼굴만 볼게."

"이 교수님이랑 병원장님 아시면 중징계 감이에요!"

"모르게 하면 되잖아. 영진 선밴, 내가 얘기 안 하면 되고 병원장님한텐 네가 안 불면 되잖아. 왜, 불 거니?"

후배가 난감한 듯 해수를 봤다. 이 정도로 애원하는 해수가 너무 안쓰러웠다.

"그럼 병실 밖에서…."

"병실 안에서, 단둘이."

후배는 단호하게 고개를 가로저었다. 사실 병실 밖에서 살짝 보는 것도 위험한데, 병실 안에 단둘이 있게 하는 건 절대 용납될 수 없는 일이었다. 해수는 후배의 입장을 충분히 이해하는 한편 의사로서 성장한 모습이 대견하다는 생각도 들었다.

"너 많이 컸다. 감히 하늘같은 선배인 내가 말하는데도 끄떡 않네. … 좋은 의사 되겠다!"

후배도 해수가 이해 안 되는 건 아니었다. 얼마나 보고 싶고 그립고 걱정될까, 그런 생각을 하니 마음이 약해졌다.

"그럼 딱 10분만 보세요."

"15분."

후배에게 고맙다는 말을 하고 병실로 가는 해수의 심장이 뛰기 시작했다. 멀리서 간호사들이 걱정스러운 표정을 지었지만 해수는 개의치 않았다. 지금 이 순간에는 재열을 만나는 일보다 더 중요한 것은 아무것도 없었다.

해수는 병실 앞에서 걸음을 멈추고, 문에 달린 작은 창으로 안을 살짝 들여다보았다. 침대에 걸터앉아 책을 읽고 있는 재열이 보였다. 책을 들고는 있으나 집중하는 게 어려운 듯해 보였다.

"안녕."

해수가 노크를 하고 아무렇지 않은 듯 인사하며 병실로 들어섰다. 재열이 천천히 고개를 돌렸다. 재열의 시선이 너무도 애틋하고 깊어 해수는 왈칵 눈물이 날 것 같았다. 입술을 앙다물며 짐짓 편안한 척 재열 옆에 다가앉은 해수가 휴대폰의 배경화면을 보여줬다. 행복하게 웃는 재열과 해수의 커플 사진이었다.

"윤철 씨에서 너로 바꿨어."

재열이 휴대폰을 가만 보다가 해수의 얼굴을 뚫어질 듯 보기만 했다. 그 맥없는 모습이 너무 가슴 아팠지만 아무렇지 않은 척 웃어주고는 재열이 읽던 책을 집어 들었다.

"우리 애인이 무슨 책을 읽고 있나 볼까? '바람이 오면 오는 대로 두었다가 가게 하세요. 그리움이 오면, 오는 대로 두었다가 가게 하세요. 아픔도 오겠지요. 머물러 살겠지요. 살다간, 가겠지요.'"

해수는 책장을 덮고 재열의 손을 잡았다.

"이 시 너무 좋다, 장재열. 이 시처럼 모든 게 다 지나갈 거야."

재열이 작게 웃으며 반대쪽 손을 들어 해수의 손을 감쌌다. 그렇게 기운 넘치던 재열은 이제 손 잡는 것도 힘들어했다. 해수의 눈이 붉게 물들었다.

해수를 바라보는 재열의 머릿속에서 행복했던 한때가 파노라마처럼 스쳐 지나갔다. 처음 만나 투닥거리며 다투던 때, 서로 얼굴에 와인을 뿌리던 때, 그러다 처음 손을 잡고 진하게 키스를 하고 바닷가 모래 위에서 첫 섹스를 나누고 사랑을 느꼈던 모든 날들이 행복했다.

해수는 재열의 입술에 살짝 입을 맞추고 따뜻한 눈빛으로 보며 말을 이어나갔다.

"우리 자기 좋아 보이네!"

재열은 환하게 웃어주고 싶었지만 마음과 달리 입 주변 근육이 움직이지 않았다. 뭐라 말을 하려 해도 혀가 굳은 듯 말도 잘 나오지 않았다. 결국 쉰 소리를 내며 겨우겨우 말을 끌어올렸다.

"말이… 잘… 안 나와. … 걷기도 힘들고…."

"약 땜에 그래."

"네가… 보고 싶다가도, 약 땜에 졸려."

"조금만 기다려. 나중엔 안 그럴 거야."

"지, 지금도 오, 오랜만에 본 널… 웃겨주고 싶은데, 어떻게 웃겨야 할지… 다, 단어 생각이 안 나."

해수는 눈물이 떨어질까 고개를 끄덕였다.

"나중엔 될 거야."

재열이 일그러진 미소를 지었다.

"안아주고, 안아주고 싶은데 안 될 거 같아. 나, 안… 섹시하지?"

해수가 재열을 끌어안고 등을 토닥였다. 그리고 재열이 눈치채지 못하게 이를 악물었다.

"해수야."

"어?"

"나… 내보내줘."

해수는 재열을 안았던 팔을 풀고 그와 조금 거리를 두었다.

"여기 있는 난, 나 같지가 않아…."

재열의 시선이 구석을 향했다. 구석 작은 책상에 앉아 책을 읽고 있는 강우가 보였다.

"강우 보는 게 병이면… 내 의지로 고칠게."

재열의 시선을 따라가던 해수는 지금 그가 강우를 보고 있다는 걸 알아챘다.

"날 믿고… 내보내줘. 강우 다신 안 볼게. 여기 있는 내가 너… 너무 초라해. 이런 기분 싫어. 내보내줘."

재열이 울먹였다. 해수는 대답 대신 입을 맞추고 눈가의 눈물을 닦아주었다. 재열이 눈물을 억지로 참느라 끙끙 앓으며, 해수에게 말했다.

"이런 말… 하지 마? 그럼… 네가 가나?"

"또 올게."

해수가 담담하게 일어났다. 재열은 가려는 해수의 손을 잡았다.

"내가… 널 붙잡으면… 또 주사를 주겠지?"

해수가 재열의 눈을 보며 고개를 끄덕였다. 가슴을 쥐어짜는 고통이 왔다.

"나를 믿어야 돼. 강우는 환시야. 내가 진짜야. 약은 한계가 있어. 강우가 보여도 그게 환시란 걸 알아야만 병을 고쳐. 강우가 네가 만들어낸 너란 걸 알아야 해. 그 착각과 모순을 찾는 건 의사가 아니라 너 자신이야."

"집에 가서 찾을게."

해수는 애써 외면하며 문 쪽으로 걸어갔다.

"내가 나가도 부르지 마. 그래야 내가 너한테 또 와."

힘겹게 병실을 빠져나가는 해수 등 뒤로 재열의 안타깝고 애처로운 목소리가 계속 울렸다.

해수야, 해수야!

그 부름에 답하고 싶어도 그럴 수 없는 게 야속했다. 재열에게는 그런 자신이 야속할 터였다.

해수는 눈물을 닦고 애써 담담하게 후배에게 걸어갔다.

"네 말이 맞았다. 내가 안 봤어야 돼. 에피소드가 또 일어났어. 이 교수님께 약물 절대 줄이지 말라고 해줘. 입원 기간도 예상보다 더 늘려야 할 거 같다."

재열의 병실을 돌아보는 해수의 눈에서 붉은 눈물이 왈칵 쏟아졌다.

안녕…

장재열

"해수 징계위원회에 회부됐어. 장재열 씨 면회 건으로."

동민의 병원을 찾은 영진이 해수의 근황을 전했다.

원칙을 무시하고 맘대로 면회를 강행했을 때 이미 예견된 일이었다. 감정적 판단으로 치료를 방해하는 건 의사로서 해서는 안 되는 일이었다. 그러나 인간적인 측면에서 전혀 이해가 되지 않는 것은 아니었다. 그립고 보고 싶고 또 걱정되는 그 마음. 그리고 한 지붕 아래 있기에 더한 간절함.

동민은 환자인 재열뿐 아니라 옆에 있는 해수를 생각해서라도 재열의 치료를 포기할 수 없었다. 어떤 방법이 더 효과적인지 늘 고민에 고민을 거듭하는 중이었다.

"재열이 가족 면회시키자. 빠삐용이 절벽에서 떨어져 자유를 찾았

듯, 영원히 피할 수 없으면 부딪쳐야지."

영진도 동의하는 바였다. 재열을 치료하기 위한 출발점은 바로 그 가족이기 때문이다.

"장재범과 모친은 잘 지내?"

"일주일짼데, 별다른 소식이 없어."

"잘 지낸단 얘기네."

"말했잖아. 장재범은 엄마의 사랑이 필요한 품행 장애와 애정 결핍에 시달리는 애라고."

"그래. 가족 면회시키자. 면회 순서는 형 먼저 하자."

동민과 영진이 면회를 진행하려 해도 재범이 거부하면 성사되지 않는 일이었다. 동생에 대한 오해와 원망이 강한 재범이 가려져 있던 진실을 어떻게 받아들이고 있는지, 재열에 대한 지금 감정은 어떤지 알 수도 없는 노릇이었다.

면회가 역효과를 가져올 가능성을 완전히 배제할 수도 없었다. 그러나 재열을 치료하기 위해서는 불가피한 선택이었다.

동민에게 면회 얘기를 들은 재범은 잠시 머뭇거리다 이내 고개를 끄덕였다. 사실 재범은 아무한테도 말하지 않고 병원을 몇 번 다녀갔었다. 면회 신청은 엄두도 못 내고 그저 로비를 서성거리다 돌아가곤 했지만.

"야, 엄마가 범인이라며?"

속으론 걱정되면서도 입만 열면 툴툴대는 재범의 버릇은 쉬이 고쳐지지 않았다. 뭐라 대답해야 할지 모르겠는 재열은 그저 미안한 마음뿐이었다.

"그러니까, 네 생각은 뭐야? 내가 14년 동안 억울하게 빵에서 산 대가로 돈이나 먹고 떨어져라?"

"형… 너무너무 미안해."

재열이 그렁그렁한 눈으로 겨우 입을 열었다. 그러나 재범은 그 말에 오히려 어이없는 웃음을 짓더니 이내 주먹을 휘두르고 발길질을 시작했다.

"썅! 뭐가 미안해, 뭐가 미안해! 뭐가 미안한데? 말해봐, 새끼야! 뭐가 미안해?! 검사, 판사한테 '우리 형이 아니라 엄마가 죽였어요' 하고 말 안 한 게 미안해? 뭐가 미안해?!"

고래고래 소리를 지르며 주먹질, 발길질을 해대는 형에게 반항 한 번 안 하고 재열은 그저 웅크리고만 있었다. 재열의 입술이 터지고 피가 흘렀다.

밖에서 대기 중이던 간호사와 보호사가 뛰어 들어와 말렸지만 재범은 발길질을 멈추지 않고 여전히 큰 소리를 질러댔다.

"나는 원래 개새끼니까, 엄마가 죽인 거 알면 '아이고, 신난다' 하면서, 검사 새끼한테 '엄마가 진범이에요! 우리 엄마 잡아가! 남자한테 맞다가 미쳐서, 우리 엄마가 사람을 죽였어요' 그랬을까 봐?! 이 미쳐도 싼 새끼! 너만 엄마 뱃속에서 나왔어? 나도 엄마 뱃속에서 나왔어, 새끼야!"

병실 밖으로 끌려나가던 재범이 보호사 한 명의 멱살을 잡고 칠 것처럼 손을 들다가, 이내 손을 떨구며 턱짓으로 재열을 가리켰다.

"가서 저 새끼 피나 닦아."

어느새 재범의 눈에서도 붉은 눈물이 흐르고 있었다. 손과 발은 재열을 때리고 밟았지만 재범의 마음속에서는 '다행'이라는 단어가 떠나지 않았다. 동생이 범인이 아니어서 다행이고, 엄마가 의붓아버지를 죽인 것을 기억하지 못하는 게 다행스러웠다.

손등으로 눈물을 닦아내며 재범은 깨달았다. 엄마와 재열 두 사람을 이미 마음속에서 용서했다는 것을.

여기저기 맞고 밟혀 몸은 아팠지만 재열의 마음은 그 어느 때보다 편안했다. 자신이 형을 믿지 못했던 것이지, 형은 엄마를 범인으로 몰아갈 만큼 못된 사람이 아니었던 것이다. 오히려 지금까지 형을 속이고 괴롭힌 건 자신이었다.

어릴 때 그랬던 것처럼 형의 매질을 온몸으로 맞고 나니, 마음에 두껍게 앉아 있던 죄책감이 조금은 씻기는 기분이었다. 형에게 미안한 마음, 홀가분한 마음이 한데 섞여 진한 눈물로 쏟아졌다.

보호사들이 바닥에 웅크린 채 누워 있는 재열을 일으키려 하자 재열이 손을 내저었다.

"좀만… 놔둬요. 이대로 조금만."

그때 병실로 막 들어오던 영진이 보호사들을 내보내고, 재열에게 다가가 손수건으로 입가를 닦아주었다.

"재열 씨, 나 밖에 있을게요. 그리고 10분 후 간호사 부를게요."

영진은 자리에서 일어나 조심스럽게 문을 닫고 나갔다.

재열의 머릿속에 엄마와 형, 해수가 차례로 떠올랐다. 그러는 가운데 창가에 앉아 있는 강우가 보였다. 재열은 눈물이 그렁한 채 중얼거렸다.

"넌 가짜야…. 넌 없어."

재열이 눈을 감았다. 그리고 계속 되뇌었다. 넌 가짜라고.

"천만다행으로 크게 다치진 않았어."

영진이 동민에게 조금 전 상황을 전화로 전해주고 있었다. 그때 복도 반대편에서 해수가 영진에게 급히 달려왔다. 재열이 형에게 맞았다는 말을 듣고 놀라서 한달음에 달려온 것이다.

영진이 해수를 보며 휴대폰을 손가락으로 가리켰다. 동민과 통화 중이니 옆에서 들으라는 뜻이었다. 해수는 고개를 끄덕이며 영진 옆에서 통화 내용을 들었다.

"재열이 심리 상태는 어때?"

"우리 예상대로야. 형한테 평생 맞고 싶었던 매를 맞아서 그런가, 뭔지 모르게 아주아주… 홀가분해 보이더라. 장재열, 참 강한 사람 같아.

바로 잠드는 거 보고 나왔어. 잘 만나게 한 거 같애."

해수는 영진의 얘기에 내심 마음이 놓였다. 치료의 가능성도 보이는 듯해 한시름 놓이는 기분이었다. 그리고 자기 일처럼 걱정해주고 세심하게 신경써주는 영진과 동민이 무척 고마웠다.

해수는 말없이 영진의 손을 꼭 쥐는 것으로 인사를 대신하고 자리를 떴다.

"다행이네. 진짜… 큰 숙제 하나 풀었다."

안도하는 동민의 말에 동의하듯 고개를 끄덕이며, 영진이 아주 오랜만에 홀가분한 기분으로 전화를 끊었다. 이제 해수가 안심할 수 있을 정도로, 해수를 볼 수 있을 정도로 재열의 병이 호전되길 기도할 뿐이었다.

"산책했나 보네. 보기 좋네. 참 잘생겼다, 우리 애인."

달빛이 포근하고 따뜻한 밤이었다. 보호사와 함께 산책하는 재열을 해수가 병원 한쪽에서 몰래 보고 있었다. 해수의 마음속에는 그리움이 한가득이었다.

잠시 후 산책을 마친 재열이 건물 안으로 들어가자, 반대편 문으로 들어가는 해수의 모습이 유리창을 통해 재열의 눈에 들어왔다. 해수는 그런 줄도 모르고 안쓰러운 마음으로 재열을 보고 있었다. 그런 해수를 재열은 더욱 아프게 바라보았다.

그날 밤, 재열의 취침 시각을 확인한 해수가 병실 문 유리창을 통해 재열을 그립게 보고 있었다. 지나던 후배 의사가 그 모습을 보고, 또 징계를 받으면 어쩔 거냐며 걱정스런 마음을 전하자, 해수는 고개를 떨군 채 돌아갔다.

발자국 소리가 멀어지자 재열이 천천히 눈을 떴다. 눈꼬리를 타고 눈물이 주르륵 흘렀다. 재열은 자기가 잠들면 해수가 몰래 다녀가는 걸 며칠 전부터 알고 있었다.

"우리 아들 좋아 보이네!"

재범이 다녀가고 며칠 뒤 엄마가 첫 면회를 왔다. 그사이 재열은 멍든 얼굴이며 터진 입술을 말끔히 치료했고, 움직임도 자연스러워져 있었다.

재열은 엄마와 함께 야외 휴게실 소파에 마주 앉았다. 엄마는 애가 닳게 보고 싶었던 막내아들의 얼굴을 쓰다듬고 손을 꼭 잡았다. 재열이 편안하게 물었다.

"형이… 엄마한테 무슨 말 안 해?"

"안 해. 근데 너 만나고 와선 밥도 잘 먹고, 뭔지 모르게 좀 편해 보이더라."

엄마가 눈물 대신 환하게 웃어 보이자, 재열은 마음이 찌르르 아파왔다.

"엄마… 나 요즘 강우가 안 보여."

재열이 덤덤하게 말했다. 엄마는 재열을 기특하게 보며 잡은 손을 쓰다듬었다.

"들었어. 이 교수님이 전화해서."

"강우는 정말 가짠가 봐. 약을 꾸준히 먹으니까, 일주일 동안 단 한 번도 안 보였어."

"약 잘 먹는단 말도 들었어. 착해."

재열이 힐끗 눈을 돌려 옆을 봤다. 재열을 휴게실에 데려다줬던 보호사가 잠시 다른 환자를 부축하기 위해 자리를 비우는 게 보였다. 재열은 몸을 숙여 엄마에게 가까이 다가갔다.

"퇴원하고 싶어, 엄마."

엄마는 약간 경직된 표정으로 고개를 저었다.

"그건 안 돼. 해수가 오늘 너 만나러 온다니까, 문자로 신신당부했어. 퇴원은 절대 안 된다고."

"엄마한테 가 있을게. 엄마가 날 24시간 감시해. 그럼 되지?"

"그런 얘기할 거면, 엄마 갈래."

엄마가 꼭 잡고 있던 손을 놓자 재열이 다시 엄마의 손을 그러잡았다.

"엄마… 해수가 아무래도 나 때문에 병원에서 징계 받은 거 같아. 해수는 의산데, 나 때문에 환잘 못 본대. 엄마, 아주 가끔이지만 해수가 밤에 날 보러 병실 밖에 와. 그리곤 울고 가. 난 자는 척하지만 다 알아. 모르는 척하기 힘들어."

재열은 절절했다.

"해수더러 네 방 가지 말라고 할게."

엄마의 눈이 그렁그렁해졌다. 재열은 단호하지만 담담하게 말을 이어갔다.

"아니. 안 오면 내가 기다리니까 그건 안 되지. 갠 엄마… 가난해. 아빠는 아프고, 빚도 많고, 교수가 꿈이지."

"그럼 돈 주자. 그럼 되잖아."

"갠 아주 자립심이 강하고, 자존심이 세. 안 받을 거야. 내가 해수를 떠나야 해."

재열은 이미 결심을 굳힌 듯했다. 엄마는 뭐라 말을 해야 하나 생각이 나지 않았다.

"엄마… 내 병은 잘 안 낫는대."

재열이 힐끗 휴게실 구석을 봤다. 강우가 따스한 시선으로 재열을 물끄러미 보고 있었다. 재열은 못 본 척하며 다시 엄마를 바라보았다.

"재발할 수 있고, 평생 약을 먹어야 한대."

"알아. 하지만 당뇨나 고혈압처럼 약만 먹으면 된대."

"욕심내지 마, 엄마."

재열은 단호하게 엄마의 말꼬리를 잘랐다.

"내가 해수 앞날을 방해할 순 없어. 남잔 그래선 안 돼. 여잘 보호해야지 짐이 되면…. 해수는 어릴 때의 나처럼 출세가 중요한 애야. 욕심이 아니라, 그건 걔 인생에 아주 중요한 계획이야."

"엄만 니가 더 중요해."

"그럼 안 돼. 엄마, 사람이 그러면 안 되는 거야. 엄마, 내가 사랑하는 여자한테 더 이상 쪽팔리지 않게 데리고 나가줘. 어? 그리고 날 믿어. 난 늘 그랬듯 혼자 일어날 거야."

엄마는 재열을 끌어안고 뜨거운 피눈물을 삼켰다. 재열은 엄마 품에 안겨 다짐하듯 말을 이어갔다.

"약 잘 먹을게. 진짜로. 만약에 강우가 다시 보이면, 엄마가 날 다른 병원에 데리고 가."

돌이켜보면 재열은 여태까지 한 번도 자신을 위해 욕심을 부린 적이 없는 아들이었다. 엄마는 그런 아들이 못내 안타깝고 불쌍했다. 사랑하는 여자에게 못난 남자로 남고 싶지 않아, 스스로 떠나겠다고 하는 아들을 외면할 수가 없었다.

엄마가 재열을 퇴원시키겠다고 하자, 영진은 펄쩍 뛰며 만류하려고 애쓰고 있었다.

"어머니, 장재열 씬 아직도 여전히 강우가 존재한다고 생각한다고요. 진짜 강우는 없구나, 스스로 알 때까진 치료된 게 아니에요. 그러니까 어머니, 저희를 믿으시고…."

"약 잘 먹일게요."

엄마는 말을 끊으며 어색하게 웃었다. 이미 결심이 확고했다. 영진은 지푸라기라도 잡는 심정으로 다시 한 번 찬찬히 설명했다.

"약만으론 안 돼요. 저희가 장 작가를 여기에 두려는 이유는 약의 의존도를 줄여 나중에 정상적으로 글을 쓸 수 있게 하기 위해서예요."

"처음으로 가족 셋이 살 기회가 생겼어요. 우리 가족이 한번 맘잡고 견뎌볼게요. 감사했습니다."

엄마가 영진에게 고개 숙여 인사했다. 그러고는 영진의 목소리를 애써 무시하며 병원 복도를 걸어나갔다.

재열의 퇴원 계획은 일사천리로 진행되었고, 해수 귀에 쏜살같이 전해졌다. 놀란 마음에 어찌해야 할지 몰라 발을 동동거리고 있을 때 말끔하게 차려입은 재열이 그녀의 진료실로 찾아왔다.

"가지 마."

"네가 어떤 말을 해도 난 가."

해수가 겨우 꺼낸 말을 재열이 차갑게 쳐냈다.

"나한테 왜… 그렇게 잔인해?"

해수가 흐르는 눈물을 훔치며 말했다. 머릿속이 텅 비어서, 생각할 새도 없이 입이 멋대로 움직였다. 재열이 해수에게 다가와 두 눈을 깊이 바라보며 말을 이었다.

"해진 씨가 물에 빠졌을 때, 마음 아파하던 윤철 씨를 기억해. 널 내 옆에서 그렇게 만들 수 없어."

"치료하면 돼. 장재열, 날 사랑한다면 제발…."

"너한테 사랑은, 철저히 그 사람 앞에서 맘 놓고 초라해져도 되는 거고, 잘난 척 않고 의지해도 되는 거지만 난 아냐. 어려서 의붓아버지한테 엄마랑 함께 맞았을 때 맹세했거든. 다신 그 어떤 누구 앞에서도 초라해지지 않겠다. 날 재수 없는 마초라고 해도 어쩔 수 없어. 난 그렇게 살았고, 그게 편해. 내가 널 덜 사랑하는구나 생각하는 게 편하면… 제발 그렇게 생각해. 이 말은 난 반드시 내 식대로 한다는 뜻이야."

"내가 어떡하면 널 잡을 수 있…."

해수의 말이 끝나는 게 두렵기라도 한 듯, 재열이 해수의 두 볼을 잡고 짧게 입을 맞췄다.

재열의 입가에 씁쓸한 미소가 어렸다. 강우를 버리지 못한다면 해수 곁에 있을 수 없다는 걸 재열은 잘 알고 있었다. 해수는 자신에게 의지하라고 하지만, 재열은 병들고 초라한 모습으로 해수를 힘들게 하고 싶지 않았다. 그건 마지막 자존심이었다. 그리고 어떻게 해야 강우를 버릴 수 있는지, 아직은 알지 못했다.

"이별도 연습하면… 나중엔 살 만해. 믿어, 해수야."

해수를 달래듯 담담히 말했지만 재열의 마음은 이미 조각조각 찢어지고 있었다.

쏟아지려는 눈물을 꾹꾹 누르며 재열이 서둘러 진료실을 나왔다. 울부짖으며 재열을 부르는 해수의 애끓는 목소리는 메아리가 되어 귓가를 계속 울렸다.

재열은 발바닥에 자석이라도 달린 듯 떨어지지 않는 발걸음을 가까스로 옮겨 태용과 엄마가 기다리는 차 앞에 도착했다.

집으로 돌아가는 차 안에서 재열은 또 강우를 보았다. 환한 미소를 지으며 자전거를 타고 달리는 강우는 재열이 집에 도착할 때까지 내내 함께 달렸다.

넌 대체 뭐니, 강우야.

마음속으로 물어봐도, 돌아오는 답은 없었다.

재열 면회 건으로 징계위원회에 회부되었던 해수는 결국 두 달간 외래 진료 정지라는 중징계를 받았다. 의사에게 두 달간 환자 진료를 하지 말라는 건 전쟁터에서 눈앞에 적군이 있어도 싸우지 말라는 것과 같았다. 일 욕심 많고 환자에 대한 애정이 많은 해수에게 가혹한 처사였다. 더구나 재열의 퇴원으로 해수 마음이 편치 않은 때 생긴 일이라 영진은 걱정이 이만저만이 아니었다. 이럴 땐 딴생각 끼어들 틈이 없을 정도로 바쁜 게 오히려 더 낫다.

영진은 양손 가득 논문 자료를 들고 해수의 진료실 문을 노크했다. 문을 열고 들어가니 해수는 창가만 보며 골똘히 생각에 잠겨 있었다. 영진이 자료를 책상 위에 내려놓았다.

"논문 자료야. 정리해."

영진이 온 걸 알면서도 해수는 창가에서 눈을 떼지 않았다.

"징계 받은 기분은?"

"덤덤해."

그제야 해수가 고개를 돌려 영진을 바라보며, 정말 아무렇지 않은 양 고개를 끄덕였다. 영진은 관찰하듯 그런 해수를 봤다.

"왜 화가 안 나고 덤덤해?"

"지금 내 관심사가 아니니까."

"그럼 지금 네 관심사는?"

"장재열을 강우가 사는 비현실이 아닌, 내가 사는 현실로 어떻게 하면 돌아오게 할 수 있을까. 오로지, 그거 하나!"

다른 일들에 휘둘리지 않고 재열 문제에 집중해서 해결 방법을 찾으려는 해수가 꽤 기특했다. 영진이 해수의 어깨를 툭툭 두드려주고 진료실을 나갔다.

해수는 의자에 몸을 기대고 다시 깊게 생각에 잠겼다.

아무리 외롭고 또 힘들어도, 시간은 참 잘도 갔다. 재열은 매일 아침 평상에 앉아 휴대폰에 저장된 해수 사진을 보는 게 일이었다. 볼 때마다 헤어짐이 익숙해지기는커녕 더더욱 해수가 그리웠지만, 그 그리움에도 익숙해지고 있었다.

한동안 휴대폰으로 사진을 본 재열이 평상에 전화기를 놓고 거실로 들어갔다. 재범과 함께 텔레비전을 보던 엄마가 서랍에서 약봉지를 꺼내자 재열은 익숙하게 엄마에게 다가갔다.

해수 앞에 다시 떳떳하게 서기 위해 재열이 지금 할 수 있는 건 거

르지 않고 약을 먹는 일이었다. 약을 챙기는 엄마도 약을 먹는 재열도 신성한 의식을 치르듯 그렇게 이 시간을 챙겼다.

재열이 약을 삼키고 입을 벌려 엄마에게 확인시키자 엄마는 웃으며 고개를 끄덕였다. 엄마의 미소는 재열을 행복하게 해주었다. 재열도 환한 웃음으로 화답을 하는데, 평상에 놓아두었던 휴대폰 벨이 울렸다. 재열이 받을 생각을 안 하고 가만히 있자 엄마가 대신 달려가 전화를 받았다.

"여보세요? 그랬어…? 어, 전해줄게."

혹시 해수의 전화일까 하는 마음에 재열은 설레는 마음으로 엄마의 얼굴을 살폈다.

"태용인데, 요즘 네 책이 부쩍 잘 나간다네."

기대는 금세 실망의 그림자로 바뀌었다.

"미친놈이 책 썼다니까 재밌나 보지?"

텔레비전을 보던 재범이 괜한 소리를 하며 끼어들었지만 재열은 아무런 반응도 하지 않았다. 재열의 마음을 헤아린 엄마가 조심스레 입을 뗐다.

"해수는… 통 연락이 없네."

재열은 마음을 들킨 것 같아 일부러 아무렇지 않은 척하며 전화기를 들고 자리에서 일어났다. 그리고 마당으로 나가 한쪽에 세워두었던 자전거를 끌어냈다.

"형, 나 산책 가!"

재범이 대꾸하지 않을 걸 뻔히 알면서도 재열은 한마디씩 던지며 서서히 다가가려 애썼다. 역시나 재범이 들은 척도 않자 엄마가 두 아들 사이에 재빠르게 끼어들었다.

"핸드폰 위치 추적 장치 켜놨지?"

"어!"

재열이 자전거를 끌고 대문 밖으로 나가자 텔레비전을 보던 재범은 벌떡 일어나 난데없이 웃통을 벗어 젖혔다.

"아, 더럽게 덥네."

"엄마가 등목 해줄까?"

엄마가 신이 난 표정으로 때수건과 비누를 챙겨 마당으로 나갔다. 재범은 툴툴거리면서도 마당으로 나와 등목 받을 준비를 하고 엎드렸다. 엄마는 바가지로 물을 두어 번 끼얹어 재범의 등을 적시고, 때수건에 비누를 묻혀 등을 문질렀다.

엄마가 한참 동안 똑같은 곳을 계속 문지르자 재범이 등을 움찔거리며 버럭 소리를 질렀다.

"고만해! 아, 아퍼! 살살!"

"조금만 참어. 빨리 할게."

엄마는 재범이 신경질을 부려도 아랑곳하지 않고 계속해서 그의 등을 문질렀다. 결국 참다못한 재범이 벌떡 일어나 대야를 발로 걷어찼다.

"내가 더러워? 왜 자꾸 닦아, 이씨! 하루 종일 청소하고, 걸레 빨고…. 세상이 다 더러워? 엄마만 깨끗해?"

엎어진 대야를 치우며 엄마가 어색하게 웃었다.

"그러게. 내가 그러네. 재열이랑 똥둣간에 빠진 후론, 머리가 어떻게 된 건지 그냥 모든 게 냄새가 나고… 더럽고. 문 닫힌 방에서도 못 자겠고."

"재열이랑 똥둣간에 빠져? 왜 빠져?"

재범이 이상한 듯 물었다. 엄마는 평상에 앉아 그날을 생각하며 어설프게 웃었다.

"그때가 언제였더라…. 아침부터 같이 살던 사람한테 맞아서 동네방네 도망을 다니다, 내가 기껏 숨은 데가 산 아래 공중변소 안이었어. 거기서 아마 한나절은 있었지. 정말 죽겠더라고. 그래서 나가려는데, 그때 다시 그 사람 목소리가 들리더니… 재열이가 들어온 거야. 그때 재열이가 날 보던 눈빛이라니…. 그때 그러고 재열이랑 냇가 가서 씻는데, 난 울고 싶은데 재열이가 '엄마 웃기지? 우리 둘이 똥둣간에 빠지고' 하며 웃더라. 그래서 나도 덩달아 웃고, 엎어진 김에 놀자 하며 물놀이를 했네. 그때부터였을걸. 재열인 화장실에서 자고, 난 문 닫힌 방에선 못 자고. 요즘 그 생각이 부쩍 자주 나면서… 그때, 우리 둘이 부여잡고 울었어야 됐나. 재열이가 아픈 게 그때 못 울어 병난 게 아닌가 싶은 생각이…."

어느새 엄마의 눈가가 촉촉해졌다. 마음의 병을 앓는 재열이만 생각하면 엄마는 늘 죄인이 되었다.

재범은 엄마의 긴 이야기를 말없이 듣기만 했다.

사실 재범은 냇가에서 물장구 치며 물놀이하는 엄마와 재열이를 먼발치에서 보았었다. 뭐가 그리 재미있고 행복한지 서로 바라보며 웃는 두 사람을 보며 재범은 씁쓸해했고, 한편으로는 부러웠었다. 자기만 사라지면 엄마와 재열이는 더 행복하겠구나 하는 생각도 들었었다. 그런데 그게 오해였다니. 더구나 물놀이의 진실이 희극이 아닌 지독히도 처참한 비극이었다니.

만약 그날 엄마와 재열에게 다가가 '나 없을 때 둘이만 즐겁게 웃고 떠드니 좋냐?'라고 따져 묻기라도 해봤다면 어떻게 되었을까. 엄마도 재열이도 울지 않았을까? 그러면 두 사람은 지금보다 덜 아프지 않았을까? 진실을 알게 된 나는 미움과 원망을 내려놓지 않았을까?

문득 그런 생각이 들었다. 하지만 재범은 후회하지 않기로 했다. 후회한들 과거의 그때로 돌아갈 수 있는 것도 아니고.

재범이 다시 등목 자세를 취했다.

"닦어."

퉁명스러웠지만 다소 누그러진 목소리에 엄마는 내심 기분이 좋아졌다. 물 담긴 바가지를 들어 올리는 엄마의 동작이 가뿐했다.

재범의 등에 물을 뿌리려던 엄마가 기쁘게 외쳤다.

"어머! 야, 재범아! 너 검은머리 나나 봐. 야, 너 검은머리 올라와!"

참으로 오래간만에 엄마의 행복한 비명이 온 집 안을 휘감았다.

자전거를 탄 재열이 마주 불어오는 바람을 맛있게 마시며 푸른 시골길을 달렸다. 그때 목에 건 휴대폰에서 문자 수신음이 울렸다.

'약 잘 먹고 있단 말, 영진 선배한테 전해 들었어. 나는 네가 보고 싶은 거 빼고는 잘 지내.'

해수의 문자였다. 문자에는 사진도 첨부되어 있었다. 언젠가 수광이 만들어주었던 해수와 재열의 퍼즐 사진이었다. 심장 아래에서 툭 치고 올라오는 단단한 그리움에 재열의 눈이 붉어졌다.

작은 한숨을 내쉬며 전화기를 주머니에 넣는데 등 뒤에서 "어이!" 하는 소리와 함께 누군가 재열의 등을 건드렸다. 놀라 돌아보니 동민과 수광이 환하게 웃고 있었다.

"잘 지냈냐?"

동민은 반갑게 인사를 건네며 주먹을 내밀었다. 재열은 느닷없는 방문객의 등장에 놀랐지만 너무 반가워 동민의 주먹에 주먹을 쳐주고, 수광하고도 하이파이브를 했다.

세 사람은 집 근처 냇가로 걸음을 옮겼다. 신이 난 수광은 냇가 한가운데로 가 발을 담그고 얼굴에 물을 적시며 시원하다고 환호성을 질렀다. 동민과 재열은 그 모습을 보며 기분 좋게 웃었다.

"너는 밥은 잘 먹고 있어?"

"잠도 잘 자요."

"해수는 병원에서 중징계 받았다. 화끈하고 앗쌀한 네 성격에 헤어진 여자, 어떻게 사는지 궁금하지도 않겠지만…. 병실에 너 보러 가서 징계 받았어. 사랑 때문에 의사로서 오명을 썼지! 너한테 잘 지낸다고 했다면, 그건 뻥이야. 해수 못 지내."

동민이 전해준 해수의 근황이 재열의 심장을 조여왔다. 그러나 티를 낼 수는 없었다. 재열이 화제를 돌렸다.

"수광이가 그러던데, 형수님 미국에서 나오신다면서요."

재열이 일부러 해수 이야기를 피하는 걸 눈치챈 동민이 허허 웃었다.

"너랑 해수 보니까 갑자기 나도 사랑이 하고 싶어지면서, 마누라가 안 오면 아주 그냥 바람 피게 생겼더라고. 서로 자주 왔다 갔다 하기로 했어. 난 사랑이 필요한 사춘기 어른이거든. 너 역시 그렇고."

동민이 다시 화제를 돌리자 재열이 시선을 외면했다.

"잘난 척하지 말고 해수한테 위로받아. 병원에서 치료받으면서 해수 보자. 너 요즘도 강우 보이잖아. 안 보이면 네가 해수를 안 찾아올 이유가 없지."

재열이 동민의 말꼬리를 자르며 자리에서 일어났다.

"조심히 가세요, 형님."

동민도 굳이 붙잡을 생각은 없는지 자리에서 일어나 냇가를 빠져나갔다.

"또 올게. 가자, 수광아!"

수광이 물을 첨벙거리며 밖으로 나왔다. 그리고 재열에게 다가와 볼에 입을 맞췄다.

"고마워, 나 카페 매니저 시켜줘서."

매니저 일을 보던 윤수가 그만두면서 수광을 그 자리에 앉혔더니 일을 곧잘 하고 있다는 소식을 태용에게 듣고 있었다. 재열은 수광이 귀엽고 대견해서 기분 좋게 웃었다.

"소녀랑 키스를 너무 해서 그새 입 맞추는 게 버릇이 됐냐?"

"히히. 빙고!"

수광이 한껏 들뜬 표정으로 동민을 따라 걷다 뒤를 돌아보았다.

"형!"

형이라니…. 동생이 없는 재열로서는 기분 좋은 말이었다. 그리고 수광 입에서 처음 나오는 소리였다. 재열이 짠한 웃음을 지으며 돌아봤다.

"나랑 해수 누나, 동민 형님이 진짜고 강우는 가짜야! 우린 다 형 너 기다린다. 안 오면, 형이라고 부른 거 취소야!"

간절한 당부를 담은 수광의 말이 재열 귀에 스치듯 닿고는 바람과 함께 멀리 달아나고 있었다.

탐색인 듯 감시인 듯 그렇게 매일매일 윤수는 해수에게 전화를 걸어 일거수일투족을 살폈다. 방금 전 윤수의 전화를 받고 나서 해수는 마음이 무척 심란했다. 엄마가 가게를 내놨다는 소식이었다. 가게를 빼 돈을 마련해줄 테니 동민에게 빌린 돈부터 갚고, 나머지 돈으로 여행을 가든지 유학을 가든지 여하튼 한국을 떠나라는 말이었다. 영진 선배 논문 준비 도와야 한다는 핑계를 대자, 어느새 전화기를 빼앗은 엄마가 버럭 소리를 질렀다.

"지랄하네! 기집애야! 남의 논문 써줄라고 의사 됐어?! 징계 받아 진료도 못 보면서. 가게 아니면 집이라도 팔 테니, 유학 가!"

그렇게 전화는 끊어졌다. 해수는 작게 한숨을 쉬며 휴대폰 속 재열 사진을 들여다보았다. 그 안에서 재열은 밝고 근사하게 웃고 있었다.

퇴원한 지 일주일이 넘도록 재열에겐 전화가 없다. 해수가 보내는 문자에도 답을 하지 않았다. 그것이 원망스럽다기보다는 걱정스러웠다. 여전히 재열이 강우의 환시를 보고 있다는 뜻이니까.

해수는 더 이상 기다리기만 해선 안 된다는 생각을 했다. 재열은 자기 의지로 강우를 버릴 만큼 모질지 못했던 것이다.

해수가 재열의 번호를 누르고는 짧게 심호흡을 했다. 신호가 여러 번 간 뒤에야 재열이 전화를 받았다. 얼마나 망설였을지 그 마음이 해수에게 고스란히 느껴졌다.

"여보… 세요?"

"나야, 해수."

그 한마디를 던지고 미련 없이 전화를 끊었다. 숨을 깊이 들이마셨다 내뱉고는 가운을 벗고 재킷을 걸쳤다. 그리고 다시 재열에게 전화를 걸었다.

재열이 받자 이번엔 쏜살같이 말을 뱉어냈다.

"네가 날 떠난 지 일주일이 넘었어. 날 버리고 가서 어때, 맘이 편해? 난 불편해."

여기까지 말하고 또다시 전화를 끊었다. 답답하지만 몇 분을 참았다가 다시 전화를 걸었다.

"해수야."

신호가 가자마자 전화를 받은 재열이 달래듯 해수 이름을 불렀다. 해수는 여기까지 듣고 뚝 끊어버렸다. 그리고 지금부터는 재열이 전화할 때까지 기다리리라 결심했다. 남녀 간의 단순한 밀당이 아니었다. 재열이 전화를 걸어온다면 그건 해수를 잡고 싶다는 의사 표현인 것이다. 또한 강우가 환시임을 깨닫고 다시 해수를 찾아오게 될 거라는 희망이기도 했다.

재열은 끊어진 전화를 허망하게 바라봤다. 만약 끊지 않았다면 달래줄 생각이었는데….

몇 분을 기다려봐도 전화는 다시 울리지 않았다. 전화를 걸고 싶었지만, 지금까지 잘 견뎌왔듯 이번에도 참기로 했다.

재열은 애써 다른 생각을 하며 자전거 핸들을 고쳐 잡았다. 페달을 돌리려고 발을 올려놓다가 계속 머릿속에서 울리는 해수의 마지막 말 때문에, 결국 주머니에서 휴대폰을 꺼냈다. 수없이 고민하고 주저하던 날들이 무색하게도, 재열은 지체 없이 해수의 번호를 찍어 눌렀다.

신호음이 두 번, 세 번 울렸다. 해수가 전화를 받지 않는 것도, 전화를 받는 것도 겁이 났다. 다시 다섯 번, 여섯 번 울리도록 해수는 전화를 받지 않았다. 포기할까? 하며 전화기를 귀에서 떼려는 순간, 해수가 전화를 받았다.

"왜 그래…."

재열은 부드러운 목소리로, 다정하게 다독였다. 그 목소리에 금세 해수의 눈가가 붉게 물들었다. 하지만 독하게 마음을 다잡았다.

"의부 사건이 일어나던 날, 동민 선배는 네가 어쩔 수 없는 선택을 한 거라고 이해하지만, 그날 넌 아주 큰 잘못을 했어. 널 믿는 형과 변호사에게 상의하지 않은 거. 이번에도 넌 아주 큰 잘못을 하고 있어. 날 버리고 간 거. 내 도움을 거부한 거. 이제 이 전화가 끊기면… 난 다신 죽어도 너한테 전화 안 할 거야. 너처럼… 나도 한다면 해. 네가 강우를 진짜라고 부여잡는 이상, 우린 이렇게 헤어져야 할 거야. 장재열, 지금부터 내가 하는 말 잘 들어. 내 전화가 끊기면, 아마도 넌 강우를 또 보게 될 거야. 그때, 정신 차리고 네 눈에 보이는 강우를 똑똑히 봐. 그리고 찾아내. 걔는 네 착각과 모순이라는 걸. 그래야… 우린 다시 만나."

어느새 눈물이 차오른 눈으로 재열이 옆을 보니 자전거를 탄 강우가 주변을 빙글빙글 돌고 있었다. 해수와 헤어지는 건 정말 싫지만 강우는 이렇게 곁에 있는데…. 해수가 그리워도, 그녀 곁에 가고 싶어도 강우를 버릴 수는 없었다.

"강우는 있어… 해수야."

"강우가 보일 때, 너랑 나랑 사랑하던 순간을 기억해. 내가 너를 만지고 네가 나를 만질 때, 내가 네 품에서 웃고 울 때, 그 순간. 그것만이 진짜야."

해수는 단호했고 절박했다.

"강우는 있는데… 왜 없다고 하는지 모르겠어. 뭐가 착각이고 모순인지… 찾아지질 않아."

"찾을 수 있어. 너는 찾을 수 있어. 네 앞의 강우를 똑똑히 봐. 머리부터 발끝까지 아주아주 천천히… 숨을 멈추고 천천히. 모든 환시에는 반드시 모순이 있어. 자세히 보면 모순이 찾아질 거야. 모든 환자들이 그렇게 찾으니까, 너도 할 수 있어. 그 착각과 모순이 찾아지면, 나한테 와. 기다릴게. 정말 많이 사랑해."

차분히 진지하게 할 말을 다 한 해수는 사랑한다는 말을 끝으로 전화를 끊었다.

전화기를 힘없이 내려다보는 재열에게 강우가 다가왔다. 그리고 자전거에서 내리며 재열 앞에 섰다.

"넌 가짜야. 해수 말이 맞아."

재열의 말에 강우가 해사하게 미소 지었다.

"정말요? 조 박사님 말처럼 내가 그럼… 작가님이라고요? 난 나지, 내가 어떻게 작가님이에요. 난 작가님일 수가 없죠. 우린 생긴 것도 너무 다른데."

해수의 말을 믿고 싶었지만 눈앞에 있는 강우는 현실인데…. 뭐가 뭔지 모르겠는 마음으로 재열이 자전거를 앞으로 밀며 발걸음을 옮겼다. 그러자 강우가 앞을 가로막고는 한결 강한 어조로 말을 이어나갔다.

"사람들이 거짓말하는 거예요. 작가님이 맞을 때 다른 사람들이 모른 척한 것처럼, 사람들은 나 같은 앤 관심 없으니까. 그냥 날 봐도… 모르는 척하는 거라고요."

재열이 괴로운 듯 눈을 꼭 감았다.

"나 모르는 척하지 마세요, 작가님."

강우가 이번에는 애잔한 목소리로 재열을 붙잡았다. 재열은 감았던 눈을 뜨고 해수가 했던 말들을 곱씹었다. 그리고 눈을 떠 천천히… 머리부터 발끝까지 강우의 모습을 훑어 내려갔다.

강우의 해맑은 얼굴, 눈부신 미소, 늘 입고 있는 교복, 가슴에 달고 있는 명찰, 그리고 감색 교복 바지, 그리고….

재열의 시선이 강우의 발에서 멈췄다. 상처와 핏자국이 가득한 맨발! 재열이 다시 시선을 들어 강우의 교복과 '한강우'라는 이름표를 보았다.

"너랑 나랑 만난 지 몇 년 됐지, 강우야?"

"3년이요."

"너… 몇 학년이니, 강우야?"

"고등학교 2학년이요."

재열은 눈물이 그렁해져 강우를 보다가 이내 자전거에 올라타 마구 페달을 돌렸다.

'작가님 팬, 한강우예요. 고등학교 2학년.'

강우를 처음 만나던 날, 형에게 포크로 찔리던 그날, 강우가 재열에게 했던 말이다. 만난 지 3년이 지났으면 고등학교를 졸업했어야 한다. 그런데 아직도 강우는 교복을 입고 있다. 해수 말대로 아니 모든 사람들 말대로 강우는 현실이 아닌 환시였단 말인가.

전속력으로 달려나가는 재열을 쫓아 강우도 미친 듯이 자전거 페달을 밟았다.

"왜 그래요, 작가님? 작가님!"

애타게 부르는 강우를 뒤로하고 재열은 계속 달리며 사이드미러로 다시 강우의 모습을 보았다. 피 묻은 맨발로 자전거 페달을 밟으며 애타게 재열을 부르는 강우의 모습. 재열은 뜨거운 눈물을 훔치며 계속, 계속 달렸다.

울며 쫓아오는 강우를 외면한 채 달리면서 재열은 머릿속으로 해수와의 기억을 계속 떠올렸다. 처음 입을 맞추던 때, 두 번째 입을 맞추던 때, 즐겁게 웃던 때, 같이 잠들었던 날…. 생각하고 또 생각했다. 그 순간만이 진짜니까.

그때, 차 한 대가 재열을 스치듯 빠른 속도로 지나갔다. 재열이 깜짝 놀라 브레이크를 잡았다. 달리던 속도와의 마찰 때문에 자전거 뒷바퀴가 허공에 뜨면서 재열이 그대로 바닥에 자빠졌다. 그 순간, 강우가 차에 치이던 날이 떠올랐다. 보닛에 튕겨 나가던 강우. 그때도 강우는 잔뜩 상처가 난 맨발이었다.

그동안 만났던 강우의 모습이 머릿속으로 빠르게 지나갔다. 즐겁게 웃던 날에도, 아버지에게 맞고 울며 찾아온 날에도 강우는 늘 맨발이었다. 그 피 묻은 상처투성이 맨발은 어린 시절 자신의 발과 같았다.

"태용 씨, 위치 추적 장치 보고 재열 씨 뒤 좀 밟아줘요. 지금 당장이요."

태용과 통화를 마친 해수는 병원 앞 버스 정류장에서 안절부절못하고 있었다.

몇 대의 버스가 지나가고 태용에게 전화가 왔다. 재열이 서울에 들어섰다는 소식이었다. 일단 여기까지 해수의 예상은 적중했다.

해수와 통화를 하면 재열이 보고 싶은 마음을 참지 못해 서울로 달려올 것이라고 예측했다. 물론 그 과정에서 강우의 환시가 방해를 하겠지만 사랑으로 그것을 뛰어넘고 해수가 생각하는 그곳으로 끝내 올 것이라 믿었다.

재열이 달려서 도착할 그곳으로 가기 위해 해수도 버스에 올랐다. 긴장 때문에 다리가 후들거렸다. 마음은 아팠지만 기운이 빠지지는 않았다. 독한 자극을 주긴 했지만 재열은 누구보다 강한 사람이라는 걸 믿었다. 강우가 가짜라는 걸 인정하고 자신을 향해 달려올 거라 믿었기 때문이다.

해수는 날이 새도록 집 앞에 서 있다가, 터덜터덜 계단을 올라갔다.

해수가 휴대폰으로 시간을 확인하려는데, 때마침 전화가 울렸다. 태용이었다. 안 그래도 걱정하던 참이라 막 전화를 받으려는데, 뭔가 이상한 느낌이 들어 돌아보니 재열이 있었다. 온몸은 땀에 흠뻑 젖어 있었고 얼굴은 지칠 대로 지친 모습이었다. 해수를 보자마자 재열은 바닥에 주저앉았다. 해수가 달려가 쓰러진 재열을 일으켜 품에 안고, 등을 쓸어주었다.

"내 뒤에 강우가…. 해수야, 강우는 가짜야. 강우는 절대 나일 수가 없는데, 쟤는 나야. 해수야… 나 좀 도와줘. 나 좀 도와줘, 해수야."

"잘했어, 잘했어. 이제 됐어. 장재열, 이제 됐어."

해수가 펑펑 울며 재열을 힘차게 안았다.

오랜만에 홍대 집의 2층 제 방에 돌아온 재열이 침대에 누워 해수의 손을 꼭 잡고 있다. 동민은 주사 놓을 준비를 하고, 수광은 재열 옆에 바짝 붙어 휴대폰으로 사진을 찍는 풍경. 이보다 더 편하고 행복할 수 없다.

"웃어, 장재열."

재열과 제 얼굴을 한 화면에 넣어 벌써 몇 장째 사진만 찍고 있는 수광도 기분이 좋아 입이 찢어질 지경이다.

"너, 형이라고 안 해?"

"유명 작가랑 사진 찍었다고 자랑해야지."

수광은 딴소리를 하며 침대에서 일어났다. 재열이 눈을 감은 채 투덜거렸다.

“해수야, 얘가 나한테 형이라고 안 해.”

“싸가지 없는 놈. 한 대 패줄까?”

“패기만 해, 그냥. 아주 두 배로 갚아줄 테니까.”

“다들 주둥이만 살아서는….”

셋이 예전처럼 투닥거리는 소리가 정겨워, 동민도 미소 띤 표정으로 슬쩍 끼어들었다. 그러고는 재열에게 따뜻한 눈빛을 보냈다.

“주사 놓는다.”

“네.”

“이제 졸릴 거다. 좀 자. 수광아, 나가자.”

동민이 주섬주섬 물건들을 챙겨 자리에서 일어났다.

“싫어. 여기서 잘 거야.”

수광이 투덜거리자 동민이 뒤통수를 퍽 때렸다.

“꼭 맞아야 말을 듣지.”

수광은 잠시 억울한 표정을 짓더니 이내 해수 볼에 쪽 입을 맞췄다. 해수가 장난스럽게 눈을 흘기며 빼기듯 말했다.

“임자 있는 몸이다!”

“히히. 긴장해라, 장재열.”

“형님, 얘 꼴 보기 싫어요.”

재열이 어린애처럼, 귀엽게 일러바치자 동민이 껄껄 웃었다.

“네가 참아. 난 너보다 수광이가 더 좋아.”

그 말에 수광이 호들갑을 떨며 동민을 끌어안았고, 보다 못한 해수가 두 사람을 방 밖으로 밀어냈다.

"언제 한번 편먹고 싸워. 아주 작살을 내줄 테니까. 가!"

두 사람이 나가고 나서야 방이 조용해졌다. 해수가 기분 좋게 웃으며 재열 옆에 누웠다. 재열이 졸음 가득한 눈으로 먼 곳을 응시하자 해수가 재열을 토닥여주었다.

"강우가… 보이는구나."

"응. 근데… 네가 말한 거처럼 강우가 저기 있구나… 해. 그냥."

"잘하고 있어. 잘하고 있어."

다음 날, 해수는 형부의 전화를 받고 급하게 카페로 나갔다. 엄마도, 언니도 아닌 형부가 전화를 하고 직접 찾아오기까지 했다는 건 심각한 사안이라는 뜻이다.

해수가 자리에 앉자마자 형부는 인사도 없이 준비한 말을 쏟아냈다.

"이번 주말까지 병원 정리하고, 여기 정리하고 집으로 와, 처제. 어머니랑 언니까지 여기 와서 큰소리 나게 하지 말고. 나도 처제가 싫어하는 술 끊었어. 가족들 노력하는 거 좀 알아주라."

형부도 속이 답답했는지 크게 한숨을 내쉬고는 자리에서 일어났다.

해수는 형부의 뒷모습을 보며 머리를 한번 쓸어 올리고는 담담히 카페를 나왔다.

그 시각, 재열은 2층 거실에서 동민과 마주 앉아 있었다.

"이제 강우를 보낼 때가 왔다, 그치?"

동민이 따뜻한 눈길을 보내며 진지하게 말을 건넸다.

"네."

"열여섯 살 때 형을 범인으로 지목할 수밖에 없었던 너 자신을 이해해야만, 지금의 강우를 떠나보낼 수 있어. 잘잘못을 떠나서 열여섯 살의 네 행동을 이해 못하면, 강우는 또 나타날 거야."

"해볼게요."

재열이 오랜만에 의연한 태도로 결심을 전하자 동민이 어깨를 툭 쳐주고 아래층으로 내려갔다. 그때 주머니 속에 넣어둔 휴대폰에서 문자 수신음이 들렸다.

'재열아, 나 해수 엄마다. 부탁한다. 우리 해수 잡지 마. 난 네가 아파도 그렇게까지 이기적인 앤 아니라고 믿고 싶다.'

재열은 담백한 표정으로 문자를 읽고 휴대폰을 다시 주머니에 집어넣었다.

대문 앞에 태용이 차를 대기시켜놓고 재열을 기다리고 있었다. 출근 준비를 마친 해수가 재열의 손을 잡았다.

"병원에 같이 가고 싶지만, 따로 가야 하는 거 알지?"

"어."

"병원에서 보면 서로 모르는 척해야 하는 것도 알지?"

"징계 받은 의사, 퇴직까지 당하게 하진 않을게."

해수가 입술을 샐쭉거리며 웃었다.

"아우! 아주 말마다 촌철살인이지."

"그래서, 싫어?"

"아니, 좋아 죽겠어."

해수는 재열의 얼굴을 당겨 살짝 입을 맞췄다.

"오늘 강우 만나면 전해줘. 그동안 참 외로웠을 내 남자를 지켜줘서… 내가 많이 고마워한다고. 그리고 이제는 자기 곁에 내가 있으니까, 편하게 가라고."

"그래."

"강우한테 줄 내 선물은 네 차에 있어. 잘 전해줘. 먼저 갈게."

"그래."

재열은 애써 미소를 지으며 손을 흔들었다.

"소등 시간입니다. 각자 병실로 돌아가주세요. 부탁합니다."

간호사가 큰 소리로 말하며 복도의 텔레비전을 껐다. 환자들이 아쉬운 듯 탄식을 내뱉으며 병실로 돌아갔다. 재열도 소파에서 일어나 천천히 병실로 갔다.

병실 문을 열고 들어가자 침대에 걸터앉은 강우가 보였다. 강우는 피가 흐르는 맨발을 내려다보며 슬픈 표정을 짓고 있었다. 그 모습을 안쓰럽게 바라보던 재열이 따뜻한 웃음을 지으며 말을 건넸다.

"강우야, 발… 씻자."

플라스틱 대야에 따뜻한 물을 받아 온 재열이 무릎을 꿇고 앉아 강우의 발을 정성껏 닦아주기 시작했다. 돌멩이에 찢겨 움푹 팬 상처, 의붓아버지가 던진 물건에 맞아 긁힌 상처, 오래된 상처에 들러붙은 피딱지와 새 상처에서 흐르는 붉은 피…. 맨발에 새겨진 상처를 하나하나 어루만지며 씻기는 재열의 손이 가늘게 떨렸다.

재열은 발을 깨끗하게 씻긴 뒤 수건으로 물기를 닦아주었다. 재열의 눈에는 눈물이 그렁한데 강우의 얼굴은 편안해 보였다.

해수가 전해달라는 선물 상자를 풀자 귀여운 줄무늬 양말과 깨끗한 운동화가 모습을 드러냈다. 재열은 강우의 발에 양말과 신발을 신겨주고 신발끈도 멋지게 묶어주었다.

"우리 애인이 선물을 아주 잘 골랐네."

재열이 강우의 발을 톡톡 두들겼다. 고개를 들자 눈물을 그렁그렁 매단 강우의 눈이 재열을 바라보고 있었다.

"작가님, 이제 나… 오지 마요?"

재열은 이를 앙다물고 깊게 심호흡을 했다.

"우리 애인이 너한테 고맙다고 전해달래. 만약 내가 너를 만나지 못했다면, 아마 난 죄책감 때문에 지금까지 살지 못했을 거래. 내가 널 위로하면서, 실은 나 자신을 위로했던 거래. 고마웠다, 강우야. 널 만나고서 알았어. 내가 강한 척해도… 의붓아버지의 폭력이, 형의 폭력이 정말 많이 무서웠구나. 엄마가 맞는 걸 보면서도 아무것도 할 수 없는 내가, 힘없는 내가 참 싫었구나. 들판을 맨발로 도망칠 때 울지 않았어도… 나는 너무… 너무 무서웠구나….”

울음을 참느라 재열의 얼굴이 일그러졌다. 두 손으로 얼굴을 가리고 소리 없이 우는 재열을 강우가 따뜻하게 안아주었다.

“다 지난 일이에요.”

그제야 재열이 눈물을 훔치고 웃었다.

“그래. 난 그때 어렸고, 그 일은 지나갔고. 지금 나는 참… 괜찮은 어른이 됐다 생각할게.”

“이제 내가 와도 아는 척 마세요, 작가님. 그래도… 어느 날 문득 내가 보고 싶으면, 거울을 보세요. 작가님은 나니까.”

“… 그래.”

강우가 침대에서 일어났다.

“이제, 나… 가요.”

재열은 쏟아지려는 눈물을 꾹 눌러 참으며 강우를 품에 안고 머리를 쓰다듬고 등을 토닥였다. 천천히 몸을 떼자 강우가 환한 표정을 지으려 애쓰며, 재열에게 마지막 인사를 건넸다.

“안녕, 한강우.”

결국 울음을 터트리고 만 재열도 강우의 눈을 보며 천천히 마지막 인사를 했다.

“안녕… 장재열.”

재열은 똑같이 눈물을 흘리며 웃어주는 강우의 얼굴을 보다 눈을 감았다.

몇 초 뒤, 눈을 떴을 때 강우는 사라지고 없었다. 병실 바닥에는 물이 담긴 대야와 운동화 한 켤레만이 놓여 있었다.

재열이 허리를 꺾고 오열했다. 가슴을 꽉 막고 있던 응어리가 봇물 터지듯 쏟아지고 있었다.

병실 밖에서 유리창으로 지켜보고 있던 해수가 담담한 표정으로 들어와 두 팔을 크게 벌려 재열을 끌어안았다. 그 품에 안겨 재열은 어린 아이같이 목 놓아 엉엉 울었다.

따뜻한 굿나잇 인사

"우리 해수가 기어이 해냈네. 이제 아주 큰 의사 되겠어! 그래, 조심해서 와."

해수와 통화를 마친 동민이 기쁨을 감추지 못하고 호탕하게 웃어젖혔다. 라면을 먹던 수광이 무슨 일인가 싶어 동그래진 눈으로 동민을 쳐다보았다.

"지해수 왜?"

"재열이가 현실감각이 돌아왔대. 이제 본격적인 치료를 해도 되겠네."

동민이 껄껄 웃으며 라면을 한 젓가락 들어 후루룩 삼켰다.

그 기쁜 소식에 놀랐는지 갑자기 수광이 '캑! 큭!' 하는 이상한 소리를 내며 발작을 했다. 그러다 스스로 호흡해 발작을 멈추고는, 스스로에게 화를 내며 제 머리를 세게 탁탁 쳐댔다.

"아, 짜증나. 아직도 그러네. 등신, 진짜."

옆에서 라면을 먹던 소녀가 화난 표정으로 수광의 등짝을 내리쳤다.

"내 건데 왜 때려!"

수광이 하는 양을 가만히 지켜보던 동민도 벼락같이 소리치며 수광의 등짝을 퍽퍽 때렸다.

"이 성질머리 못돼 처먹은 새끼야! 자식아, 천날 만날 하다가 이제 고작 어쩌다 몇 초 하면, 너한테 잘했다고 칭찬해야지, 널 왜 때려! 맞고 싶어? 내가 때려줄게, 내가!"

그러자 소녀가 동민의 팔을 세게 꼬집었다.

"악! 너 뭐니?"

소녀는 말없이 동민을 노려보고, 수광은 헤실헤실 웃으며 그런 소녀를 기특하다는 듯 봤다.

"뭐긴, 내 애인이지."

자부심이 담뿍 담긴 수광의 말에 소녀가 예쁘게 웃으며 윙크를 날렸다.

"둘이 아주 지랄 염병을 하네."

둘의 애정 행각을 어이없는 표정으로 바라보던 동민이 한마디 걸쭉하게 내뱉고는 자리에서 일어났다.

재열이 입원한 지도 일주일이 지났다.

그동안 해수는 영진의 도움으로 진료 정지 징계에서 풀려났고, 재열은 더 이상 강우를 보지 않게 되었다. 볕 좋은 한낮이 되면 보호사의 동행 아래, 다른 환자들과 함께 산책을 즐기기도 했다. 어떤 날에는 산책을 하다 강우와 닮은 남학생을 보고 놀라기도 했지만 이내 강우일 리가 없다는 걸 알아차렸다. 또 어떤 날에는 산책길에 의료진들과 함께 스쳐 지나가는 해수를 보기도 했다. 서로 모르는 척 별다른 인사를 하지 않고 지나칠 때도 있지만, 가끔은 아무도 모르게 살짝 손을 맞잡기도 했다. 둘만의 스릴 있는 인사였다.

휴식 시간에 다른 환자들과 대화도 잘 나누고 환자들 사이에 의견 충돌이 생기면 중재자로 나서는 등 일상적인 면에서도 건강하게 잘 지내고 있었다. 진료를 맡은 영진도, 곁에서 지켜보는 해수도 치료에 희망을 걸기 시작했다.

"장재열 씨 먹는 약, 이제 안정기 때로 맞춰도 될 거 같은데 네 생각은 어때?"

해수는 팔짱을 끼고 자랑하듯 영진을 똑바로 봤다.

"당연히 그래야겠지?"

"아우, 아우, 아우, 이 교만! 하여튼…!! 그건 그렇고 너 나한테 감사하단 말은 안 할래? 내가 징계위원회 찾아가 무릎까지 꿇었는데?"

"우리 사이에 뭘 그 정도 가지고 그래."

해수가 애교 섞인 웃음을 지으며 익살을 떨었다. 그때 주머니 속 전화기가 울렸다. 휴대폰을 꺼내 발신인을 확인한 해수가 잔뜩 굳은 표정으로 수신 거부를 눌렀다.

"누구야?"

"엄마."

"네 엄마 많이 참았어. 피하지 말고 만나."

영진의 말이 끝나자마자 갑자기 회의실 문이 벌컥 열리더니 해수 엄마가 쿵쾅거리며 두 사람 앞으로 다가왔다. 해수보다 영진이 더 놀라 말을 더듬었다.

"어, 어, 어머니… 오셨어요?"

엄마는 옆에 있는 영진이 전혀 보이지 않는 듯 해수만 노려보고 있었다.

"가게는 장사가 너무 잘돼 못 팔 거 같고. 윤수가 지네 집 살 돈 모은 거 준대. 오늘 병원 그만두고, 유학 가."

"집에 가서 얘기하자, 엄마."

화난 엄마를 살살 달래 택시 정류장으로 걸어가는 동안 해수는 많은 생각을 했다. 엄마가 이러는 게 이해 안 되는 것도 아니었기 때문에 지금은 엄마 말을 들어주는 게 상책이라는 생각도 들었다.

마침 택시가 서자 뒷좌석 문을 열어 엄마를 태우고 해수는 조수석 문을 열었다.

멀리서 병원을 향해 걸어오던 윤철과 해진이 해수를 알아보고 반갑게 이름을 불렀다. 그러나 해수는 미처 그 소리를 듣지 못하고 택시에 몸을 실었다.

"해수 얼굴이 좀 어둡다."

"그러게…."

"가자. 오늘은 재열 씨 만나러 온 거니까."

윤철과 해진이 해수 걱정을 하며 병원 쪽으로 걸어가는데, 병원 건물 앞에 우두커니 서서 해수가 탄 택시를 눈으로 쫓고 있는 재열이 보였다. 해수만큼이나 재열의 표정도 무거워 보였다. 해수와 재열이 처한 지금의 상황과 심정을 누구보다 잘 아는 윤철과 해진도 덩달아 침울해졌다.

택시가 시야에서 사라지자 재열이 고개를 돌렸다. 그러다 윤철과 해진을 발견하고 짐짓 환하게 웃으며 두 사람을 향해 손을 흔들었다.

인연의 이름과 무게는 그것을 받아들이는 사람이 어떻게 해석하느냐에 따라 달라진다. 해수를 통해 알게 된 사이이고 몇 번밖에 만나지 못했지만, 지금 재열에게 윤철과 해진은 남다른 존재로 다가왔다. 두 사람이 그간 겪은 일들, 그리고 앞으로 헤쳐가야 할 일들은 재열과 해수도 겪어야 할 일이었다. 재열에게 둘은 인생 선배이자 누구보다 소중한 조언자가 될 것이었다.

반갑게 해후한 재열과 윤철 부부가 병원 휴게실에 마주 앉았다. 재열의 눈에 비친 윤철 부부는 밝고 건강해 보였다. 재열은 경외감과 부러움이 그득한 눈빛으로 두 사람을 바라보았다.

"윤철 씨에 대한 미안함은 여전해요. 내가 이 사람 인생을 망치면 어쩌나, 다시 재발하면 이 사람이 얼마나 힘들까…."

재열은 순간 심장에 강한 전류가 흐른 듯, 움찔했다. 해진의 말에 깊이 공감해서다.

"그때마다 윤철 씨를 두고 어디 도망가고 싶지 않아요?"

"도망가는 건, 너무 쉽죠."

해진이 말을 마치고 윤철을 바라보았다. 사랑이란 이름으로 이 남자를 놓아주려고 그간 얼마나 많은 외면과 회피, 도망을 감행했던가. 그러나 그런 것들은 오히려 이 남자를 힘들게 했었다. 그리고 이제는 사랑이란 이유로 이 남자를 떠날 생각은 접고 곁에서 행복할 방법을 찾는 자신이 대견했다.

"내가 해진이한테 그렇게 말했어요. 나한테 미안하면 화나도 좀 참아주고 나 많이 예뻐해달라고. 해수만 생각하지 말아요. 재열 씨도 행복할 권리가 있어요."

윤철이 해진의 말에 덧붙였다. 진심을 담은 말이었다. 재열이 그 진심을 알아주길 바라는 마음도 간절했다.

그 진심을 알기에 재열은 오히려 윤철의 말을 외면하기로 했다. 자신의 행복할 권리도 중요하지만, 그것을 위해 해수의 행복을 빼앗을 수는 없다고 생각했기 때문이다.

집에 들어서자마자 엄마는 안방에 들어가 아빠부터 살폈다. 아빠는 엄마와 해수가 온 줄도 모르고 잠들어 있었다.

해수는 주방으로 가 개수대에 쌓인 그릇을 닦기 시작했다. 엄마에게 뭐라고 말해야 할까, 한 치의 양보도 없는 싸움을 또 해야 하는 걸까…. 심란한 마음으로 해수가 설거지를 하고 있을 때, "여보세요." 하며 전화를 받는 엄마의 목소리가 들렸다.

엄마는 휴대폰 발신자 정보에 재열의 이름이 뜨자, 마음을 단단히 먹고 통화 버튼을 누른 참이었다.

"어머니, 해수 떠나는 거 제가 설득할게요. 부탁합니다. 해수한테 아무 말 마시고, 저 만나러 오라고 전해주세요. 부탁합니다, 어머니. 해수 설득할게요. 한 번만 절 믿으시고…."

엄마는 해수의 뒷모습을 보며 대답 대신 긴 한숨을 내쉬고는 전화를 끊었다. 설거지를 끝낸 해수가 눈치를 살피며 옆으로 다가와 어렵사리 입을 열었다.

"엄마한테 미안하지만, 엄마랑 언니가 날 다신 안 본대도 난 재열 씨 못 떠나."

불같이 화를 낼 것 같던 엄마는 그저 해수를 물끄러미 바라보더니 무심히 한마디를 내뱉었다.

"재열이가 지금 병원으로 오래. 가서 걔 만나보고, 엄마랑 다시 얘기해."

엄마는 재열이 허튼소리를 할 사람이 아니란 걸 알고 있었다. 그만큼 재열은 믿음직스럽고 진정성 있는 남자였다. 정신분열이란 병만 없다면 누구든 사윗감으로 탐낼 만한 그런 남자였다. 하지만 병이 있다는 걸 안 이상, 재열은 사위는커녕 친구로도 딸 옆에 둬서는 안 되는 남자가 되고 말았다.

엄마는 제발 재열이 해수의 결심을 꺾어주길 간절히 바랐다.

병실이기는 했지만, 해수에게는 재열과 나란히 앉아 있는 것만으로도 지금 이 순간이 꿈같은 시간이었다. 다시는 재열이 자기를 떠나지 않았으면 하는 간절한 바람이 뜨겁게 올라왔다.

"정말 책이 그렇게 잘 나가?"

요즘 부쩍 책이 잘 팔린다는 말에 해수가 기분 좋게 묻자, 확인시켜주듯 재열이 휴대폰으로 기사를 찾아 읽어주었다.

"장재열 작가의 스키조 투병 소식이 전해지면서, 지나간 모든 작품 다시 뜨겁게 재조명. 전 온라인 오프라인 베스트 순위 석권."

책이 잘 팔리는 이유가 재열의 정신분열 때문이라니…. 마냥 기쁜 소식은 아니었기에 해수는 조금 서글퍼졌다. 그러나 그런 마음을 티내지 않고 담담하게 다스릴 줄 아는 해수였다.

"지금… 기분이 어때?"

재열은 휴대폰을 옆으로 밀어놓고 슬쩍 화제를 돌렸다.

"태용이한테 연락이 왔는데, 내가 하던 라디오 프로에서 날 게스트로 초대했대. 네 생각은 어때?"

"나가. 나가서, 죄책감 없는 범죄자와 맘 아픈 스키조 환자도 구분 못하는 사람들의 무식과 무지를 깨."

환자를 치료하는 의사로서의 당당함과 환자를 애인으로 둔 여인의 아픈 마음이 모두 담긴 말이었다. 재열은 잔잔한 미소를 머금고 고개를 끄덕였다.

"고민할게. 그리고 넌 예정대로 안식년 가져."

안식년이란 한 단어가 해수의 심장을 나락으로 떨어뜨렸다. 지난번에는 퇴원으로 내 곁을 떠나더니 이제는 안식년을 핑계 삼아 나를 떠나보내려 하는구나.

"그 말하려고 나 불렀어? 떠나라고?"

"어."

따듯한 듯 단호한 재열의 한마디에 해수는 순간 말문이 막혀 헛웃음이 터졌다.

"뭐야, 우리 또 헤어져?"

"엄마한테 의리 지켜."

"그동안 돈 많이 벌어다 드렸거든?"

어떤 강한 바람이 불어도 흔들리지 않을 것 같은 재열의 굳은 의지가 해수의 눈물샘을 자극했다. 나름 엄마한테 할 만큼 했으니 이제는 사랑하는 남자 옆에서 그를 위해 살고 싶은데, 왜 이렇게 내 마음을 몰라주는 걸까. 서글프고 답답하기만 했다.

"네가 한 번도 잘해준 적 없는 엄마한테 그러면 벌 받아 해수야."

재열의 말에 담긴 진심의 무게가 점점 더 깊어져만 갔다.

"내 인생은 내 거야. 내 맘대로 할 거야."

그럴수록 해수 마음속의 서운함도 함께 커져 어린아이처럼 어깃장을 놓았다.

"퇴원해서도 정기적으로 치료 잘 받고 있을게. 사랑은 상대를 위해 무언가 포기하는 게 아니라, 무언가 해내는 거야. 나 때문에 네 인생의 중요한 계획 포기하지 마. 자유로운 네 두 발로, 계획한 대로 떠나."

해수는 겁이 났다. 장난이었다고 농담이라고 그래서 미안하다고, 재열이 그렇게 말해주길 바라는 마음이 간절해졌다.

"돈 없어. 여행 갈 돈도 유학 갈 돈도 없어. 한 푼도 없어."

혼란한 머릿속으로 겨우 생각해낸 말이 이거였다.

"내가 있어."

해수의 손을 잡으며 재열은 마지막으로 진심을 전했다. 여기 이 자리에 그대로 있겠다고. 역시 해수가 바라던 답은 아니었다. 해수의 눈가가 점점 붉어졌다.

"너… 진짜야?"

"1년 동안 넌 날 잊으려고 최선을 다해. 그러고도 못 잊으면, 다시 와서 보자. 나한테 연락하지 마. 내 성격 알겠지만, 난 연락 와도 안 받아. 오늘 이후로 난 네 면회 거부할 거야. 네가 의사랍시고 와서 회진을 돌면, 병원을 옮길 거고."

재열의 눈가도 붉게 물들었다. 재열은 마음이 아파도 계속 그랬던 것처럼 담백하게 말했다.

"넌 나 떠나보내는 게… 쉬워?"

"어려워. 근데 어려운 걸 이겨야, 나중에 네 가족한테 나도 할 만큼 했다, 당당하게 말할 수 있을 거 같아."

"내가 여행 가서 딴 남자 만나면?"

해수는 자기가 말하고도 어이가 없어서, 픽 웃었다.

"난 딱 네 스타일인데, 만약 그럼… 내가 착각했구나, 잘 살아라 지해수, 할게."

파르르 떨리는 해수의 입술과 붉게 물든 눈을 더 이상 외면할 수 없어, 재열이 해수의 두 손을 따뜻하게 잡아 쥐었다.

"난 누구한테도 너 양보 안 해. 내가 너 때문에 강우의 존재를 찾았듯, 넌 나 때문에 안식년 갖고, 더 크게 성장해서 돌아와. 이제 가."

잡았던 손을 놓자 해수가 재열의 눈을 뚫어져라 바라보았다.

"너… 나한테 안 져줄 거지?"

재열은 해수에게 마지막 입맞춤을 하고 고개를 끄덕였다. 이제 막 떨어질 것 같은 눈물을 손으로 훔쳐내며 해수가 입을 뗐다.

"1년 후에 다시 만날 때, 딴 여자 옆에 두면 죽어."

"너 같은 멋있는 여자를 1년 만에 잊을 놈이면, 그냥 갖다 버려."

"넌 네가 진짜 못돼 처먹은 거 아니?"

"알아."

재열의 그윽한 미소가 해수에게 믿음으로 다가왔다. 그래, 사랑하는 내 남자의 간절한 바람이라는데 들어주자. 해수가 마음을 다독이며 고개를 끄덕였다. 그리고 깔끔하게 자리에서 일어났다.

"나 가."

짧은 마지막 인사를 남기고 해수가 병실을 나갔다. 재열은 따라 나가거나 배웅도 하지 않고, 그냥 그 자리에 앉아 떠나는 해수를 바라보았다.

해수는 내심 서운했지만 누구보다 재열을 잘 알기에 서글픈 마음을 다독이며 힘겹게 발걸음을 옮겼다.

"그래서 내일 휴직계 내고 진짜 바로 떠나?"

재열과 헤어진 후 해수는 곧장 부모님 집으로 가, 내일 당장 떠나겠다는 결심을 털어놓았다. 그 말을 듣고도 엄마는 의심의 눈초리로 재차 추궁했다.

"서로 나 속이고 뒤로 연락하고, 만나서 딴짓하고 그럴 거 아니지?"

"나도 장재열도 그 정도로 머리가 약았으면, 벌써 가족들 다 버리고 이 나라 떠났어. 알잖아, 내 성격."

엄마는 그제야 믿기는지 고개를 끄덕였다. 떠나라고 등 떠민 건 엄마였으면서, 당장 내일 떠난다고 하자 얼굴에 상심과 걱정이 가득했다. 해수가 따뜻한 미소를 담아 엄마를 달랬다.

"나 떠나면 절대 장재열하고 연락 안 할 거야. 난 정말정말 엄말 사랑하니까, 그 정돈 기쁘게 할 수 있어."

"됐어. 그럼 가."

해수가 엄마의 손을 뜨겁게 잡아 쥐었다.

"근데… 엄마, 엄마가 지금까지 날 믿은 거처럼 한 번만 더 믿어줘라."

"뭐?"

"내가 정말정말 환잘 잘 고치는 좋은… 괜찮은 의사란 거. 그리고… 어떤 불행한 순간이 와도 난 그 순간을 다시 행복하게 만들 수 있는 애라는 거."

엄마의 눈이 붉어졌다. 화를 낼 법도 한데 엄마는 담담하게 말했다.

"그 말은 돌아와서 재열일 또 만나겠다는 거지?"

엄마가 원하는 대답이 무엇인지 너무도 잘 아는 해수는 동문서답으로 자신의 마음을 전했다.

"엄마, 사랑해. 자주 전화할게요. 몸조심하고."

해수가 가방을 챙겨 들고 자리에서 일어나 나가자 엄마는 "고집 센 년. 진짜." 하며 냉수 한 잔을 들이켰다. 속상하지만 더 이상 뭐라 하겠는가. 엄마를 꼭 닮은 딸, 그래서 사랑을 포기하지 못하는 딸에게.

꾸물거리다 출발을 늦추면 결국 떠나지 못할 걸 알기에 해수는 이른 아침 눈을 뜨자마자 병원에 가서 휴직계를 냈다. 영진과 다른 동료들이 놀라는 눈치였지만 모두 해수와 재열의 결심을 응원하고 격려해줘 떠나는 마음이 마냥 무겁지는 않았다.

홍대 집으로 돌아온 해수는 간단하게 짐을 꾸렸다.

"누나가 가도, 장재열의 촛불은 안 꺼지게 할게."

해수의 마음을 헤아린 수광은 그렇게 위로를 건네고는 트렁크를 번쩍 들어 아래층으로 내려갔다. 그때 마침 최호가 현관문을 열고 집으로 들어섰다.

"이거 차에 싣고, 차에서 기다려."

기다렸다는 듯 수광이 최호에게 해수의 짐을 건넸다.

"어."

최호가 트렁크를 밀며 현관을 나가고 있을 때 2층에서 내려오던 해수가 그 모습을 보고 의아한 표정을 지었다.

"뭐야, 최호는?"

"내가 불렀지. 이용해먹을라고. 못된 인간 이용해먹을 수 있을 때까지 이용해먹어야지! 택시보단 자가용이 낫잖아. 여행 경비도 아끼고."

수광이 해수에게 어깨동무를 하고 마당으로 나가며 으스대듯 말하자, 해수가 통쾌한 듯 웃었다.

"너 진짜진짜 맘에 든다."

"몸조심해. 연락 자주 하고."

해수가 진심을 담아 고개를 끄덕이고 옆을 보니, 동민이 마당 벤치에 앉아 차를 마시고 있었다.

"언니 미국에서 오면 행복하게 잘 살아."

"빨리 가. 우리 둘 다 사랑하는 너 보내다가 울 거 같아."

동민다운 작별 인사였다. 해수가 살짝 서운한 티를 냈다.

"맨날… 말로만 사랑하지?"

"그럼 우리 사이에 말로만 사랑하지, 몸으로 사랑하냐, 기집애야!"

동민이 '아재 개그'를 날리고 수광과 마주 보며 깔깔 웃었다. 해수도 그 모습에 기분 좋게 웃으며 이별을 고했다. 마치 내일이면 돌아올 여행을 떠나는 사람처럼, 가볍게.

"진짜, 입만 살아가지고. 나 가!"

"조심해!"

동시에 터져 나온 동민과 수광의 인사가 해수의 심장에 따뜻하게 박혔다. 돌아보면 눈물이 날 것 같아 앞만 보고 걸어가며 손을 흔들어 굿바이를 외쳤다.

해수가 떠나는 날이지만, 재열의 일상은 전과 다르지 않았다. 소소한 변화가 있다면, 그동안 꾸준히 늘고 있던 방송 섭외와 인터뷰 요청 중 오늘 특별히 라디오 방송에 출연하기로 한 것 정도다.

재열은 태용이 준비해 온 정장으로 갈아입고 어색한 듯 거울을 보았다. 태용이 흐뭇한 표정으로 엄지를 척 들어올렸다. 오랜만에 입었지만 재열은 역시 수트가 멋지게 어울리는 몸매였다.

해수 없는 재열의 1년은 이렇게 시작되었다.

재열이 탄 차가 방송국 앞에 도착하자, 기다리고 있던 팬들이 차 주변으로 몰려들었다. 머쓱한 표정으로 내리던 재열은 이내 예전의 활기찬 모습을 되찾았다. 사인을 요청하는 이들에게는 사인을, 함께 사진 찍자는 이들과는 사진도 찍었다.

방송국 건물로 들어가는 재열의 뒷모습에서는 빛이 나고 있었다. 건물 입구에 들어설 때쯤 교복을 입은 남학생이 사인지를 내밀었다. 얼핏 강우와 닮은 듯 보이는 학생이었다. 여유로운 웃음을 머금고 사인을 해준 뒤 재열은 방송국으로 들어섰다. 그때였다. 멀찍이서 들으라는 듯 큰 소리로 누군가 중얼거렸다.

"책 팔려고 정신분열 환자 흉내 내는 거 아니야?"

태용이 놀라 돌아보며 인상을 찡그리고는 재열의 눈치를 살폈다. 그러나 재열은 전혀 개의치 않았다. 이제 그런 말은 재열에게 전혀 중요하지 않았기 때문이다.

방송은 순탄하게 진행되었다. 재열은 작품에 대한 이야기를 하며 유쾌하게 웃기도 하고 진지한 이야기에는 고개를 끄덕이며 오랜 시간 집중력을 발휘했다. 부스 밖에서 재열을 지켜보는 태용은 감격에 겨워 살짝 눈물을 머금기도 했다. 재열을 섭외한 작가와 피디 등 스태프들도 안도의 표정을 지으며 재열을 지켜봤다.

어느덧 방송도 막바지로 접어들어 디제이가 아쉬운 인사를 전했다.

"현재 병원에 계시지만, 그래도 오늘 건강한 모습의 장 작가님을 뵈

서 기분 좋네요."

"저도 반가웠습니다."

"시간이 더 길었다면 좋았을 텐데, 이제 마칠 시간이 돼서…."

그때 밖에서 피디가 디제이에게 사인을 보냈다. 디제이는 고개를 끄덕이더니 재열을 봤다.

"저, 실례인 줄은 아는데… 지금 실시간으로 팬들의 요청이 너무 많아서요. 팬들에게 인사 말씀과 함께, 전에 장 작가님이 늘 하시던 '굿나잇, 나의 친구들'이란 인사를 해주시면… 어떻게, 안 될까요?"

재열이 밖에 서 있는 태용을 힐끗 보았다. 태용은 입가에 미소를 듬뿍 담고는 엄지를 세워 보였다.

"네… 그럼."

"와우!"

디제이가 감탄사로 고마움을 표하자 피디가 사인을 넣었다.

"안녕하세요. 장재열입니다."

그 시각, 해수는 이륙 준비 중인 비행기 안에서 이어폰으로 라디오 방송을 듣고 있었다.

"많은 분들이 아시겠지만, 저는 정신분열병을 앓고 있습니다. 의사들은 제 병이 100명 중 한 명이 걸리는 흔한 병이며, 불치병이 아닌 완치가 가능한 병이라 말합니다. 저는 그 말을 믿고, 최선을 다해보려 합니다. 사랑하는 사람을 위해 제가 할 수 있는 일은, 어떤 순간에도 절대 희망을 버리지 않는 것이라 믿으니까요.

끝으로… 오늘 굿나잇 인사는 여러분이 아닌, 저 자신에게 하고 싶네요. 저는 그동안 남에게는 괜찮냐 안부도 묻고 잘 자란 굿나잇 인사를 수없이 했지만, 정작 저 자신에게는 단 한 번도 한 적이 없거든요.

여러분들도 오늘 밤은, 다른 사람이 아니라 자신에게 너 정말 괜찮으냐 안부를 물어주고, 따뜻한 굿나잇 인사를 하시면 좋겠습니다.

그럼… 오늘 밤도 굿나잇, 장재열."

이어폰을 빼고 휴대폰을 무릎에 내려놓은 해수가 창으로 고개를 돌렸다.

"잘 자, 지해수."

창에 비친 자기 얼굴을 보며 싱긋 웃었지만, 어느새 두 눈에는 눈물이 고여 있었다. 숨을 깊이 들이마셨다 한숨처럼 내뱉으며 눈을 감고 생각했다.

'장재열 없는 나의 1년은 이렇게 시작되는구나.'

재열은 늘 시간에 맞춰 약을 챙겨 먹었다. 병실 한쪽에 마련한 작은 책상에 노트북을 올려두고 글을 쓰는 것도 잊지 않았다. 대신 글 쓰는 시간과 쉬는 시간을 정해놓고, 그 일정에 따라 규칙적인 생활을 해나갔다. 이것은 주치의인 영진이 권한 치료의 한 방법이었다. 재열은 치료를 위해서라면 주어진 모든 일을 성실히 해나가는 것으로, 영진에게 칭찬받아 마땅한 모범 환자로 거듭나고 있었다.

해수가 떠나고 6개월이 지났을 즈음, 영진이 재열과의 상담 장면을 녹화한 파일을 동민에게 보여주었다.

영상을 본 동민이 흐뭇하게 웃었다.

"많이 좋아졌네. 슬슬 퇴원을 논해도 되겠어."

딱히 목적지를 정하고 떠난 길이 아니었던 해수는 밝고 맑고 깨끗한 별을 많이 볼 수 있는 곳, 사막을 첫 여행지로 정했다. 별을 보며 희망의 기도를 하고 매일매일 새로운 희망 하나씩을 더해나갔다.

사막에서 실컷 별과 놀았다는 생각이 들 때쯤 해수는 몽골의 초원을 향해 발걸음을 옮겼다. 수없이 많은 별들도, 끝도 없이 드넓은 몽골의 자연도 사진에 담아 수광에게 보내고 또 보냈다. 재열에게 닿길 바라는 간절한 마음을 담아서.

며칠 후, 동민과 수광이 병원 야외 테라스에 재열과 마주 앉았다. 일주일에 한 번씩 정기적으로 면회를 왔지만, 올 때마다 오히려 수다가 길어졌다.

재열은 별것 아닌 화제로도 유쾌하게 웃고 떠드는 그들을 볼 때마다 해수의 빈자리를 더 강하게 느끼곤 했다. 그래도 홈메이트들과 함께 이렇게 마주 앉아 이야기할 수 있다는 것이 늘 고맙고 즐거웠다.

면회 시간이 끝나갈 때쯤 수광이 휴대폰을 꺼내며 재열에게 의미심장한 눈빛을 던졌다. 해수가 여행지에서 보내온 사진들을 보여주려는 것이다. 재열이 재빨리 고개를 들어 하늘을 바라보았다. 그러자 수광이 사진을 동민에게 들이밀며 둘이 수다를 떨었다.

"해수 누나, 아주 신났다 신났어."

"기집애, 그냥 편하게 유럽에나 가지. 뭐한다고 힘들게 몽골 들판을 황야의 이리처럼 떠돌아다녀."

하늘만 보던 재열이 편한 웃음을 지으며 한마디 거들었다.

"돈 때문일걸요? 짠순이잖아."

"아는구나. 지해수가 짠순인 거."

깔깔거리던 수광이 짐짓 진지한 눈빛으로 재열에게 물었다.

"근데, 진짜 지해수 사진 안 볼 거야?"

"어."

"둘이 진짜진짜, 그동안 한 번도 연락 안 했냐?"

이번엔 동민이 물었다. 재열은 두 사람의 심술이 서운해서 벤치에서 벌떡 일어났다.

"가요, 이제."

병실 쪽으로 걸어가는 재열을 보며 수광이 소곤거렸다.

"독종들, 진짜."

"정떨어지지, 둘 다?"

"근데, 장재열 내일모레 퇴원해도, 치료는 계속 받아야 되죠?"

"모든 병이 다 그렇지. 암 환자 추적 검사하듯… 해야지."

해수가 떠난 지, 1년이 다 되어갔다. 그동안 공부와 일에만 몰두했던 해수는 세상 구경을 실컷 했고, 치료를 잘 받은 재열은 병원에서 나와 엄마 집에서 행복한 일상을 꾸려나가고 있었다. 형 재범과는 그동안 몰랐던 서로의 아픔을 공감하며 화해했고, 두 아들과 함께 살며 여행 다니는 게 소원이었던 엄마는 더 이상 바랄 게 없는 행복한 하루하루를 살아가고 있었다.

"형은 번번이… 제발 뻥 좀 치지 마."

재범의 말을 듣고 있던 재열이 웃음을 참지 못하고 가볍게 핀잔을 주었다.

"내가 무슨 뻥을 쳐 너한테!"

재범이 수박을 먹다 말고 사방에 파편을 튀기며 열변을 토했다. 하얗던 머리는 온데간데없고, 이제는 새까만 머리카락에 양복까지 빼입은 모습이다.

"아우, 먹다가 뭐하는 짓이야! 으이그, 와이셔츠 또 갈아입어야겠네."

엄마는 재범의 입을 닦아주고는 호들갑을 떨며 방으로 들어갔다. 재범은 옷을 더럽히고도 성에 안 차는지 다시 소리쳤다.

"너 진짜 내 말이 뻥이라고 생각해?"

"당연히 뻥이지. 여자 간수가 무슨 형을 좋아해서 죽네 사네 해. 남자 교도소에 여자 간수가 말이 돼?"

재열의 말이 끝나기 무섭게 옆에 있던 태용이 말을 보탰다.

"암튼, 말마다 구라다. 전번 날엔 이 교수님이 상담할 때 지한테 보내는 눈빛이 야리꾸리 이상하단다."

재열이 결국 웃음을 빵 터트렸다. 그때, 엄마가 새 와이셔츠를 들고 와 재범에게 건넸다.

"옷 갈아입어."

"와이셔츠 색이 이게 뭐야! 우리 영진 씬 흰색 좋아하는데."

재범이 웃옷을 벗으면서 투덜거리자 엄마가 재범의 등짝을 후려쳤다.

"또 장난질이지, 또!"

재범은 아파하면서도 장난스럽게 웃는 걸로 엄마의 기분을 풀어주었다.

재열은 엄마와 형, 그리고 오랜 친구 태용과 둘러앉아 수박을 나눠 먹으며 농담하고 웃는 이 일상의 풍경이 새삼 감격스러워 가슴이 뭉클했다. 그리고 스스로가 대견했다.

해수를 보낸 뒤 재열은 새 소설도 꾸준히 쓰고, 예전에 하던 라디오 방송 진행도 다시 맡아 차근차근 일상의 리듬을 복구하고 있었다. 그리고 최근 6개월 동안 강우를 단 한 번도 보지 않았다. 약도 일주일에 한 번만 먹을 만큼 호전되었다. 해수에게 연락하지도 않고 사진조차 보지 않으며 보낸 시간들이었지만, 마음속으로는 매일매일 해수를 생각했다.

그사이 재범은 영진이 운영하는 집단 치료실에서 사람들과 얘기하는 법을 배웠고, 뚜렛증후군 아들을 인정하지 못했던 수광의 아빠는 오히려 수광의 도움으로 우울증 치료를 받아 부자간 화해를 이루었다. 재열의 엄마 또한 더 건강한 마음을 위해 심리 치료를 받으며 자책과 회한에서 벗어날 수 있었다. 해진은 건강하게 아들을 낳았고, 귀여운 왕자님은 해진과 윤철의 사랑을 받으며 무럭무럭 커나갔다. 영진에게는 잘생긴 애인이 생겼고, 동민의 아내는 틈나는 대로 한국에 다니러 와 부부의 정을 깊이 나누었다. 수광과 소녀는 매일매일 깨를 볶았고 양다리 최호도 지민과 진지한 연애를 하며 한층 성숙한 어른이 되어갔다.

그렇게 모두들, 해수를 그리워하든 안 하든, 해수가 알던 많은 사람들은 각자 나름의 행복을 위해 살아갔고 하루하루를 소중히 보듬으며 지내고 있었다.

해수는 1년의 휴식기 동안 몽골 초원과 사막을 거쳐 유럽 여러 나라를 여행했으며, 마지막 행선지로 오키나와를 선택했다. 언젠가 재열이 건넸던 메시지처럼, 멈추지 않고 걸었고 수많은 사진을 찍고 다양한 나라의 음식을 맛봤다. 그리고 굳이 재열을 잊으려 발버둥 치지 않았다. 그리우면 그리운 대로 생각나면 생각나는 대로, 언젠간 보겠지 하며 그렇게 1년을 보냈다.

"동민 선배, 수광아, 나 왔어!"

잠깐 외출했다 돌아온 사람처럼 일상적인 귀가 인사를 던지며 해수가 나타났다. 그래도 반가운 마음을 감추지 못하고 거실로 달려오며 두 팔을 활짝 벌렸다. 그런데 두 남자의 반응은 예상 밖이었다.

거실 소파에 마주 앉은 동민과 수광은 심각한 표정으로 퍼즐을 맞추느라 해수를 쳐다보지도 않았다.

"뭐야, 둘의 그 똥 씹은 표정은? 나 안 보여? 나 왔다니까!"

"아, 그래서?"

동민이 귀찮은 듯 꽥 소리를 질렀다.

수광은 고개를 들어 잠시 해수를 보고는, 동민이 들고 있던 퍼즐 조각을 빼앗아 들고 짜증을 부렸다.

"아, 거기가 아니라니까! 바보야! 그게 그림이 맞아?"

"비슷하게 생겼잖아?"

"이게 어딜 봐서 비슷해! 바보지?"

동민과 수광에게 없는 사람 취급을 당하자 해수는 슬슬 화가 났다.

"뭐하는 거야, 둘이 지금?"

"네가 뭐 금의환향하냐? 오면 온 거지. 배고프면 밥 먹든가. 부엌에 찬밥 있어."

"은근 공주병이야."

동민과 수광이 차례로 해수의 속을 긁었다.

해수는 서운한 맘을 꾹 누르고 주방으로 갔다. 난장판이 따로 없었다. 먹다 남긴 음식이 식탁 위에 가득했고 개수대에는 설거지를 기다리는 그릇들이 탑을 이루고 있었다.

"집을 아주 개 집구석으로 만들어놓고. 설거진 아직도 안 하고 사니!"

"엊그제 마누라 미국 가서 나 외롭다. 건들지 마라."

동민이 낮은 목소리로 으르렁거렸다. 수광도 "난 퍼즐 해야 돼!" 하고 소리쳤다.

해수는 두 사람을 한차례 흘겨보고는 수돗물을 틀어 컵을 헹궜다. 깨끗하게 닦인 컵에 한가득 물을 따라 마시려는데, 들고 있던 잔이 순식간에 사라졌다. 어안이 벙벙해 돌아보니, 재열이 그 물을 벌컥벌컥 들이켜고 있었다.

"왔구나."

재열의 짧은 인사. 무척이나 간결한 해후의 한마디였다. 그래도 해수의 눈은 반가움에 촉촉이 젖어들었다. 그래, 장재열만큼은 날 반겨줄 거야, 라고 생각하는 순간 재열이 담백하게 웃으며 해수의 어깨를 툭 쳤다.

"야, 안 본 사이에 많이 예뻐졌다."

그러더니 2층으로 올라가버렸다.

넋이 나간 듯 서 있던 해수가 문득 정신을 차리자 화가 올라오기 시작했다. 이건 무슨 시추에이션이지?

해수는 씩씩대며 2층 재열 방까지 한달음에 올라갔다. 팔짱을 끼고 방문을 노려보다가 노크를 하려고 손을 들었지만, 갑자기 내가 이렇게까지 해야 되나 싶은 생각이 들었다. 자존심도 상했다. 노크를 포기하고 자기 방으로 가려 했지만 발걸음이 떨어지지 않았다. 결국 해수는 노크도 없이 방문을 벌컥 열었다.

재열은 책상에 앉아 책을 읽을 뿐 해수가 온 걸 알면서도 눈길조차 주지 않았다. 해수가 천천히 책상 앞으로 다가갔다.

"'왔구나. 그새 많이 예뻐졌다' 는 대체 무슨 뜻이야?"

그제야 재열은 책을 내려놓고 담담히 해수를 바라보았다.

"말 그대로야."

"나, 잊었어?"

"아니."

재열의 말에 해수의 눈가가 붉어졌다. 해수는 화를 참으며 최대한 차분한 어조로 다시 물었다.

"근데, 그 데면데면한… 아무렇지도 않은 듯한 인사는 뭐야? 잊진 않았는데… 별로야?"

"그게… 매일 널 생각해서 그런지, 어제 보고 좀 전에 다시 본 거 같아서."

재열이 일어나 해수에게 다가왔다. 그의 눈도 어느새 붉게 물들어 있었다.

"진짜 그리웠다, 지해수."

해수가 서운함과 아늑한 행복감이 뒤엉킨 표정으로 얼굴을 살짝 찡그리자, 재열이 장난스럽게 웃으며 속삭였다.

"키스해도 돼?"

해사하게 웃으며 "어서 해."라고 말하는 해수를 재열이 뜨겁게 끌어안았다. 두 사람은 지난 1년의 시간만큼, 아니 그보다 더 격렬하게 입을 맞췄다.

그때, 동민과 수광이 방문을 벌컥 열고 나타났다.

"짜잔!"

두 사람의 손에는 방금 전까지 거실에서 투닥거리며 맞춘 글자 퍼즐이 들려 있었다.

'사랑하는 해수야, 재열이가 너 많이 기다렸어.'

서프라이즈를 외치려던 두 사람은 괜히 우왕좌왕하다 슬금슬금 침대에 걸터앉아 연인의 입맞춤을 구경했다.

"가세요. 가!"

재열이 단호하게 손을 내젓자 동민과 수광이 서운한 표정으로 느릿느릿 일어났다.

옛말에 10년이면 강산이 변한다 했지만 모든 것이 빠르게 변해가는 요즘은 강산이 변하는 데 1년이면 족하다. 재열과 해수의 1년도 그랬다. 해수가 여행에서 돌아온 뒤 시간은 참으로 빨리 지나갔고, 그동안 둘 사이에는 무척이나 많은 일들이 찾아왔다.

재열의 화장실, 아니 이제는 재열과 해수가 함께 쓰는 화장실에는 욕조를 가리던 커튼과 사막의 낙타 그림이 사라졌다. 대신 뭉게구름이 떠 있는 사막을 목줄 없이 걸어 다니는 낙타의 그림이 그 자리를 차지했다.

이른 아침 심상치 않은 얼굴로 변기에 앉아 있던 해수가 임신 테스트기를 들고 일어났다. 테스트기에 선명하게 찍힌 두 개의 빨간 줄을 확인한 해수가 숨을 후후 몰아쉬며 화장실 밖으로 나왔다. 재열은 침대에서 곤히 잠들어 있었다. 해수가 옆에 가서 눕자 재열이 몸을 뒤척이며 기지개를 펴고는 해수의 배에 머리를 얹었다.

"아… 잘 잤다."

해수가 잔뜩 굳은 얼굴로 딱딱하게 대꾸했다.

"잘 잤겠지, 넌. 배에서 머리 들어."

"뭐가 또 문제야?"

재열은 감은 눈을 뜨지도 않은 채 중얼거렸다.

"일어나. 눈치 없이 누워 있지 말고."

으르렁거리는 해수의 말투에 재열이 부스스 눈을 떴다.

"나 아침부터 또 혼나? 팔 들어?"

재열이 벌서듯 팔을 들자, 해수가 한숨을 쉬며 그 팔을 툭 쳤다.

"팔 내려."

"오늘은 뭐가 문제야?"

"이게 문제야. 이게."

해수가 임신 테스트기를 앞으로 내밀어 흔들었다. 재열은 테스트기를 받아 들고 멍청하게 물었다.

"이게 뭔데?"

"너, 5주 전에 내가 콘돔 없으면 하지 말랬지? 근데 굳이굳이 꼬셔서 했지?"

재열이 한숨을 쉬더니 일어나 그대로 방을 나갔다. 그 반응에 해수가 더욱 화를 내며 목소리를 돋웠다.

"장재열, 너 어디 가? 나랑 얘기해야지, 어디 가! 여보야!"

재열은 뒷짐을 지고 거들먹거리며 마당으로 나갔다. 마당에서는 동민과 수광이 커피를 마시며 일광욕을 하고 있었다. 동민이 어이없는 표정을 했다.

"저거 왜 저래?"

재열은 바짝 다가가 임신 테스트기를 테이블 위에 탁 올려놨다. 동민은 뭔지 대충 눈치채고 음흉한 눈빛을 보냈지만, 수광은 전혀 모르는 듯 커피를 마시며 물었다.

"뭐야?"

"나, 아빠 된다."

재열은 말해놓고도 믿기지가 않아 피식 웃음을 흘렸다. 수광이 마시던 커피를 뿜으며 도끼눈을 떴다. 그러고는 세 사람이 서로 하이파이브를 하며 깔깔대고 웃었다.

그때 해수가 문을 벌컥 열고 나왔다.

"다들 뭐가 그렇게 좋아! 나 화난 거 안 보여?"

"이놈의 자식이 왜 콘돔을 안 쓰고, 일을 치르고!"

동민이 느닷없이 오버하며 재열의 팔뚝을 때렸다. 재열은 싱글벙글 웃으면서 되도 않는 변명을 늘어놓았다.

"아아아… 그게, 그때 해수가 너무 예뻐서…. 형님이 몰라 그러는데, 그날 해수가 진짜 예뻤다고요!"

"하는 짓마다 귀여운 새끼!"

동민이 애교 있게 웃었다. 수광은 벤치에서 조르르 달려 나와 재열의 어깨를 주물렀다.

"고마워, 형! 나 삼촌 만들어줘서."

결국 해수도 어이없는 웃음을 터트리다, 갑자기 눈을 반짝이고는 마당 구석의 호스를 끌어와 물을 뿌려댔다.

"다 한통속 같은 인간들!"

난데없이 물벼락을 맞은 세 남자는 정원 한가운데로 도망가며 수선을 떨었다.

"왜 우리한테 그래. 얘한테 그러지."

동민이 재열을 잡아 해수에게 바치며 항변했다.

"해수야, 물 먹여, 물!"

수광이 뒤에서 재열을 꼭 잡고 있자 동민이 재열의 입을 벌리려 했다. 해수가 재열의 입을 향해 물총을 쏘아대자, 재열은 입을 벌려 물을 받아 마시면서도 좋아 죽겠다고 껄껄 웃었다.

며칠 후, 재열이 깨끗하게 씻긴 해수 아빠의 얼굴에 로션을 발랐다. 아빠는 기분이 좋은지 나른한 표정을 하며 웃었다.

"기분 좋죠? 개운하고. 내가 아버지 기분 더 좋게 해줄게."

재열이 아빠의 귀에 입술을 바짝 붙이고 뭐라뭐라 속닥였다. 아빠가 히히히, 하고 아이같이 웃었다.

"좋죠, 좋죠?"

재열이 기분 좋게 되물었다.

주방에서 해수 엄마가 밥을 먹으라며 큰 소리로 불렀다. 재열은 해수에게 말할 기회를 줄까 싶었지만 결국 입이 근질거려 참지 못하고 전부 말했다. 엄마가 손뼉을 치며 좋아했다.

"어머머머머머, 정말? 병원 갔어?"

재열은 입안 가득 음식을 넣고 고개를 끄덕였다. 엄마가 자리에서 일어나 재열의 얼굴을 양손으로 감쌌다.

"아이고, 기특한 내 새끼! 기특한 내 새끼!"

해수가 여행에서 돌아온 뒤 재열과 해수는 결혼을 결심했고, 처음에 반대하던 해수 엄마도 결국에는 허락을 해주었다. 그렇게 두 사람은 모든 사람들의 축복을 받으며 부부라는 이름의 사랑 공동체로 다시 태어났다.

그 시각 라디오에서는 녹화해두었던 재열의 방송이 흐르고 있었다.

"그렇게 여러 사람들의 수고로, 그 동굴 수녀원엔 하루 24시간, 1년 365일 밤낮으로 꺼지지 않는 촛불이 있다고 합니다. 촛불이 켜지는 이유는 단 하나. 동굴 밖, 세상의 모든 외로운 사람들을 위해서죠. 지금 혼자라고 외로워하는 분들, 누군가 당신을 위해 24시간 기도하는 사람이 있습니다. 기억하세요. 여러분은 단 한순간도 혼자였던 적이 없습니다. 그럼 오늘 밤도… 굿나잇, 장재열."

방송이 끝나자 해수 엄마는 거실 한쪽에 놓인 테이블로 다가가 거의 다 탄 초를 들어내고 새 초를 꽂으며 눈을 감고 마음의 기도를 올렸다. 두 사람, 아니 아기를 포함한 세 사람의 축복을 기원하며.

부모님을 만나고 돌아오는 길, 재열과 해수는 아이스크림콘을 사 들고 번화한 밤거리를 걸었다. 부부지만 연애할 때처럼 애틋하게.

해수와 재열은 서로를 위해서 매번 노력했다. 가끔은 재열의 로맨틱한 이벤트가, 또 가끔은 해수의 애교가 서로를 새롭게 보이게 만들었다.

"장 작가님!"

재열 앞으로 서너 명의 팬들이 달려들었다. 그들은 가방에서 종이와 펜을 꺼내 들고 사인을 해달라며 해수를 점점 옆으로 밀었다. 재열이 해수를 품에 안으며 다가오는 팬들을 막았다.

"내 부인한테 그러지 말아요. 임신 중이야. 그럼 안 돼. 그리고 지금은 우리 둘만의 시간이라… 사인은 나중에요."

재열이 해수의 어깨에 팔을 두르며 팬들 사이를 빠져나갔다. 오히려 더 미안해진 해수가 팬들을 향해 고개를 숙였다.

"미안합니다. 우리 남편이 별나게 날 위해서요. 죄송합니다."

팬들이 서운한 표정을 지으며 우르르 돌아가자 해수가 재열의 옆구리를 쿡 찔렀다.

"그러다 팬들 떨어져 나가면 어떡해?"

"난 너만 안 떨어져 나가면 돼."

재열이 표정 하나 바꾸지 않고 느끼하게 말했지만 해수는 그런 재열이 정말 좋았다.

"그런 깜찍한 말들은 대체 어디서 배웠어?"

"알면 깜짝 놀랄걸."

해수가 싱그럽게 웃으며 아이스크림을 베어 먹자 재열이 아기 대하듯 해수 머리를 쓰다듬었다.

"아고, 귀여워."

행복감에 푹 젖은 해수가 윙크를 날려주었다.

"딱 내 스타일!"

"너도 딱 내 스타일! 그런 의미에서 애기 하나 낳고, 하나 더?"

"또 싸우고 싶어?"

해수가 눈을 흘기며 싫은 표정을 짓자 재열이 이마에 키스하며 활짝 웃었다. 해수의 얼굴에도 해사한 미소가 흘러넘쳤다.

그리고 생각했다. 어쩌면, 재열 말대로 하나를 더 낳고, 그러다 하나를 더 낳아서 어느 날 말했던 것처럼 양손에 아이를 안고 엉엉 울지도 모른다고. 하지만 그러면 또 어때? 사랑이 있으니 참고 견딜 수 있고, 뭐든 행복하지 않겠어?